m

———— 阅读之前 没有真相

午夜文库

阿加莎·克里斯蒂
侦探小说

阿加莎·克里斯蒂
Agatha Christie (1890—1976)

无可争议的侦探小说女王,侦探文学史上最伟大的作家之一。

阿加莎·克里斯蒂原名为阿加莎·玛丽·克拉丽莎·米勒,一八九〇年九月十五日生于英国德文郡托基的阿什菲尔德宅邸。她几乎没有接受过正规的教育,但酷爱阅读,尤其痴迷于歇洛克·福尔摩斯的故事。

第一次世界大战期间,阿加莎·克里斯蒂成了一名志愿者。战争结束后,她创作了自己的第一部侦探小说《斯泰尔斯庄园奇案》。几经周折,作品于一九二〇年正式出版,由此开启了克里斯蒂辉煌的创作生涯。一九二六年,《罗杰疑案》由哈珀柯林斯出版公司出版。这部作品一举奠定了阿加莎·克里斯蒂在侦探文学领域不可撼动的地位。之后,她又陆续出版了《东方快车谋杀案》《ABC谋杀案》《尼罗河上的惨案》《无人生还》《阳光下的罪恶》等脍炙人口的作品。时至今日,这些作品依然是世界侦探文学宝库里最宝贵的财富。根据她的小说改编而成的舞台剧《捕鼠器》,已经成为世界上公演场次最多的剧目;而在影视改编方面,《东方快车谋杀案》为英格丽·褒曼斩获奥斯卡大奖，《尼罗河上的惨案》更是成为几代人心目中的经典。

阿加莎·克里斯蒂的创作生涯持续了五十余年，总共创作了八十余部侦探小说。她的作品畅销全世界一百多个国家和地区，累计销量已经突破二十亿册。她创造的小胡子侦探波洛和老处女侦探马普尔小姐为读者津津乐道。阿加莎·克里斯蒂是柯南·道尔之后最伟大的侦探小说作家，是侦探文学黄金时代的开创者和集大成者。一九七一年，英国女王授予克里斯蒂爵士称号，以表彰其不朽的贡献。

一九七六年一月十二日，阿加莎·克里斯蒂逝世于英国牛津郡沃灵福德家中，被安葬于牛津郡的圣玛丽教堂墓园，享年八十五岁。

阿加莎·克里斯蒂 侦探作品年表

波洛系列

1920　The Mysterious Affair at Styles《斯泰尔斯庄园奇案》
1923　Murder on the Links《高尔夫球场命案》
1924　Poirot Investigates《首相绑架案》
1926　The Murder of Roger Ackroyd《罗杰疑案》
1927　The Big Four《四魔头》
1928　The Mystery of the Blue Train《蓝色列车之谜》
1932　Peril at End House《悬崖山庄奇案》
1933　Lord Edgware Dies《人性记录》
1934　Murder on the Orient Express《东方快车谋杀案》
1935　Three-Act Tragedy《三幕悲剧》
1935　Death in the Clouds《云中命案》
1936　The ABC Murders《ABC谋杀案》
1936　Murder in Mesopotamia《古墓之谜》
1936　Cards on the Table《底牌》
1937　Dumb Witness《沉默的证人》
1937　Death on the Nile《尼罗河上的惨案》
1937　Murder in the Mews《幽巷谋杀案》
1938　Appointment with Death《死亡约会》
1938　Hercule Poirot's Christmas《波洛圣诞探案记》
1940　Sad Cypress《H庄园的午餐》
1940　One, Two, Buckle My Shoe《牙医谋杀案》
1941　Evil Under the Sun《阳光下的罪恶》
1943　Five Little Pigs《五只小猪》
1946　The Hollow《空幻之屋》
1947　The Labours of Hercules《赫尔克里·波洛的丰功伟绩》
1948　Taken at the Flood《顺水推舟》
1952　Mrs. McGinty's Dead《清洁女工之死》
1953　After the Funeral《葬礼之后》
1955　Hickory Dickory Dock《山核桃大街谋杀案》
1956　Dead Man's Folly《弄假成真》
1959　Cat Among the Pigeons《鸽群中的猫》
1960　The Adventure of the Christmas Pudding《雪地上的女尸》

阿加莎·克里斯蒂 侦探作品年表

1963　The Clocks《怪钟疑案》
1966　Third Girl《第三个女郎》
1969　Hallowe'en Party《万圣节前夜的谋杀》
1972　Elephants Can Remember《大象的证词》
1974　Poirot's Early Stories《蒙面女人》
1975　Curtain—Poirot's Last Case《帷幕》

马普尔小姐系列

1930　The Murder at the Vicarage《寓所谜案》
1932　The Thirteen Problems《死亡草》
1942　The Body in the Library《藏书室女尸之谜》
1943　The Moving Finger《魔手》
1950　A Murder Is Announced《谋杀启事》
1952　They Do It with Mirrors《借镜杀人》
1953　A Pocket Full of Rye《黑麦奇案》
1957　4.50 from Paddington《命案目睹记》
1962　The Mirror Crack'd from Side to side《破镜谋杀案》
1964　A Caribbean Mystery《加勒比海之谜》
1965　At Bertram's Hotel《伯特伦旅馆》
1971　Nemesis《复仇女神》
1976　Sleeping Murder《沉睡谋杀案》
1979　Miss Marple's Final Cases《马普尔小姐最后的案件》

其他系列及非系列

1922　The Secret Adversary《暗藏杀机》
1924　The Man in the Brown Suit《褐衣男子》
1925　The Secret of Chimneys《烟囱别墅之谜》
1929　Partners in Crime《犯罪团伙》
1929　The Seven Dials Mystery《七面钟之谜》
1930　The Mysterious Mr. Quin《神秘的奎因先生》
1931　The Sittaford Mystery《斯塔福特疑案》
1933　The Witness for the Prosecution《控方证人》
1934　Why Didn't They Ask Evans?《悬崖上的谋杀》
1934　The Listerdale Mystery《金色的机遇》

阿加莎·克里斯蒂 侦探作品年表

1934　Parker Pyne Investigates《惊险的浪漫》
1939　Murder Is Easy《逆我者亡》
1939　And Then There Were None《无人生还》
1941　N or M?《桑苏西来客》
1944　Towards Zero《零点》
1945　Sparkling Cyanide《闪光的氰化物》
1945　Death Comes as the End《死亡终局》
1949　Crooked House《怪屋》
1950　Three Blind Mice and Other Stories《三只瞎老鼠》
1951　They Came to Baghdad《他们来到巴格达》
1954　Destination Unknown《地狱之旅》
1958　Ordeal by Innocence《奉命谋杀》
1961　The Pale Horse《灰马酒店》
1967　Endless Night《长夜》
1968　By the Pricking of My Thumbs《煦阳岭的疑云》
1970　Passenger to Frankfurt《天涯过客》
1973　Postern of Fate《命运之门》
1997　While the Light Lasts《灯火阑珊》

出版前言

纵观世界侦探文学一百七十余年的历史，如果说有谁已经超脱了这一类型文学的类型化束缚，恐怕我们只能想起两个名字——一个是虚构的人物歇洛克·福尔摩斯，而另一个便是真实的作家阿加莎·克里斯蒂。

阿加莎·克里斯蒂以她个人独特的魅力创造了侦探文学史上无数的传奇：她的创作生涯长达五十余年，一生撰写了八十余部侦探小说；她开创了侦探小说史上最著名的"黄金时代"；她让阅读从贵族走入家庭，渗透到每个人的生活中；她的作品被翻译成一百多种文字，畅销全球一百五十余个国家，作品销量与《圣经》《莎士比亚戏剧集》同列世界畅销书前三名；她的《罗杰疑案》《无人生还》《东方快车谋杀案》《尼罗河上的惨案》都是侦探小说史上的经典，她是侦探小说女王，因在侦探小说领域的独特贡献而被册封为爵士；她是侦探小说的符号和象征。她本身就是传奇。沏一杯红茶，配一张躺椅，在暖暖的阳光下读阿加莎的小说是一种生活方式，是惬意的享受，也是一种态度。

午夜文库成立之初就试图引进阿加莎的作品，但几次都与版权擦肩而过。随着午夜文库的专业化和影响力日益增强，阿加莎·克里斯蒂的版权继承人和哈珀柯林斯出版公司主动要求将版权独家授予新星出版社，并将阿加莎系列侦探小说并入午夜文库。这是对我们长期以来执着于侦探小说出版的褒奖，是对我们的信任与鼓励，更是一种压力和责任。

新版阿加莎·克里斯蒂作品由专业的侦探小说翻译家以最权威的英文版本为底本，全新翻译，并加入双语作品年表和阿加莎·克里斯蒂家族独家授权的照片、手稿等资料，力求全景展现"侦探女王"的风采与魅力。使读者不仅欣赏到作家的巧妙构思、离奇桥段和睿智语言，而且能体味到浓郁的英伦风情。

阿加莎作品的出版是一项系统工程，规模庞大，我们将努力使之臻于完美。或存在疏漏之处，欢迎方家指正。

新星出版社
午夜文库编辑部

Agatha Christie

Over the next few years, we plan to celebrate two very important Agatha Christie anniversaries. In 2015, it is the 125th anniversary of her birth in Torquay, South Devon, England, and in 2020 it will be 100 years after her first book, THE MYSTERIOUS AFFAIR AT STYLES, featuring her famous detective, Hercule Poirot, was published. This is therefore a very appropriate moment to publish a new edition of her works, and I am delighted that HarperCollins has chosen to work with New Star on these new editions. New Star is China's top crime publisher, and has a strong and dedicated editorial staff and a continued passion for Agatha Christie, making them the ideal partner. It is the right time to make these classic books available in modern translations and so to bring Agatha Christie's books anew to her many fans in China, giving them a new reason to re-read these much-loved stories, as well as introducing them to a whole new audience. How delighted Agatha Christie would have been that her stories (as she called them) are still giving so much pleasure to so many people all over the world!

I think there are two very remarkable things about Agatha Christie's stories. The first is that they are so adaptable. It doesn't really matter which language they appear in, the stories and the plots still give the same thrill, still provide the same puzzles, and the characters still have the same attraction. Readers in China will I am sure enjoy Hercule Poirot and Miss Marple just as much as we do in England, and readers in China will still be transfixed by the surprises and horrors of AND THEN THERE WERE NONE, one of the great classics of 20th century detective fiction, as we are here.

Agatha Christie

The second is that the stories give a wonderful picture of England, particularly rural England, at the time Agatha Christie lived. She wrote books from 1920 until 1970 but it is sometimes hard to tell which part of her life each book was written in. Her characters and the life they lived were very much the same. The life we all live is changing very quickly these days but "the Agatha Christie world stays the same." Perhaps the Miss Marple stories provide the best example of this, and in some ways THE BODY IN THE LIBRARY and NEMESIS are quite similar, despite the fact that thirty years elapsed between the time they were written.

Perhaps I might end by mentioning three Agatha Christies (other than the ones mentioned above) which I think demonstrate why she is so popular, even in the twenty-first century. The first is MURDER ON THE ORIENT EXPRESS, one of the most famous with one of the most ingenious and human plots. Next read this on one of your long train journeys in China! Next is A MURDER IS ANNOUNCED, a Miss Marple which was her 50th book. It has my favourite murderer in it! And last is ENDLESS NIGHT — a story about evil and how it affects three young people, written at the time when I knew her best, and understood how deeply she cared and sympathised with young people and the world they lived in.

Whichever are your favourites I hope you enjoy these stories that New Star are introducing to you again. I think it is a great publishing event.

Mathew *[signature]*
Grandson of Agatha Christie
Chairman of Agatha Christie Ltd

致中国读者

(午夜文库版阿加莎·克里斯蒂作品集序)

在接下来的几年中,我们将要筹备两个非常重要的关于阿加莎·克里斯蒂的纪念日。二〇一五年是她的一百二十五岁生日——她于一八九〇年出生于英国的托基市,二〇二〇年则是她的处女作《斯泰尔斯庄园奇案》问世一百周年的日子,她笔下最著名的侦探赫尔克里·波洛就是在这本书中首次登场。因此新星出版社为中国读者们推出全新版本的克里斯蒂作品恰逢其时,而且我很高兴哈珀柯林斯选择了新星来出版这一全新版本。新星出版社是中国最好的侦探小说出版机构,拥有强大而且专业的编辑团队,并且对阿加莎·克里斯蒂的作品极有热情,这使得他们成为我们最理想的合作伙伴。如今正是一个良机,可以将这些经典作品重新翻译为更现代、更权威的版本,带给她的中国书迷,让大家有理由重温这些备受喜爱的故事,同时也可以将它们介绍给新的读者。如果阿加莎·克里斯蒂知道她的小故事们(她这样称呼自己的这些作品)仍然能给世界上这么多人带来如此巨大的阅读享受,该有多么高兴啊!

我认为阿加莎·克里斯蒂的作品有两个非常重要的特征。首先它们是非常易于理解的。无论以哪种语言呈现,故事和情节都同样惊险刺激,呈现给读者的谜团都同样精彩,而书中人物的魅力也丝毫不受影响。我完全可以肯定,中国的读者能够像我们英国人一样充分享受赫尔克里·波洛和马普尔小姐带来的乐趣；中国读者也会和我们一样，读到二十世纪最伟大的侦探经典作品——比如《无人生还》——的时候，被震惊和恐惧牢牢钉在原地。

第二个特征是这些故事给我们展开了一幅英国的精彩画卷，特别是阿加莎·克里斯蒂那个年代的英国乡村。她的作品写于二十世纪二十年代至七十年代间，不过有时候很难说清楚每一本书是在她人生中的哪一段日子里写下的。她笔下的人物，以及他们的生活，多多少少都有些相似。如今，我们的生活瞬息万变，但"阿加莎·克里斯蒂的世界"依旧永恒。也许马普尔小姐的故事提供了最好的范例：《藏书室女尸之谜》与《复仇女神》看起来颇为相似，但实际上它们的创作年代竟然相差了三十年。

最后，我想提三本书，在我心目中（除了上面提过的几本之外）这几本最能说明克里斯蒂为什么能够一直受到大家的喜爱。首先是《东方快车谋杀案》，最著名，也是最机智巧妙、最有人性的一本。当你在中国乘火车长途旅行时，不妨拿出来读读吧！第二本是《谋杀启事》，一个马普尔小姐系列的故事，也是克里斯蒂的第五十本著作。这本书里的诡计是我个人最喜欢的。最后是《长夜》，一个关于邪恶如何影响三个年轻人生活的故事。这本书的写作时间正是我最了解她的时候。我能体会到她对年轻人以及他们生活的世界关心至深。

现在新星出版社重新将这些故事奉献给了读者。无论你最爱的是哪一本，我都希望你能感受到这份快乐。我相信这是出版界的一件盛事。

阿加莎·克里斯蒂外孙

阿加莎·克里斯蒂有限责任公司董事长

马修·普理查德

二〇一三年二月二十日

中文版特别说明

阿加莎·克里斯蒂不止完成了六十六部长篇侦探小说和诸多剧本，还创作了超过一百五十部的短篇小说。其实，她的处女作是一部名为《丽人之屋》(The House of Beauty)的短篇小说。阿加莎十几岁时害过一场未对外公开的病[①]，这篇故事就是在她卧床恢复期间写成的。小说大约六千字，主题是"疯狂与梦想"。这个令阿加莎着迷的主题驱使她创作出更多作品，最终于一九〇八年完成了小说《荒漠之上的雪》(Snow Upon the Desert)。

尽管这部小说没能出版，但它赋予了阿加莎持续写作的信心。在多次尝试出版剧本或短篇小说均告失败以后，一九一六年，姐姐玛吉建议阿加莎可以尝试创作侦探小说。终于，《斯泰尔斯庄园奇案》让全世界认识了比利时侦探赫尔克里·波洛，开启了侦探女王阿加莎·克里斯蒂的写作生涯。

《斯泰尔斯庄园奇案》出版后，《速写》(The Sketch)周刊的编辑布鲁斯·英格兰姆邀请阿加莎创作一部以赫尔克里·波洛为主角的系列短篇小说。一九二三年四月至十月期间，这些小说在该杂志发表。之后，十一个故事串连成《首相绑架案》一书，并于次年出版。这是她众多短篇小说集当中的第一部。

[①]事实上，阿加莎在自传中有提到她当时得的是一场流行性感冒。

阿加莎·克里斯蒂于一九七六年一月十二日逝世，在此之前的近五十年里，她每年都有新书或者短篇小说集出版。随着时间推移，人们开始怀念侦探女王新书发布的时光。出版社发现有些曾在诸如《速写》等杂志上发表过的短篇小说并未集结成书发行过。因此，一九七九年出版《马普尔小姐最后的案件》，一九九一年出版《神秘的第三者》[①]，一九九七年出版《灯火阑珊》。《灯火阑珊》收录了修改后的《丽人之屋》——那部最早的短篇小说。一九二五年，阿加莎重新改写了这个故事，并将其命名为《白屋梦魇》(The House of Dreams)。

《神秘的第三者》一书包含英文版初版的所有故事，共八篇，出现了阿加莎·克里斯蒂作品中最受欢迎的几个人物——《爱情侦探》，一九二六年首次出版、以哈利·奎因和萨特思韦特先生为主角的故事，它使人联想起马普尔小姐的《寓所谜案》;《锣声再起》和《黄色鸢尾花》是一九三〇年写就的赫尔克里·波洛系列小说;短篇《情牵波伦沙》和《失窃的钻石》于一九三〇年在《海滨杂志》上发表，这两个案件属于帕克·派恩系列。为了保持帕克·派恩短篇小说的完整性，之后这两个故事又被收录进《惊险的浪漫》一书，因此大家或许已从那本书中读过了。

这本特别的新星版《神秘的第三者》(正式出版名为《三只瞎老鼠》[②])，收录了英国版从未出现过的一个故事。《三只瞎老鼠》实际上从未在英国出版过。这部小说是阿加莎·克里斯蒂于一九四八年根

[①] 该短篇集书名取自集中收录的一个短篇故事，英文名为 Problem at Pollensa Bay，新星版将该短篇译为《情牵波伦沙》，已结集于《惊险的浪漫》一书中。下文仍将短篇集书名译为《神秘的第三者》，以示区分书名与篇目名。

[②] 新星版《三只瞎老鼠》收录的是英国版《神秘的第三者》的全部八个短篇，再加一个中篇小说《三只瞎老鼠》。其中，《情牵波伦沙》和《失窃的钻石》两个短篇已经结集于《惊险的浪漫》一书，应英国出版方和版权人要求，这两个篇目再次结集于本书中，以示向首版致敬。

据一部时长半小时的广播剧改编而成。而该广播剧是她应英国广播公司之邀，为庆祝玛丽王太后八十岁寿诞而作，并于一九四七年五月三十日星期五当天播出。王太后很欣赏阿加莎·克里斯蒂，并指名要将她的故事列入晚间档节目。

阿加莎·克里斯蒂看到了《三只瞎老鼠》的潜力，决定将其扩写为完整的剧本。一九五二年，该作品以《捕鼠器》为名搬上伦敦舞台——从此长盛不衰，成为全世界演出档期最长的舞台剧。为了不让观众们知晓话剧出人意料的结局，阿加莎对原制作人彼德·桑德斯先生承诺，等话剧停演之后才会在英国出版这则短篇小说。所以《三只瞎老鼠》虽已在美国出版并被译成多种语言，但英国人一直坚守这条承诺。时至今日，它成为阿加莎·克里斯蒂众多短篇作品中唯一一部没有在英国出版、销售过的小说。

DAVID BRAWN

UK Publisher of Agatha Christie

大卫·布朗

阿加莎·克里斯蒂英国出版人

阿加莎·克里斯蒂侦探小说全集⑩

三只瞎老鼠
Three Blind Mice and Other Stories

Agatha Christie®

[英]阿加莎·克里斯蒂 著
王占一 张叶青 译

新 星 出 版 社　NEW STAR PRESS

目录

1	情牵波伦沙
25	锣声再起
55	黄色鸢尾花
77	五彩茶具
113	失窃的钻石
135	爱情侦探
163	与犬为伴
185	木兰花
209	三只瞎老鼠

情牵波伦沙

1

清晨，帕克·派恩先生乘坐的从巴塞罗那开出的蒸汽船缓缓驶达马略卡岛①。刚刚上岛，帕克·派恩先生就被来了个下马威——酒店全部爆满！他当时能挑到的最好住处就是城中心一家酒店内庭上方的一间密不透风的隔间。帕克·派恩先生显然不打算买账，但酒店老板也并没有因此做出任何表示。

"您还想要什么？"酒店老板耸了耸肩。

此时正值帕尔马②的旺季！岛上生意繁忙，就好像英国人、美国人都选择在冬天出现在马略卡岛上一般！到处人满为患，以至于帕克·派恩先生这位英国绅士是否能找到一处落脚的地方还真要被打上一个问号——除非他会考虑房价高到连外国人都会敬而远之的佛门托③。

帕克·派恩先生在临时歇脚的酒店里用了一些咖啡和面包后就出门了。他本想好好欣赏一下大教堂辉煌的建筑风貌，却无奈地发现自己完全没有心情。

后来，他遇到了一位不但人好又能说一点法语的西班牙出租车司机，他们聊起了包括佛门托、索列尔、阿尔库迪亚、波伦沙在内的马略卡岛的周边地区——这些地方的共同特点就是酒店很

---

①马略卡岛（Majorca），地中海群岛，位于西班牙的东部，首府是帕尔马。马略卡岛上到处是砂质的海滩、陡峭的悬崖、种植着橄榄或是杏树的田野等自然风光。
②帕尔马（Palma），马略卡岛主要城市和港口，同时是西班牙巴利阿里群岛自治区的首府。
③佛门托（Formentor），位于马略卡岛北部。

棒，但价格不菲。

聊着聊着，帕克·派恩先生不禁对酒店的价格产生了兴趣。

从司机口中得知，那些酒店大都是漫天要价——难道还有人不知道英国人会来此地是因为价格便宜公道吗？

帕克·派恩先生没有否认，仍旧继续追问佛门托的酒店价格。

"贵得离谱！"

"非常好——但到底要多少钱？"

拗不过帕克·派恩先生，司机最后只好说出了具体数字。

但实际上，这个价钱对于不久前刚住过耶路撒冷和埃及那些天价酒店客房的帕克·派恩先生来说却实在算不得什么。

就这样，帕克·派恩先生决定亲自去找住处。待所有行李一股脑儿都被搬到车上之后他们便出发了。开始的时候他们还绕岛行驶，企图路遇一些便宜的小客栈，但到后来就直接锁定佛门托了。

不过他们最终并没有抵达这些豪宅，因为他们一路顺着波连萨狭窄的街巷和蜿蜒的海岸线到达了皮诺道罗酒店——一家坐落于海边的小旅店。清晨的迷雾中，旅店周围的景色像极了一幅精美考究的日本版画。帕克·派恩先生几乎打第一眼起就认定了这家旅店。他示意司机停下车，满怀希望地走上前推开油漆大门。

旅店的主人是一对既不会说英语也不会说法语的老年夫妇。不过这一点都不妨碍他们之间的沟通，一会儿工夫，帕克·派恩先生就拿到了一间海景房的钥匙。帮帕克·派恩先生把所有的行李都搬下车后，如释重负的出租车司机替他的客人感到欣慰，一边接过报酬一边兴奋地用西班牙语打了个招呼就扬长而去。

帕克·派恩先生扫了一眼手表，见时间还早——不过十点十五分，便径直走向依旧沐浴在晨光中的露台，为自己又点了一份咖啡和面包当作早餐。

露台上一共摆着四张桌子，除了一张用来收拾残羹剩饭和一张他正在用的，另外两张桌子旁都坐着人。离他近一些的那桌是父母二人加上两个女儿的一家德国人。稍远一些，在露台角落里的那桌很明显可以看出来是一对英国母子。

英国母亲大概五十五岁上下，头发花白得恰到好处——即使是并不时尚的花呢外套和短裙也遮挡不住她精明的气质——那种泰然自若的状态让人一看就知道是那种经常出国旅行、见过世面的英国妇人。

坐在她对面的年轻人约莫有二十五岁，个子不高不矮，长得虽然不算英俊但也绝不普通，一副他这个阶层和年龄的典型外表。很明显，他们的母子关系非常好——小伙子不仅陪着母亲说笑话，还不厌其烦地帮母亲拿这拿那。

在和儿子说话的时候，英国妇人和帕克·派恩先生两个人的眼神不期而遇地碰到了一起。虽然良好的教养让英国妇人及时地撤回自己的目光，但帕克·派恩先生早就清楚地知道自己已经被注意到了。

他知道，一旦他被认出是英国人，就会有一些无关痛痒的闲聊接踵而至。

帕克·派恩先生倒也并没有对此特别反感。尽管他的那些英国老乡不论男女都会让他感到些许无聊，他还是希望可以尽可能友善地对待他人——尤其是住在这样一家彼此抬头不见低头见的小旅店里。他十分确定眼前的这个英国妇人绝对是个深谙住店礼节的老手。

男孩站起身，说笑了几句就转身进了房间。母亲看到儿子走开后便拿上手包和几封信找了一张面朝大海的椅子舒舒服服地坐了下来，开始翻动手里的《大陆每日邮报》。

帕克·派恩先生就坐在她的后面，他喝干杯中最后一滴咖啡的时候，眼睛正好扫过她的背影，不料这不经意的一瞥竟然让他有一种全身血液瞬间凝固的感觉。他有预感——预感到自己尚且平静悠闲的假期有可能会就此结束！多年的丰富阅历告诉他，眼前这个僵硬紧绷的背影意味着什么——不用看脸就可以断定这个背影的主人正在如何努力强忍泪水。

像只时常需要警惕捕猎者的动物一样，帕克·派恩先生小心翼翼地溜回了房间。半个小时后，他接到前台的通知去签名。

他工工整整地在签名簿上签下了自己的名字——C.帕克·派恩，伦敦。

接着，他又往上扫了几行，看到了几个名字：R.切斯特夫人，巴兹尔·切斯特先生——霍尔姆公园，德文郡。

于是，帕克·派恩先生又拿出笔，飞快地在自己的名字上添了几笔，让它变成很难辨认出的几个字——克利斯多夫·派恩。

这样，就算R.切斯特夫人在波伦沙有什么不开心的事情也无法轻而易举地找到帕克·派恩先生了。

一直以来，帕克·派恩先生都在琢磨：为什么在国外遇到的很多人都知道他的名字、看过他的广告，而在每天都有上千人读《泰晤士报》的英国，竟还会有人一五一十地告诉他，他们从来没听说过帕克·派恩这个名字。想着想着他就明白了，因为人们在异国他乡的时候，读起报纸来总是会更加仔细，不会放过任何消息，即使是广告专栏。

之前有好几次，帕克·派恩先生都因为需要插手解决各种各样的事情而不得不中断自己的假期，谋杀案也好、有预谋的绑架案也罢，对他来讲各种案件无奇不有。因此，他决定抓住这次马略卡之旅好好享受一下。然而，他的直觉却告诉他，他平静的假期即将会被那个闷闷不乐的母亲所打破。

帕克·派恩先生在皮诺道尔酒店住得很舒心。不远处有一个大一些的酒店，名叫马里波萨，里面住着许多英国人，周边还有一个艺术家的聚集地。此外，沿着海岸线便可以走进一个渔村，村里有几家小店铺和一家人气很旺的鸡尾酒吧。上身裹着各色鲜艳大方巾的姑娘们穿着宽松的裤子走来走去；留着长发、头戴贝雷帽的小伙子们聚拢在一起聊着艺术；一切都让人感到宁静和愉悦。

第二天，切斯特夫人找到帕克·派恩先生攀谈了几次，他们的对话不是关于景色就是天气。之后，她又去找德国女士聊了一会儿编织，又到两个早起后已经徒步行走十一个小时的丹麦男士那里发表了一下自己对于政局的见解。

而帕克·派恩先生则在这段时间内对巴兹尔·切斯特这个小伙子萌生出了极大的好感。巴兹尔称呼他为"先生"，在他面前总是谦卑有度。有时候，这三个英国人吃过晚饭后还会聚在一起喝咖啡。

第四天，三个人又凑在一起喝咖啡，因为巴兹尔有事先离开，帕克·派恩先生得到了一次和他的母亲独自倾谈的机会。他们两个人从爱花聊到养花；从对英镑处境的扼腕叹息说到法郎升值得多么离谱；同时还抱怨找不到好喝的下午茶。

从那天起，每晚巴兹尔先行离开之后，帕克·派恩先生就发现切斯特夫人总是先要掩饰一下自己的不安，不过很快她又会欣然聊回到方才的话题上面。

渐渐地，切斯特夫人开始对帕克·派恩先生讲起了巴兹尔的事情——他在学校的表现是多么出色——"要知道他可是排名前六呢";他是多么受大家的欢迎;要是他父亲还活着的话将会如何以他为傲;她自己又是多么感恩巴兹尔从未"出去野混"过。

"我自然总是会劝他要多和年轻人相处,但是他却好像真的很喜欢和我待在一起。"切斯特夫人虽然有点不好意思,却也是一脸幸福。

不过,帕克·派恩先生这一次并没有给出他以往轻而易举就可以想到的回答。

"噢!我们这里有很多年轻人呢——不在酒店里面,在周边。"帕克·派恩先生说。

然而,话一出口他就注意到切斯特夫人的异样。

"这附近确实有很多艺术家。"她冷冷地说。

这可能是因为她过于因循守旧——真正的艺术自然另当别论,但却绝不等同于很多年轻人为了憧憬无所事事而捏造出来的借口——更何况有些姑娘也喝得太多了。

"先生,我非常高兴能在这里遇到您——特别是从我母亲的立场来看。她很享受每晚和您的谈话时间。"巴兹尔次日对帕克·派恩先生说。

"你们刚来这里的时候都做些什么?"

"我们那时候经常玩皮克牌①。"

"明白。"

"当然,那个东西玩久了大家都会厌倦的。其实我在这里交到过一些朋友——一群非常活跃的人。但是我母亲可不怎么认同他们——"巴兹尔笑了笑,觉得自己说了一个笑话。"我妈是一个特别保守的人……就连女孩穿长裤都让她无法接受!"

---

① 纸牌牌戏,供两人玩,另有供三人或四人玩的变种。

"是这么回事。"帕克·派恩先生应声说。

"我跟她说——一个人要与时俱进才行……我们家里的那些女孩都太无趣了……"

"我明白。"作为一个旁观者,帕克·派恩先生觉得自己已经被吊足了胃口。

接下来,帕克·派恩先生最担心的一幕还是发生了。他和切斯特夫人在茶叶店巧遇了他的熟人——一位言辞夸张的女士,而且她就住在不远的马里波萨酒店。

女士一看到帕克·派恩先生就叫了起来:

"这不是帕克·派恩先生嘛!还有阿德拉·切斯特!你们认识?噢,认识?你们住在同一家酒店?阿德拉,他可是个绝无仅有如假包换的世纪奇才——能帮你摆平所有的麻烦!你难道不知道?你一定听说过他的名字?他的广告你见过吗?'你有麻烦吗?请找帕克·派恩先生。'他可谓是无所不能。它可以让吵架吵得不可开交的夫妻重归于好——也可以为你安排一次永生难忘的冒险,让你重拾对生活的热情。就像我说的,这个男人就是个奇才!"

帕克·派恩先生的仰慕者接下来又絮絮叨叨地说了一些,以至于他不得不见缝插针地为自己说上两句。他不喜欢切斯特夫人看他的那种眼神,更受不了看着她走回海滩和那个喋喋不休的仰慕者聊个没完。

事情发展得远比帕克·派恩先生预想的要快。当晚,咖啡时间过后,切斯特夫人就开始发问了。

"派恩先生,您可以跟我到那间小沙龙去一下吗?有些话我想和您说。"

帕克·派恩先生恭敬不如从命。

就在切斯特夫人快要控制不住自己情绪的时候,他们走进了小沙龙房间。就在门被关上的那一刹那,刚刚坐定的切斯特夫人泪如泉涌。

"帕克·派恩先生,是我的儿子。您得救救他。我们必须要救他。我的心都要碎了!"

"亲爱的夫人,我只是一个外人——"

"妮娜·威彻列说您无所不能。她说我会对您充满信心。她还建议我要对您全盘托出——那样您就知道该如何下手了。"

尽管心里在不住地咒骂多嘴多舌的威彻列,但帕克·派恩先生还是很好地控制住了自己的情绪。

"那么,就让我们来研究一下吧。我猜是和一个姑娘有关?"

"他和你提过?"

"只是间接说起。"

"那个女孩糟透了,喝酒骂人——从不穿正经衣服,"切斯特太太一肚子的不满像决堤的河水般奔涌而出,"她有个姐姐就住在这里——嫁给了一个荷兰的艺术家。这些人简直无可救药,他们当中有一半人都过着未婚同居的生活。巴兹尔和以前大不一样了,他以前很文静,只有严肃的话题才会勾起他的兴趣,他还想过要做考古学家——"

"这没什么,"帕克·派恩先生随声附和着,"顺其自然就好。"

"你这是什么意思?"

"对于年轻小伙子来说,只对严肃话题感兴趣可是很不利于健康的。他应该把自己当作白痴一样去追求姑娘。"

"派恩先生,请严肃一点。"

"我是认真的。你说的姑娘是不是就是昨天和你喝茶的那位?"

帕克·派恩先生的确对那个红唇姑娘有印象——她穿着一

条灰色法兰绒质感的长裤,胸前松松地围着一条鲜红色的大方巾——而更令人印象深刻的是她喝的不是茶而是鸡尾酒。

"你看到她了?可怕至极!根本就不是巴兹尔想要的那种姑娘。"

"但你也没有给过他任何机会让他去喜欢一个姑娘。"

"我吗?"

"巴兹尔现在已经习惯于有你陪伴左右了!这非常不好!但我敢说他会克服这一点——只要你不插手。"

"您大概还没有弄明白。他要娶这个名叫贝蒂·格雷格的姑娘——他们订婚了。"

"已经到了这一步吗?"

"是的,帕克·派恩先生,您一定得做些什么。您不能让我的儿子陷入这样灾难性的婚姻中!要不然他的一辈子就毁了。"

"没有一个人的人生是可以被别人毁掉的,除非是他自己。"

"但是巴兹尔不同。"切斯特夫人态度坚决。

"我倒是不担心巴兹尔。"

"您不担心那个姑娘吗?"

"不,我担心的是您。您现在是在滥用您对子女的职权。"

切斯特夫人还是第一次听到这样的说法,眼前的帕克·派恩先生让她不禁怔了一下。

"一个人的二十岁到四十岁意味着什么?那是一段需要人际和情感关系束缚的时间。生活本来就是这个样子。但之后就会跨入一个新的阶段,那时候人们会开始思考和观察人生,发现他人也在寻找自我的本真,生命开始变得真正有分量。生命是一个过程,而不仅仅是有你出演的一幕。男女都一样,没有一个人可以在四十五岁之前成为真正意义上的自己,所以,在那之前,每一个人都还有机会。"

"我对巴兹尔付出了太多的心血。他就是我的全部。"切斯特夫人说道。

"不,您不应该那样看待他。而您现在也已经尝到了那样做的苦果。您完全可以给他尽可能多的爱——但同时要记住你是阿德拉·切斯特,一个独立的人——而不仅仅是巴兹尔的母亲。"

"如果巴兹尔的一生被毁掉,那我的心也碎了。"

巴兹尔母亲的话让帕克·派恩先生重新端详了一遍他眼前的这个女人——尽管脸上挂着岁月留下的细纹,还带着一副闷闷不乐的表情,但依然可以让人感受得到她的可爱之处。帕克·派恩先生不由得心生怜悯。

"我会想办法的。"

找到巴兹尔的时候,帕克·派恩先生发现对方其实比他更急于表述自己的观点。

"这件事情真是糟透了。我妈她真是无可救药——偏见、狭隘。她都不肯去了解贝蒂有多好。"

"贝蒂现在怎么样?"

巴兹尔叹了口气。

"贝蒂现在很难被说服!她要是能随和一点就好了——我是说比如一天不涂唇膏——那样的话事情还会好办一些。而事实是她好像总是要在我妈在身旁时显出很现代的样子。"

帕克·派恩先生微微一笑。

"贝蒂和你母亲是这世上你最爱的两个人。我本以为她们两个人会彼此欣赏、互相喜爱。你要学的还多着呢,小伙子。"

"我希望您可以跟我一起去见见贝蒂,好好和她谈一谈。"

帕克·派恩先生等的就是他这句话。

贝蒂和她的姐姐、姐夫一起住在离海边不远的一栋年久失修的别墅里。她们的生活简单到让人有一种焕然一新的感觉。所有的家具加起来不过只有三把椅子、一张桌子、一张床。墙上还钉着一个碗柜,杯子盘子都毫无遮掩地摆放在上面。汉斯是个留着金黄色寸头的热情小伙子。他在房间里一边走来走去一边说着又快又拗口的英语。与一头红发、满脸雀斑、眼神机灵的贝蒂·格里格相比,姐姐斯特拉就显得十分娇小和白净了。帕克·派恩先生发现她和前一天出现在皮诺多克酒店时一样几乎没有化妆。

贝蒂为帕克·派恩先生端来了一杯鸡尾酒。

"你被卷进来了?"她狡黠地眨了眨眼睛。

帕克·派恩先生点了点头。

"那你站在哪一边,老男孩?年轻的恋人——还是持反对态度的老人家?"

"我能先问你一个问题吗?"

"当然。"

"你之前是不是做得有点过火?"

"绝对没有,"格里格小姐直言不讳,"但是那个老家伙实在是把我惹毛了。"她一边说一边四下里看了看,确定巴兹尔不会听到他们的谈话。"我快要被他逼疯了。巴兹尔这些年一直被她捧在手心里——这让他变得十分愚钝。其实巴兹尔本身一点都不傻。不仅如此,那个老太太还总是摆出一副正人君子的样子。"

"这也并不是什么坏事。现在来看只是一点都不'时髦'。"

"你是说这就好像是先把齐本德尔①式椅子从古董店里搬出来放到维多利亚时代?等以后再把它们撤下来,说:'是不是很

---

① 十八世纪的英国家具设计家。

不可思议？'"贝蒂·格里格眼睛一眨，计上心来。

"差不多这个意思吧。"

"也许你是对的。我应该诚实。真正把我惹毛的其实是巴兹尔——他实在是太紧张我会给他母亲留下一个什么样的印象了。我已经忍无可忍了。到现在我都觉得他会放弃我——如果他母亲对他恩威并施的话。"贝蒂·格里格琢磨了一会儿。

"很有可能，"帕克·派恩先生附和说，"如果他母亲的伎俩使用得当的话。"

"你会告诉她应该要怎么做吗？你知道，凭她自己是想不到的。她只会一味地反对，尽管起不到任何作用。但是如果你提点她一下的话——"贝蒂咬了咬嘴唇，用她那双蓝色的眼睛坦率地望着帕克·派恩先生。"帕克·派恩先生，我听说过您。您应该对人性很有见解。您觉得我和巴兹尔是不是可以试一试？"

"你得先回答我三个问题。"

"匹配度测试吗？没问题，请吧。"

"你睡觉的时候窗户是开着还是关上？"

"开着。我喜欢空气流通。"

"你和巴兹尔喜欢同一类型的食物吗？"

"是的。"

"你喜欢早睡还是晚睡？"

"私下里实话跟你说，我喜欢早睡。晚上一到十点半我就开始打呵欠——而且早上我会觉得精神饱满——不过当然我不敢承认这一点。"

"你们应该很般配。"帕克·派恩先生总结道。

"真是个肤浅的测试。"

"怎么会。我至少知道七对完全破裂的婚姻都是由于丈夫或者妻子总是要熬夜到凌晨才睡,但另一半九点半就已经睡着这样的原因。"

"可惜的是,"贝蒂说,"我们所有人都没法开心。巴兹尔、我,还有他的母亲。"

"我想,"帕克·派恩先生清了清嗓子,"事情还是有回旋余地的。"

"我现在倒是怀疑,"贝蒂·格里格一脸疑惑地看着帕克·派恩先生,"你是不是在欺骗我?"

对此,帕克·派恩先生不动声色,没有做出任何回答。

在切斯特夫人那边,帕克·派恩先生总是尽可能地让她宽心,但同时也经常用一些"订婚不等于结婚"这样闪烁其词的说法。其间他还到索列尔①待了一周的时间。同时,他还建议切斯特夫人行事不要太过强硬,要表现出勉强同意的样子来。

帕克·派恩先生在索列尔尽情地享受了一周的假期。而迎接他归来的却是一个完全超出预想的事态进展。

他一走进皮诺道尔酒店就看到切斯特夫人和贝蒂两个人在一起喝茶。在看上去有点咄咄逼人的切斯特夫人面前,贝蒂那张几乎没有上妆的脸看起来毫无血色,如果仔细看眼睛,还会发觉她刚刚哭过一场。

看到帕克·派恩先生走进来,两位女士都礼貌地打了招呼,不过谁也没有提到巴兹尔。

突然,贝蒂好像被什么弄痛了似的,倒吸了一口冷气,引得帕克·派恩随着她的视线也把头转了过去。

他们看到的是正从海边走来的巴兹尔,不过,他身边却多

---

① 索列尔(Soller),西班牙城市名称。

了一位美得让人窒息的姑娘——姣好的身姿被黝黑的肤色衬托得愈发迷人。不仅如此，除了身上裹着一件淡蓝色的绉纱，这姑娘几乎可以说是一丝不挂。脸上涂的是橘红色的唇膏、赭石色的粉底——尽管看起来很厚重，却让她看起来更加美艳摩登。至于年轻的巴兹尔，他的眼睛几乎就没看向别处。

"巴兹尔，你迟到了很久，"切斯特夫人嗔怪儿子，"你不是要带贝蒂去麦克酒吧的吗？"

"都怪我，"还没来得及做自我介绍的姑娘娇滴滴地说，"我们刚才只是到处逛了一下。"接着，她转过头对巴兹尔说："亲爱的——来点有意思的吧！"

说着，她就踢掉了鞋子，露出和手指甲同样染成祖母绿色并且修剪整齐的脚趾甲。

"这岛上真可怕，"她完全没有把在场的另外两个女人放在眼里，只是稍微地朝着帕克·派恩先生那边凑了凑，"遇到巴兹尔之前我简直都要无聊死了。他可真是个迷人的家伙！"

"拉蒙纳小姐——这位是帕克·派恩先生。"切斯特夫人介绍道。

"我大概会直接管你叫帕克，"前者似乎并不在意这个介绍，只是敷衍地笑了一下，"我叫德洛丽丝。"

这时，巴兹尔端着饮料走了回来。拉蒙纳小姐便开始和在场的两位男士聊了起来（大部分时间其实是在眉来眼去），完全不把一旁的切斯特夫人和贝蒂放在眼里。贝蒂倒是有几次想要插话，不过一看到另一个姑娘正哈欠连天地盯着她就立刻没有了兴致。

突然，德洛丽丝站了起来。

"我得先走了。我住的酒店在那一边，有人要跟我一起回去吗?"

"我跟你去。"巴兹尔一听就跳了起来。

"巴兹尔,我的宝贝——"一直没发声的切斯特夫人忍不住开口了。

"我去去就回,妈妈。"

"他该不会是个娇生惯养的妈宝男吧?"拉蒙纳小姐毫不避讳地大声说,"就知道跟她嘟囔个不停。"

巴兹尔的脸一下子就红了,显得十分窘迫。拉蒙纳小姐对帕克·派恩先生笑了笑,一脸灿烂地朝切斯特夫人点了下头就拉着巴兹尔走开了。

他们走后,在座的其他三人陷入了一阵令人尴尬的寂静。故意默不作声的帕克·派恩先生一边坐着边玩手指头边对着大海发呆的贝蒂·格里格,一边坐着气得涨红了脸的切斯特夫人。

"要不要说说我们在波伦沙的新相识?"贝蒂不慌不忙地第一个打破了寂静。

"有点儿——呃——异国风情。"帕克·派恩先生小心翼翼地接话。

"异国风情?"贝蒂苦笑了一下。

"她真是太可怕了——可怕。巴兹尔一定是疯了。"

"巴兹尔没有问题。"贝蒂厉声说。

"看看她的脚趾甲。"切斯特夫人一边说一边嫌弃地抖了抖身子。

"切斯特夫人,我想我得回去了,晚餐别等我。"贝蒂突然站了起来。

"噢,亲爱的——那样的话巴兹尔会很失望的。"

"会吗?"贝蒂轻轻笑了一下,"管他呢,我想我得走了,有点头痛。"

她冲帕克·派恩先生和切斯特夫人笑了笑就离开了。

"真希望我们从来没有来过这里——从来没有！"切斯特夫人把头转向帕克·派恩先生。

后者忧伤地摇了摇头。

"你前段时间不该离开，"切斯特夫人继续说，"如果你在的话就不会是现在这样了。"

帕克·派恩先生仿佛被什么触动了一下，他觉得是该说些什么了。

"亲爱的夫人，我可以向你保证，只要是关系到漂亮姑娘的事情，我就没法对你儿子产生任何影响。他——呃——好像天生比较容易动情。"

"他以前不是这样的。"切斯特夫人泪眼婆娑。

"那么好吧，"帕克·派恩先生故意摆出一副精神抖擞的样子，"至少现在这个姑娘的出现，看样子已经打破了他之前对格里格小姐的迷恋。起码这是个令你满意的结果吧。"

"我不明白你是什么意思，"切斯特夫人避而不答，"贝蒂是个好姑娘，从她的所作所为就能看出来她对巴兹尔是真心的。我看巴兹尔一定是疯了。"

切斯特夫人惊人的态度大转变并没有让帕克·派恩先生感到意外。他早就看透了女人的善变。

"倒也不是疯了——只是一时冲昏了头脑。"帕克·派恩先生温和地说。

"那个姑娘是个外国人。他们之间是不可能的。"

"但是真的很漂亮。"

切斯特夫人不屑地哼了一声。

这时，从海边回来的巴兹尔出现在不远的台阶上。

"妈，我回来了。贝蒂呢？"

"她说头有点痛，先回去了。我知道是为了什么。"

"你是说，生闷气吗？"

"巴兹尔，我觉得你对贝蒂做得有点太过分了。"

"妈妈，看在上帝的分儿上，您就别唠叨了。如果我一和别的姑娘说话贝蒂就会这样小题大做的话，那么我想我俩将来一定会过得'不错'。"

"你已经订婚了。"

"噢，是的，我们订婚了。但是那并不意味着我们就不能再有自己的朋友。现如今每个人都得对自己的生活负责，而不是去嫉妒别人。"

巴兹尔顿了顿。

"那么，如果贝蒂都不打算和我们一起吃晚餐的话——我想我还是回马里波萨好了。他们邀请我一起吃饭……"

"噢，巴兹尔——"

巴兹尔不耐烦地看了一眼母亲就急急忙忙跑下了台阶。

"你都看到了。"切斯特夫人意味深长地看了一眼帕克·派恩先生。

几天后，几乎就要不了了之的事情又出现了新的情况。本来和巴兹尔约好出去走走、然后再一起野餐的贝蒂在她到达皮诺道顿酒店的时候，才发现巴兹尔已经把他们的约定抛在脑后，和德洛丽丝·拉蒙纳一伙人跑去佛门托了。

贝蒂用力地绷住嘴唇，不让自己露出任何情绪。一会儿工夫，她就到了露台。

"没什么，"贝蒂对同在露台上的切斯特夫人说，"没关系的。

但是我想——还是要——做个了断。"

说着,她从手指上取下了巴兹尔之前送的戒指——只是枚象征性的戒指。

"切斯特夫人,您可以帮我把这个还给他吗?告诉他我没什么——不要担心……"

"贝蒂,不要这样,亲爱的!他是爱你的——真的。"

"看起来是,不是吗?"贝蒂笑了笑,"不……还是让我留些自尊吧。跟他说一切都好,还有,我……祝他好运。"

巴兹尔回来的时候太阳已经落山了。

他先是被劈头盖脸地骂了一顿,然后就看到了那枚似曾相识的戒指。这让他不禁脸红起来。

"这就是她的所思所想,对吗?好吧,我敢说这是最好的结局。"

"巴兹尔!"

"实话和您说吧,妈妈,我们最近一直都相处得不怎么好。"

"谁的错?"

"我不认为是我的错。嫉妒是魔鬼。而且我实在不明白您为什么要抓着这件事情不放手。当初可是您求我不要娶贝蒂的。"

"那是因为之前我还不了解她。巴兹尔——我的孩子——你不会是想娶那个姑娘吧?"

"如果她心里有我的话我立刻就娶她——但恐怕她心里根本没有我。"

切斯特夫人感到一阵脊背发凉,她四处寻觅,终于找到了正窝在角落里看书的帕克·派恩先生。

"您得做些什么!您一定要做些什么!我儿子的人生就要被毁了。"

"我能做些什么？"尽管切斯特夫人的话已经让他感到些许的不耐烦，但帕克·派恩先生还是接了话。

"去看看那个可怕的小妖精。必要的话就用钱收买她。"

"那可是要花很多钱的。"

"我不在乎。"

"那样太可惜了。应该还有别的办法。"

她一脸疑惑。他摇了摇头。

"我不保证——但是会尽我所能。我之前处理过类似的问题。顺便说一句，不能告诉巴兹尔——这一点很关键。"

"当然不会。"

午夜时分，帕克·派恩先生从马里波萨返回自己住的酒店。

"怎么样了？"等候多时的切斯特太太屏住呼吸。

"德洛丽丝·拉蒙纳小姐明天一早就会离开波伦沙，明晚就离岛。"帕克·派恩先生眨了眨眼睛。

"噢，帕克·派恩先生！你是这么做到的？"

"分文不花，"后者又眨了眨眼睛，"我想那大概就是我对她的支配力吧——事实证明我是对的。"

"您真是太棒了。妮娜·威彻利没有说错。你得告诉我——呃——你要怎么收费——"

"分文不取，"帕克·派恩先生抬了抬手，"能帮上忙是我的荣幸。希望一切顺利。你儿子在发觉拉蒙纳不辞而别后一定会失望一阵子，那一两周的时间里你多忍让他一些就可以了。"

"要是贝蒂能原谅他就好了——"

"她当然会的。他们是一对甜蜜的恋人。顺便说一句，我明天也要走了。"

"噢，帕克·派恩先生，我们会想念您的。"

"就算不是明天,我也一样要赶在你儿子爱上另一个姑娘之前离开。"

2

蒸汽船渐渐驶离帕尔马。帕克·派恩先生倚着甲板上的围栏,望着岛上远去的灯火,用一种欣赏的口吻对站在身旁的德洛丽丝·拉蒙纳说:"干得不错,玛德琳。当初拍电报叫你来真是我的明智之举。你宅在家里文静起来的感觉还真是有点奇怪呢。"

德洛丽丝·拉蒙纳和玛吉·塞纳斯的扮演者——玛德琳·萨拉略显拘谨地说:"帕克·派恩先生,您开心我也开心。有时候,经历一点小小的改变是好事。船快要开了,我想我得下去睡一会儿了,我可不是个合格的水手。"

几分钟后,帕克·派恩先生感到一只手搭在了自己的肩膀上,回头一看,那人正是巴兹尔·切斯特。

"派恩先生,我是专程来送您的,我和贝蒂太感谢您了。您出的主意真是太棒了。她现在和我母亲两个人简直就是亲密无间的朋友。欺骗老人看起来好像有点可耻——但是我妈她实在是太难缠了。好在现在一切都已没问题。我再多小心谨慎几天就好了。我和贝蒂对您感激不尽。"

"祝你永远幸福。"

"谢谢。"

两个人都沉默了片刻之后,巴兹尔故作无心地问:"萨拉小姐——她——现在在哪儿?我也想谢谢她。"

"萨拉小姐怕是已经睡下了。"帕克·派恩先生目光犀利地看着对方。

"噢，太糟了——不过，也许我什么时候会在伦敦遇见她。"

"实际上她马上就要去美国为我出公差。"

"噢！"巴兹尔的声音一下子变得空洞起来，"那我得慢慢适应……"

帕克·派恩先生笑了笑，朝自己的客舱走去。路上，他敲了敲玛德琳的舱门。

"你还好吗，亲爱的？没事吧？我们的年轻朋友刚刚来过。和所有被玛德琳迷住的人一样，他需要一两天时间才能恢复过来。你还真是让人魂不守舍啊。"

锣声再起

琼·阿什比走出卧室,在门口的楼梯平台上站了一会儿。

她半转过身,好像正要折回自己的房间,就在这时,一记锣鼓声仿佛从她的脚下隆隆而至。

琼立即向前赶去,步履匆匆,几乎奔跑起来。她如此匆忙,疾走到大楼梯尽头时猛然和对面来的一个年轻人撞到了一起。

"喂,琼!为什么急成这样?"

"对不起,哈里,我没看见你。"

"我猜也是。"哈里·戴尔豪斯干巴巴地说,"可我问你,为什么急成这样?"

"锣响了。"

"我知道。可那只不过是第一声。"

"不,第二声。"

"第一声。"

"第二声。"

他们边争论边下了楼梯。他们走进大厅,刚放下锣槌的男管家迈着沉稳庄重的脚步向他们走来。

"是第二声,"琼坚持道,"我听见是第二声。不信,先看看时间。"

哈里·戴尔豪斯抬起头瞥了一眼那座老钟。

"刚刚八点十二分,"他说,"琼,我相信你是对的,但我确实没听到头声锣响。迪格比,"他对男管家说,"你是第一次敲锣还是第二次?"

"第一次，先生。"

"八点十二分敲的？迪格比，有人会因此被解雇的。"

有那么一瞬，男管家的脸上显出一丝隐约的笑容。

"今晚的饭菜十分钟之后摆好，先生。主人交代好的。"

"难以置信！"哈里·戴尔豪斯喊道，"啧啧！我敢保证，事情不太妙啊！奇奇怪怪的事接连不断。我尊敬的叔叔到底怎么啦？"

"先生，七点钟的那班火车晚了半个小时，当——"男管家的话戛然而止，伴随一声抽鞭子似的噼啪巨响。

"到底怎么回事？"哈里说，"这声音怎么听起来像枪响。"

一个皮肤黝黑、面貌英俊、三十五岁左右的男子从他们左侧的客厅走了出来。

"那是什么声音？"他问，"听起来真像一声枪响。"

"这肯定是汽车的回火声，先生。"男管家说，"我们这边的房子离大路很近，楼上的窗户又开着。"

"大概是吧，"琼带着怀疑说，"但那也应该在那边。"她朝右方挥挥手，"而我感觉声音是从这面传过来的。"她指了指左方。

黑皮肤的男子摇摇头。

"我不这么认为。我原来在客厅里。我来这儿，是因为我感觉声音是由这个方向传来的。"他点点头示意铜锣和前门的方向。

"东面、西面和南面，嗯？"哈里忍不住说道，"好吧，我来补充完整，基恩。我认为是从北面。我猜声音来自我们身后。对此谁有什么解释吗？"

"嗯，这里不断发生谋杀事件，"杰弗里·基恩笑着说，"请再说一遍，阿什比小姐。"

"只是打了个寒战，"琼说，"没什么。某个东西正在我的坟上蹰步①。"

"不错的想法——谋杀,"哈里说,"不过呢,哎呀!没有呻吟,没有流血。我想这恐怕是偷猎者在追一只野兔。"

"似乎是家兔,可我猜也就剩这个可能性了。"基恩表示同意,"但是声音听起来那么近。算了,我们还是去客厅吧。"

"谢天谢地,我们没有来迟。"琼热烈地说,"我以为那是第二声锣响,简直是飞跑着下了楼梯。"

大家边说笑边步入大客厅。

利彻姆庄园是英国最著名的古宅之一。它的主人,休伯特·利彻姆·罗克,是本家族的末代家长。远亲们倾向于这样评价他:"休伯特老头儿,你知道,真的应该发给他一份证书。可怜的老家伙,一个不折不扣的疯子。"

在亲友们对他的夸张评价中,有一些真实的成分。休伯特·利彻姆·罗克确实是一个古怪的人。虽然他是个很出色的音乐家,但他脾气暴躁,并且近乎变态地看重自己的名望。来庄园做客的人们必须尊重他的诸多成见,否则再也不会收到第二次邀请。

其中一个成见有关他的音乐。如果他为客人演奏——他晚上经常这样做——听众必须保持绝对安静。小声的议论,衣服的窸窸窣窣声,甚至一个动作,可能就会使他大发雷霆,继而转身而去,于是这些不幸的客人就再也没机会被邀请来庄园了。

他的另一个规矩是:一天中最重要的正餐必须绝对准时。早餐无关紧要,如果你愿意,中午来吃都可以。午餐也如此,只是冷肉加慢炖的水果这样的简餐。晚餐就不同了,它是一种仪式,

---

① 在西方,人们无故战栗时的迷信说法。

一个节日,由一位他从大酒店高薪聘请的蓝带厨师主厨。

八点零五分响起第一次锣声。八点一刻,第二次锣声一响,大门立即被猛地打开。晚餐开始的消息被宣告给聚集的客人,他们排成一支长队挨个庄严地走进餐室。第二次锣响后,谁敢冒冒失失地迟到,谁就会被逐出庄园。从此,利彻姆庄园将把这位不走运的食客永远拒之门外。

难怪琼·阿什比那么焦急,难怪哈里·戴尔豪斯听说这天晚上的神圣就餐仪式延迟了十分钟而惊愕不已。虽然与叔叔的关系算不上太亲密,但他还是时常光顾利彻姆庄园,因此他知道这是多么不寻常的事件。

杰弗里·基恩,利彻姆·罗奇的秘书,也感到十分惊讶。

"奇怪,"他发表议论,"我想不到这样的事情还能发生。你确定吗?"

"迪格比说的。"

"他说什么火车的事,"琼·阿什比说,"至少我认为是这样。"

"真稀奇,"基恩若有所思地说,"我想,到时候我们会把一切搞清楚的。这也太蹊跷了。"

两个男人端详着那女孩,沉默了一会儿。琼·阿什比是个可爱的姑娘,金发碧眼,带着调皮的神情。她是首次拜访利彻姆庄园,此次邀请为哈里促成。

门开了,黛安娜·克利夫斯,利彻姆·罗奇夫妇的养女走进房间。

黛安娜身上有一种野性的高雅气质。她的黑眼睛和嘲弄的话语中,都蕴藏着一种魔力。几乎所有的男人都仰慕她,同时她也享受着自己的征服能力。她是一个特别的姑娘,集柔情似水与冷若冰霜于一身,充满诱惑。

"老人家也该被惩罚一次了,"她发表议论,"几个星期以来他第一次没有头一个到,一边看表,一边来回踱步,就像一只到喂食时间的老虎。"

两个年轻人兴奋地迎上前来。她对他们露出迷人的微笑,接着转向哈里。杰弗里·基恩退后时黝黑的面上泛起红晕。

然而,不一会儿,利彻姆·罗奇夫人走了进来,他就恢复了常态。罗奇夫人高个子,黑皮肤,举止自然大方而又不可捉摸。她身着飘逸的打褶套装,色调为闪烁不定的绿。和她一起的是一个中年男子,鹰钩鼻子,坚毅的下巴,名为格雷戈里·巴林。他在金融界是个举足轻重的人物;由于从母亲那里得到良好的教养,几年来他已经成为休伯特·利彻姆·罗奇的一个密友。

哐!

铜锣声庄严地响起来。当锣声停歇,客厅的门猛地敞开,迪格比宣布:

"晚餐开始!"

话音刚落,这位训练有素的仆人无动于衷的脸上闪过一丝十分诧异的神色。他记忆中第一次,主人没在房间里!

显然,人人都和他一样感到吃惊。利彻姆·罗奇夫人不置可否地微微一笑。

"太奇怪了。真的,我不知道该怎么办。"

大家都大吃一惊。利彻姆庄园的整个传统被彻底打破了。能出什么事呢?房间里鸦雀无声,人们紧张地等待着。

终于,门再次被打开;人们如释重负地松了一口气,剩下的只是有些担心如何应付当时的情形。什么都不必说了,事实很明显,男主人本人违返了庄园的严格规定。

但是，进来的人并不是利彻姆·罗奇，那个身材高大，蓄着胡须，海盗一般的男子。走进客厅的是一个小个子，显然是个外国人，蛋形脑袋，留着一撮浮夸的小胡子，身穿无懈可击的合体晚礼服。

小个子走向利彻姆·罗奇夫人，他的眼睛炯炯有神。

"很抱歉，夫人，"他说，"恐怕我迟到了几分钟。"

"唔，没关系！"利彻姆·罗奇夫人含糊其辞地咕哝道，"没关系，波——"她顿了一下。

"波洛，夫人。赫尔克里·波洛。"

他听见身后有人轻轻地"噢"了一声——一个吸气音而不是清晰的字句——一个女人禁不住发出的激动声音。或许他因此有些飘飘然。

"您知道我要来，"他温柔地低语，"不是吗，夫人？您丈夫告诉您的。"

"噢——噢，是的。"利彻姆·罗奇夫人的语气让人无法相信，"我是说，我想是这样的。我太不中用了，波洛先生。我根本什么也记不住。不过还好，迪格比替我料理一切。"

"那趟火车，恐怕，晚点了，"波洛先生说，"我们前方发生了一起交通事故。"

"噢，"琼喊道，"难怪晚餐推迟了。"

他的目光飞快地转向她——一道捉摸不定的敏锐目光。

"这里发生了特别的事件，是吗？"

"我确实不敢想——"利彻姆·罗奇夫人刚一开口，又停了下来，"我是说，"她又含含糊糊地说下去，"太奇怪了。休伯特从来不——"

波洛迅速地扫视了一眼在场的人们。

"利彻姆·罗奇先生还没有下楼吗?"

"没有,这太蹊跷了。"她用探询的目光看着杰弗里·基恩。

"利彻姆·罗奇先生极为守时。"基恩解释道,"他晚饭从没有迟到过——当然,我不清楚他以前晚过没有。"

这种情形对一个陌生人来说一定很是荒唐可笑——人人脸上忐忑不安,普遍是一种惊恐的情绪。

"我知道该怎么办了。"利彻姆·罗奇夫人用解决问题的口气说,"我按铃叫迪格比进来。"

说着,她马上按铃。

男管家很快赶来。

"迪格比,"利彻姆·罗奇夫人说,"老爷,他——"

按照她的惯例,她没有把话说完。迪格比显然也不用等她说下去。他心领神会,紧接着回答:

"利彻姆·罗奇先生八点差五分时下来一趟,然后就回书房去了,夫人。"

"噢!"她停顿了一下,"你认为……我是说,他会是没听见锣声吗?"

"我估计他肯定听见了,铜锣就在他的书房门口。"

"是的,没错,没错。"利彻姆·罗奇夫人的语调更加含混不清。

"我要不要通知他,夫人,晚饭准备好了?"

"唔,谢谢你,迪格比,好的,我想——好的,好的,我本该……"

"我简直不知道,"男管家退出去之后,利彻姆·罗奇夫人对客人们说,"没有迪格比我该怎么办!"

大家报以一阵沉默。

迪格比再次走进房间。他呼吸急促，失去了一个优秀管家应有的仪态。

"不好了，夫人——书房门锁着。"

这个时候，赫尔克里·波洛开始指挥全局。

"我看，"他说，"我们最好去书房。"

波洛走在前面，众人紧跟着。他此时的威信似乎无可非议。他再也不是一个滑稽可笑的小个子客人，而成了重要人物，拥有控制事态的权威。

波洛带领着众人走出客厅，进入大厅，走过楼梯，经过大钟，走过放置铜锣的墙上凹槽。就在凹槽对面，有一扇紧闭着的门。

波洛敲门，先是轻轻地敲，随后越来越用力。可是房间里没有任何反应。他灵活地蹲下身，把眼睛凑向锁眼。接着他站起来，环顾四周。

"先生们，"他说，"我们必须撞开这道门。赶快！"

和刚才一样，没有人怀疑他的权威地位。杰弗里·基恩和格雷戈里·巴林两位先生身材魁梧，于是他俩在波洛的指挥下开始撞门。这并不容易。利彻姆庄园里的房门坚如磐石——当初的制造不像如今这样偷工减料。门顽强地抵抗着撞击，然而男人们一齐用力，门最终还是松动了，向里倒下。

所有在场的人站在门口犹豫不决。他们看到了潜意识里害怕看到的情景。正对他们的是房间的窗户。左边，门窗之间有一张大大的书案。书案侧面而不是书案后面，一个身材高大的男子，耷拉着脑袋没精打采地坐在椅子上。他背对着他们，脸朝着窗户，然而他的姿势说明了一切。他的右手无力地下垂，沿手的方向往下看，在地毯上，有一支锃亮的小手枪。

波洛果断地对格雷戈里·巴林说:"把利彻姆·罗奇夫人及另外那两位女士一起带走。"

巴林心领神会地点点头。他把手放在女主人的胳膊上,她抖了一下。

"他自杀了,"她咕哝道,"太可怕了!"她又打了个寒战,才随他离开了现场,两个女孩跟在后面。

波洛跨进房间,两个年轻人跟了进来。

他跪在尸体旁边,示意他们离远一点。

他在死者脑袋右侧发现了弹孔,子弹从左侧穿出后又击中了挂在左面墙上的一面镜子,把镜子击得粉碎。书案上有张纸,上面纵横交错写满了一个词"对不起",笔迹迟疑、颤抖。

波洛突然把目光转向房门。

"钥匙不在锁上,"他说,"我想——"

他把手伸进死者的口袋里。

"果然在这儿,"他说,"至少我觉得是这把。请帮忙试一下,先生,好吗?"

杰弗里·基恩接过钥匙,去开门上的锁。

"能打开,是这把。"

"窗户呢?"

哈里·戴尔豪斯大步走过去。

"插着插销呢。"

"你觉得应该插着吗?"波洛迅速起身,也走到窗前。这是一扇长形的法式窗户。波洛把它打开,站在那里仔细地观察了窗前的一片草地,然后把它重新关好。

"我的朋友们,"他说,"我们得打电话叫警察来。不过在他们来之前,在他们最终判定这是一起自杀事件之前,现场的东西什么也不要动。枪杀只可能发生在一刻钟以前。"

"我知道了,"哈里嗓音嘶哑地说,"我们当时听见了枪声。"

"什么?你在说什么?"

杰弗里·基恩帮着哈里讲述事情的原委。刚讲完,巴林回来了。

波洛把他刚才说过的话重复了一遍。基恩走开去给警察局打电话。利用这个空当儿,波洛请巴林给他几分钟的时间了解一下情况。

他们走进一间小晨室。哈里也离开去寻找几位女士了,只有迪格比一个人留在书房门口看守。

"我了解到,您是利彻姆·罗奇先生的挚友,"波洛开门见山地说道,"这就是我首先找您谈话的原因。按规矩也许我应该和夫人先谈,但这个时候,我觉得找她谈话太不通情达理了。"

他停顿了一下。

"您明白,目前的情形对我来说很棘手。对您我也毫不隐瞒,我的职业是私人侦探。"

金融家微微一笑。

"您没有必要告诉我这些,波洛先生。如今,您的大名已经家喻户晓。"

"先生过奖了。"波洛欠了欠身说,"我们还是继续谈正事吧。我在伦敦的寓所收到这位利彻姆·罗奇先生寄给我的一封信。在信中,他说正被勒索一大笔钱财。他说,考虑到家庭原因,他不愿找警察局,而希望我能来为他调查此事。于是,我答应了。我来了,但没有像利彻姆·罗奇先生希望的那么快——毕竟,我还有其他的事要做。其实,利彻姆·罗奇先生并非什么英格兰之王,尽管他好像认为自己是。"

巴林不自然地笑了笑,"他的确如此自翊。"

"正是。嗯,您心里明白——从他的信里可以清清楚楚地看出他就是那种会被人们认为古怪的人。他不是精神不正常,而是心理不平衡,是不是?"

"他的自杀应该证明了这一点。"

"噢,先生,自杀不总是心理不平衡的人所采取的行为。这是验尸陪审团成员的说法,但这说法也只是为了抚慰活着的人的感情。"

"休伯特不是一个正常人,"巴林坚定地说,"他常常怒气冲天,在涉及家族荣誉的事情上极为偏执。在很多方面他都显得神经兮兮。但总的来说他算个精明的人。"

"没错。他足够精明发现自己被勒索。"

"一个人会因为被勒索而选择自杀吗?"巴林问道。

"先生,如您所见,这的确很荒唐。这下我得尽快查清楚此事。考虑到家庭原因——这是他在信中的说法。好啦,先生,您见多识广,应该了解一个人恰恰有可能为家庭原因而自杀。"

"您的意思是……?"

"这整件事情看起来,从表面上看起来,好像是这位可怜的先生查出了什么,而他自己又无法面对。可是您明白,我对这事负有义务。我已经被雇用,被委以此任,我接受了这个任务。死者不愿意把这个'家庭原因'暴露在警察面前,所以我必须行动迅速,查出真相。"

"那您查出真相之后呢?"

"那时我就得谨慎周全,尽力而为。"

"我明白了。"巴林说。他默默吸了一小会儿烟,然后开口道:"我恐怕帮不到你什么。休伯特心里有什么事从来不和我说,我毫不知情。"

"先生，但是您可以告诉我，您觉得，谁可能会勒索这位可怜的老人呢？"

"很难讲。对了，庄园有个代理人。他是新来的。"

"代理人？"

"是的。他叫马歇尔，马歇尔上尉，人很和气。他曾经在战争中失去了一只胳膊。虽然他来这里才一年。但我知道休伯特欣赏他，并且信任他。"

"如果是这个马歇尔上尉在欺诈他的话，那也谈不上有什么需要保密的家庭原因了。"

"是——是的。"

波洛的眼睛敏锐地捕捉到了巴林的犹豫不决。

"说吧，先生。明白说出来吧，我求您啦。"

"也许这些都只是流言。"

"我恳求您，说吧。"

"那么，好吧，我说。您在客厅里有没有注意到一位很漂亮的年轻姑娘？"

"我注意到有两位很漂亮的年轻姑娘。"

"噢，对了，那是阿什比小姐。很可爱的小姑娘。她是第一次来庄园做客。哈里·戴尔豪斯向利彻姆·罗奇夫人请求，把她邀请来的。不过，我要说的是一个黑皮肤的姑娘——黛安娜·克利夫斯。"

"我注意到她了，"波洛说，"她是那种会吸引所有男人注意的姑娘。"

"她是个小妖孽。"巴林突然爆发，"她和这方圆二十英里内的每个男人都有过关系，或深或浅。总有一天有人会杀了她。"

他拿出一块手帕抹了抹额头，丝毫没意识到别人正饶有兴趣地凝视着他。

"那么，这位年轻姑娘是——"

"她是利彻姆·罗奇收养的女儿。他和妻子因为没有孩子而非常失落。他们收养了黛安娜·克利夫斯，她是一个远房侄女。休伯特对她非常重视和疼爱，把她视若珍宝。"

"那恐怕毫无疑问，他不愿意她结婚啰？"波洛抛出了一个暗示性的问题。

"除非她嫁给合适的人。"

"而那个合适的人就是您，先生？"

巴林吃了一惊，脸涨红了。

"我从没这么说过——"

"噢，不，不！您什么也没说。可您就是，对吗？"

"是的，我爱上了她。利彻姆·罗奇也很满意。他觉得我很适合她。"

"那么小姐自己的想法呢？"

"我告诉过你，她是魔鬼的化身。"

"我了解。她有自己的消遣方式，是吗？不过马歇尔上尉为什么会扯进来？"

"噢，她经常见他。人们对此也颇多谈论。并不是我觉得他们有什么。他只是又一个战利品而已。"

波洛点了点头。

"但假设他们确实有点什么——那或许就可以解释为什么利彻姆·罗奇先生想要谨慎处理家庭事务。"

"您这下明白了吧，猜测马歇尔侵吞庄园主的钱财完全是无稽之谈。"

"噢，当然，当然！也许这是一桩伪造支票的案件，而这家里有些人被牵涉了进来。那么这位年轻的戴尔豪斯先生又是谁呢？"

"他是庄园主的外甥。"

"他有继承权吗？"

"他是夫人妹妹的儿子。当然他可能会改姓氏，改成庄园主家族的姓氏——要知道利彻姆·罗奇没留下子嗣。"

"了解。"

"虽然这个家族的产业一直由父辈传给儿子，但实际上并不是严格的限嗣继承。我总觉得他会把庄园留给妻子，供她度过余生；然后，如果黛安娜的婚姻得到他的赞同，这座庄园也可能会再传给她。所以你看，她的丈夫可以继承这个家族的姓氏。"

"我了解了。"波洛说，"先生您真是太好了，帮了我大忙。我想再最后请求您一件事，可以吗？请把我和您说的这一切都告诉利彻姆·罗奇夫人，并恳请她答应和我聊一会儿。"

比波洛预料得要快，门开了，利彻姆·罗奇夫人走进来，脚步虚浮，静静地坐到一把椅子上。

"巴林先生向我陈述了一切。"她说，"当然，我们绝不能闹出什么丑闻。但我确实觉得这是命运的指引，您不觉得是这样吗？我是说，那面镜子，还有这一切的事情。"

"您说——镜子？"

"每次我看到它，我就觉得它像是一个象征，象征休伯特！您知道，这是一个诅咒。我知道古老的家族总是伴随着诅咒。休伯特一直是个古怪的人，而最近他的古怪更甚从前。"

"请允许我冒昧地提个问题，夫人。不管怎么样，您在钱方面都不会紧张，对吗？"

"钱？我从没有考虑过钱。"

"夫人，您知道人们怎么说来着？从来不考虑钱的人往往需要大量的钱。"

他轻轻地笑了笑。她没有回答，两眼放空。

"夫人，感谢您。"他宣告谈话结束。

波洛按铃，迪格比来了。

"我有几个问题要问你，"波洛说，"我是一名私人侦探，你主人生前请我来的。"

"一名侦探！"男管家屏住呼吸，"为什么？"

"请你回答我的问题。首先是枪声——"

他倾听着男管家的描述。

"这么说来，当时大厅里是你们四个人？"

"是的，先生。戴尔豪斯先生、阿什比小姐，还有从客厅出来的基恩先生。"

"那么其他人在哪里？"

"其他人，先生？"

"是的，利彻姆·罗奇夫人，克利夫斯小姐和巴林先生。"

"利彻姆·罗奇夫人和巴林先生后来也进了大厅，先生。"

"克利夫斯小姐呢？"

"我想克利夫斯小姐在客厅里，先生。"

波洛又询问了男管家几个问题，最后，让他去请克利夫斯小姐来见他。

克利夫斯小姐来得很快。波洛一边认真打量她，一边在心里默默想着巴林的描述。她穿着白缎子连衣裙，肩膀部分饰有玫瑰花蕾，看起来真是美貌出众。

波洛密切地注视着她，向她解释自己为什么来利彻姆庄园。

可是她只表现出了惊讶,但神情中并没有丝毫的局促不安。她说起马歇尔时语气很是冷漠,只是不冷不热地称赞了几句。只有提到巴林时,她才激动起来。

"那人是个骗子,"她语气尖刻,"我也和老人家说过,但他完全听不进去,还继续向那人糟透了的事业里投钱。"

"小姐,您的——父亲死了,您伤心难过吗?"

她盯着他。

"当然难过。但波洛先生,您要知道,我是个现代人。我不会放任自己沉浸在哭哭啼啼里。但我是喜欢老人家的。然而,当然了,这是他的最好结局。"

"他的最好结局?"

"是的。总有一天他会被关起来。他心里总是满溢着这样的念头:作为利彻姆庄园的最后一位利彻姆·罗奇先生,他的权威是至高无上的。"

波洛若有所思地点了点头。

"我明白,我明白,是的,这明显是精神出了问题的迹象。顺便问一句,我能瞧瞧您的小包吗?它真是精致漂亮,尤其是里面的这些丝质玫瑰花蕾。我刚才说到哪儿了?噢,对了,您听到枪声了吗?"

"噢,听到了!但我以为那是汽车的回火声或是偷猎的枪声,诸如此类。"

"您当时正在客厅里?"

"不在,我在外面的花园里。"

"我知道了,谢谢您,小姐。下一个我想见见基恩先生,可以吗?"

"杰弗里?我叫他过来。"

基恩走进来,神色警觉,又充满关切。

"巴林先生和我说了您来这里的原因。我不知道我能告诉您些什么,不过如果我能的话——"

波洛打断了他:"我只想知道一件事,基恩先生。今天晚上,在我们来到书房门口前,你弯下身捡起了一样东西,那是什么?"

"我——"基恩几乎要从椅子上蹦起来,但接着又平静下来,"我不明白您说的是什么。"他轻轻地说。

"唔,我认为你明白,先生。你当时跟在我身后,这我知道。但我有个朋友说过,我后脑勺上长了眼睛。你当时捡起了那样东西,接着放进了自己餐服的右面口袋里。"

大家都停顿了下来。基恩英俊的脸上明显流露出犹豫不决的神情,最后他下了决心。

"您来选吧,波洛先生。"他说着,向前探身过去,把衣兜翻了个底朝天。一只香烟盒、一块手帕、一片细小的丝质玫瑰花蕾、一个小巧的金质火柴盒。

基恩沉默了一会儿,又开口道:"实际上就是这个。"他随手拿起火柴盒,"我一定是傍晚时把它弄丢的。"

"我认为不是这样。"波洛说。

"您什么意思?"

"先生,我的意思是,我是一个注重整洁、讲究条理、重视秩序的人。如果地上有个火柴盒,我会看到并捡起来的——而且是这么大的一个火柴盒,毫无疑问我肯定会看见!不,先生,我想它是更小的什么东西——或许,比如说像这个。"

他捡起了那片小小的丝质玫瑰花蕾。

"我猜,它来自克里夫斯小姐的包?"

略一停顿之后，基恩微微一笑，表示承认。

"是的，没错。她，昨天晚上把它给了我。"

"我明白了。"波洛说。这时，门开了，一个穿着西服便服的金发高个男人大步走进房间。

"基恩，这些到底是怎么回事？利彻姆·罗奇开枪自杀？伙计，我没法相信这事。这太令人难以置信了。"

"让我介绍一下，"基恩说，"这是赫尔克里·波洛先生。"

新来的那位吃了一惊。"他会把一切都告诉你的。"撂下这句话，基恩离开房间，吭的一声关上门。

"波洛先生，"约翰·马歇尔满腔热切地说，"能见到您我真是太高兴了。能请到您来这里真是太荣幸了。利彻姆·罗奇先生从没和我说起过您要来。我非常钦慕您，先生！"

一个毫不设防的年轻人，波洛心想。其实也不年轻了，他两鬓的头发已经变灰，前额上也生出了皱纹。但他的言谈举止仍显得孩子气。

"警察——"

"他们已经到了，先生。听说此事后我就赶来了。警察似乎并不太惊讶。当然，他以前总是疯疯癫癫的，但即便如此——"

"即便如此你也对他自杀一事感到奇怪？"

"坦白说，是的。我想不到会这样，想不到利彻姆·罗奇会认为这个世界没他也可以。"

"我听说他最近在钱的方面有些棘手，是这样吗？"

马歇尔点点头。

"他在做投机买卖。是巴林的一个激进疯狂的方案。"

波洛静静地说："我想很坦诚地和您聊一下。您觉得利彻姆·罗克会不会怀疑您在账目方面不清不楚呢？"

马歇尔盯着波洛,表情充满困惑,甚至显得有点滑稽。他的神情太滑稽古怪,波洛不得不勉强挤出一丝笑容。

"我知道我的问话令您很是吃惊,马歇尔上尉。"

"是的,正是这样。这个想法太荒谬了。"

"啊!那换一个问题。他有没有怀疑过您打算拐走他的养女呢?"

"喔,这么说您知道我和黛的事情?"他困窘一笑。

"看来这是真的了?"

马歇尔点点头。

"不过老人家对此毫不知情。黛不会让他知道。我想她是对的。如果他知道了一定会大发雷霆,然后就是我丢掉工作。最后就是会这么收场。"

"那么,你们有什么计划呢?"

"哎,跟您说实话,先生,我也不知道怎么办才好。我把事情都推给了黛,她说她来处理。其实我一直在外面找工作。如果能找到,我就会从这里辞职。"

"然后小姐会嫁给您?不过利彻姆·罗奇先生可能会因此停掉她的生活费。黛安娜小姐嘛,我敢说,她应该是挺爱钱的人。"

马歇尔听了这话显得很不自在。

"那样的话,我会尽力去补偿她,先生。"

杰弗里·基恩走了进来。"警察要走了,他们想和您谈一下,波洛先生。"

"谢谢。我就来。"

一位体格健壮的警督和一位法医在书房里等着。

"波洛先生?"警督说,"久仰大名,先生。我是警督里夫斯。"

"您太客气了,"波洛与他握手,"警方不需要我的协助,是吧?"他微微一笑。

"现在不需要了,先生。一切都很顺利。"

"这么说,案情非常清晰了?"波洛询问道。

"完全如此。门窗都紧闭,钥匙放在死者的口袋里。死者离世前的几天举止古怪。所以,可以确定这是一场自杀。"

"所有事情都合乎情理,是吗?"

法医咕哝了两句。

"死者当时一定是以一种非常奇怪的姿势坐着,这样子弹才能正好射中镜子。可是呢,自杀本来就是反常的行为。"

"你们找到子弹了?"

"是的,在这儿。"医生把子弹拿出来,"它丢在墙边上,就在镜子下方。手枪是罗克先生自己的,一直放在书案的抽屉里。我敢说,这里面还藏了些什么东西,但我们永远也无法知道了。"

波洛点了点头。

尸体被搬到了一间卧室里。警察起身告辞。波洛站在前门目送他们离开。他听到身后有什么声音,转过一看,哈里·戴尔豪斯正站在他身后。

波洛说:"你看能不能搞到一只强光手电筒,我的朋友?"

"好的,我给您去找。"

他回来时,琼·阿什比和他在一起。

"如果愿意的话,你们可以和我一起去。"波洛和蔼地说。

他走出前门,往右拐,在书房的窗户前停下脚步。

在窗户和小径中间有一块草坪,大约六英尺宽。波洛弯下腰,拿着手电筒在草坪上查找,然后直起腰,摇了摇头。

"不对,"他说,"不是这儿。"

这时,他停了下来,身形慢慢凝滞。草坪的两边都是深深的花坛。波洛的注意力集中在右边的花坛,里面开满了紫菀花和大丽花。他把手电筒笔直地照向花坛前面。在松软的泥土上清晰地印着脚印。

"四只脚印。"波洛咕哝道,"有两只脚印朝向窗户,另两只背向窗户。"

"是园丁吗?"琼猜测道。

"不是,小姐,不是的。睁大眼睛看看。这双鞋小巧精致,又是高跟,这是一双女人的鞋子。黛安娜小姐曾说,她当时在外面,在花园里。小姐,在您下楼前,她下楼了吗?"

琼摇摇头。"我记不起来了。锣声响起时我正忙得一团乱,因为我以为第一声锣声已经响过。我好像记得我经过时她房间的门是开着的,但我也不能确定。利彻姆·罗奇夫人的房门关着,这个我知道。"

"我明白了。"波洛说。

他的声音里有一种特别的含义,哈里马上抬头看他,但是波洛只是静静地皱着眉头,独自思索。

他们走到门口时碰上了黛安娜·克利夫斯。

"警察已经走了,"她说,"一切都——结束了。"

她深深地叹了口气。

"我可以和您稍微谈一下吗,小姐?"

她走进晨室,波洛紧随其后,并把门掩上。

"怎么了?"她有些愕然。

"一个小问题,小姐。今天傍晚您去过书房窗外的花坛吗?"

"去过,"她点点头,"七点钟左右去过一次,晚饭前又去了一次。"

"我不明白。"他说。

"我看不出这里有什么需要'明白'的。"她冷冰冰地说,"我去采摘用来装饰餐桌的紫菀花。我一直都这样做。那时大概是七点。"

"那然后呢?"

"噢,天哪!事实上,我把头油弄到了衣服上——就在这边的肩膀上。当时我已经准备好下楼,我不想再换衣服了。我记得花坛里有朵晚开的玫瑰开得正美,于是我就跑了去,摘下花,别在这儿。瞧——"她靠近他,掀起玫瑰花蕾。波洛看见一点极小的油渍。她和他挨得很近,他们的肩膀几乎快碰到一起了。

"当时是几点钟?"

"噢,我想大概是八点十分吧。"

"您有没有想从窗户爬进去?"

"我想我试了试,没错。我觉得从窗户爬进去要快一些。可是窗户当时关死了。"

"我明白了。"波洛深吸一口气,"还有枪声,"他说,"你在哪里听到枪声的?也是在花坛那儿?"

"噢,不是。那是在两三分钟之后,当时我正要从侧门进来。"

"小姐,您知道这是什么吗?"

他摊开手掌,上面放着那片细小的丝质玫瑰花蕾。她冷冷地审视了一番。

"看起来像从我的小提包里掉出来的。您在哪儿找到的?"

"在基恩先生的口袋里。"波洛干巴巴地说,"是您送给他的吗,小姐?"

"他是这么告诉您的吗,我送给他的?"

波洛笑了。

"您什么时候给他的呢,小姐?"

"昨天晚上。"

"是他警告您,让您这么说的吗,小姐?"

"你什么意思?"她开始发怒,反问道。

但是,波洛没有回答。他大步走出房间,来到客厅。巴林、基恩和马歇尔都在那里。他径直走向他们。

"先生们,"他开门见山地说,"请随我去书房。"

经过大厅时,他对琼和哈里说:"两位也请一起来。还有,哪一位去请夫人过来?谢谢。哈!了不起的迪格比来了。迪格比,有一个小问题,一个非常重要的小问题。克利夫斯小姐晚饭前摆放紫菀花了吗?"

男管家一脸茫然不解。

"是的,先生,她去摆放过。"

"你肯定吗?"

"非常肯定,先生。"

"很好。现在——请大家都跟我来。"

在书房里,他面对着大家。

"请大家到这里来,是有原因的。案子已经了结,警察来了又走。他们判定利彻姆·罗奇先生是自杀身亡。一切都结束了。"他顿了顿,"但是我,赫尔克里·波洛,认为事情还没有完。"

人们惊讶地看着他。这时,门开了,利彻姆·罗奇夫人缓缓地走进来。

"我刚才说,夫人,事情还没完。这涉及心理学方面的问题。利彻姆·罗奇先生得的是权势狂躁症[①],他认为自己是国王。这

[①] 原文为法语 maniedegrandeur。

样的人是不会自杀的。不，不，他也许会发疯，但不会自杀。利彻姆·罗奇先生没有自杀。"他停了停，"而是他杀。"

"他杀？"马歇尔发出一声短促的笑声，"独自一人待在一间门窗紧闭的房间里，这会是他杀？"

"是的，"波洛坚定地说，"他是被人枪杀的。"

"那么，他之后又站起来，锁上了门，关上了窗，是吗？"黛安娜尖刻地说。

"我将向你们演示一下。"波洛说着，走到窗前。他转动法式窗户的把手，轻轻推开窗户。

"看，窗户开了。现在我关上它们，但是我不转动把手。现在窗户合上了但没有关死。而现在！"

他猛地捶了一下窗户，把手转动，插销一下子插上了。

"大家看明白了吗？"波洛轻轻地说，"把手已经很松。从外面可以这样轻松地把插销插上。"

他转过身，表情严肃起来。

"八点十二分枪响的时候，有四个人在大厅里。这四个人有不在场证明。另外三个人在哪里？您，夫人？在自己的房间里。巴林先生，您呢？您也在自己的房间里吗？"

"是的。"

"还有您，小姐，在花园里。您已经承认了。"

"我不明白——"黛安娜正要说话，波洛制止了她。

"等一等。"他转向利彻姆·罗奇夫人，"请告诉我，夫人，您知道您丈夫是怎么分配遗产的吗？"

"休伯特给我念过他的遗嘱，他说我应该知道这个。他留给我每年三千英镑的庄园产业收入，此外还有一套寡居的房屋或者镇上的别墅，随便我选。其他所有的家产都留给黛安娜，条件是如果她结婚,她的丈夫必须继承家族的姓氏。"

"啊!"

"不过后来他又增加了一个遗嘱附录,就在几个星期之前。"

"怎么说,夫人?"

"他仍然把一切家产遗赠给黛安娜,但条件是她得和巴林先生结婚。假如她嫁给其他人,家产就全部由侄子哈里·戴尔豪斯继承。"

"但是,遗嘱附录只是在几周前才增加的,"波洛咕哝了一句,"也许小姐还不知道这件事。"他向前迈上一步,语气中带着责备:"黛安娜小姐,您是想嫁给马歇尔上尉吗?还是基恩先生?"

她径直走向马歇尔,挽住他宽厚的臂膀。

"继续说吧。"她说道。

"我要说的情形对您很不利呢,小姐。您爱马歇尔上尉,但您也爱钱。而您的养父绝不会同意您和马歇尔上尉结婚,可如果他死了,您就完全有把握得到所有财产。于是,您走出去,进入花园,穿过花坛来到开着的窗户外面。您身上带着一把手枪,那是您提前从书案抽屉里拿出来的。您从窗户爬进去,故作亲热地和那可怜的人说话,然后对他开了枪。之后您擦拭了枪支,把他的手指按在枪上,然后把枪丢在他手边。您又从窗户跳出去,震动窗扇让插销落下。最后您走进屋子。是不是这么回事?我在问您呢,小姐?"

"不,"黛安娜尖叫起来,"不是这样!"

他看了她一眼,然后笑了。

"不,"他说,"事情并不是这样。也许这样更合乎情理,更具可能性,但事实绝非如此。因为有两个原因。第一,您在七点钟去采紫菀花;另一个原因包含在这位小姐告诉我的情况里。"

他转向了琼，琼十分困惑地看着他。他点点头以示肯定。

"的确是这样，小姐。您告诉我，您匆匆忙忙地下楼，是因为您以为那是第二声锣声，而第一声锣声已经响过了。"

他飞快地扫视了一圈屋里的人。

"你们不明白这意味着什么吗？"他大声说道，"你们不明白。看哪！看！"他快步走到受害者坐过的椅子边，"你们注意到尸体的样子了吗？不是正对着书案，而是侧身而坐，面朝窗户。那会是自杀时的惯常姿势吗？绝不是，绝不是！试想一下，你在纸上写满了'对不起'，表示你选择自杀的歉意；然后你拉开抽屉，拿出了手枪，你举起枪对着自己的脑袋，然后扣动扳机。这才是自杀的场景。但是现在，我们再推演一下谋杀！受害者坐在桌旁，凶手站在他身边，和他说话。话正说着呢，开枪了。那么子弹会打到哪里？"他停顿了一下，"子弹打穿了死者的脑壳，穿门而过，如果房门当时正开着——于是击中了铜锣。

"哈！你们开始明白了？这就是第一次锣响，只有小姐一个人听见了，因为她的房间就在书房上面。我们的凶手下一步该做什么呢？关上门，锁好，把钥匙放进死者的口袋里，然后把椅子上的死者身体弄成侧坐的姿势，把死者的手指按在手枪上，再把枪扔在他身边。弄碎墙上的镜子，来设置最后一项引人注意的要点。总之，凶手妥善'布置'了这场自杀。接着，凶手跳到窗外，摇晃窗扇使插销落下。凶手没有落在草坪上，因为草坪会留下脚印；他踩在了花坛上，因为这样脚印更容易清理，不留一丝痕迹。然后他回到房子里。八点十二分，他一个人在客厅的时候，他用一把军用手枪向客厅的窗外开了一枪，然后迅速走进大厅。这是不是就是您的做法，杰弗里·基恩先生？"

秘书完全被震慑了，他死死盯着向他靠近的指控者，一言不发。接着,伴随一声类似哭泣的叫声,他晕倒在地上。

"我觉得这样就真相大白了。"波洛说,"马歇尔上尉,请您打电话让警察来吧。"他弯下腰看了看晕倒的秘书,"我想在警察来之前,他会昏迷不醒。"

"杰弗里·基恩,"黛安娜嘟囔着,"但他为什么要这么做呢?"

"我觉得作为一名秘书,他还是有不少动机的,比如账簿啦,支票啦。我想,一定是有些事情引起了利彻姆·罗奇先生的警觉。于是他把我请来了。"

"为什么请您来?为什么不直接报警呢?"

"我认为,小姐,您是知道答案的。老先生怀疑您和那个年轻人之间有点什么。为了转移他对马歇尔上尉的注意力,您肆无忌惮地和基恩先生眉来眼去。就是这样,您不必否认!基恩先生听说我要来,就迅速行动起来。他整个计划的核心是谋杀必须看起来像发生在八点十二分。他唯一的麻烦是子弹,它肯定落在铜锣附近,而他已没时间去捡。在我们去书房的路上他才把子弹捡了起来。那时气氛很紧张,所以他觉得没人会注意到。可是我,我留意到了所有事情!我询问他。他犹豫思索了一会儿,然后就演起戏来。他暗示被他捡起来的是那片丝质玫瑰花蕾,而他扮演的是一个坠入爱河的年轻人,并且要保护心爱的姑娘。噢,这确实很聪明,而如果您没有去采紫菀花——"

"我不懂这和案子有什么关系。"

"您不懂?听着——花坛里只有四个脚印,可摘花时您不可能只留下这几个脚印。所以,在您摘紫菀花和又去摘玫瑰花蕾之间的这段时间,一定有人去抹平了花坛上的脚印。这个人不是园丁,没有园丁会在七点之后还工作。那么这个人就是有罪的人,一定就是凶手,而在大家听到枪声之前,谋杀就已经发生了。"

"可是为什么没人听见真正的枪声?"哈里问。

"因为凶手用了消音器。警察会找到扔在灌木丛里的消音器和手枪的。"

"这个计划也太冒险了!"

"怎么会冒险呢?大家都在楼上为晚餐穿衣打扮,这是非常合适的时机。子弹是唯一在掌控之外的因素,但即使这样,他也认为可以掩盖过去。"

波洛捡起子弹:"我和戴尔豪斯先生一起检查窗户时,他把子弹丢在了镜子下面。"

"噢!"黛安娜倚偎着马歇尔扭动着身体,"约翰,娶我吧,把我带走吧。"

巴林咳嗽一声:"我亲爱的黛安娜,按照我朋友遗嘱里的条款——"

"我不在乎,"女孩大声喊道,"我们可以做马路画家。"

"没必要这样,"哈里说,"我们可以平分遗产,黛。我不会借着叔叔一些奇怪的固执念头就把遗产都霸占的。"

突然,利彻姆·罗奇夫人霍地站起身来,喊了一声。

"波洛先生,镜子,他,他一定是故意打碎的。"

"是的,夫人。"

"噢!"她凝视着他,"可是打碎一面镜子是不祥之兆。"

"对杰弗里·基恩先生来说,已经证明是够不祥的了。"波洛愉快地说。

(张叶青 译)

黄色鸢尾花

赫尔克里·波洛向镶嵌在墙壁里的电炉伸展开双脚，烧得红通通的电炉丝排列得很规整，这符合他有条不紊的性格，他看着很舒服。

"炭火，"他若有所思地自言自语道，"却总是不定形、忽大忽小的，它永远不会达到这种稳定的状态。"

电话铃响起。波洛站起来，瞥了一眼手表。快十一点半了，他想谁会在这个时候打电话来呢。当然，也有可能是打错了。

"还有可能是，"他带着古怪的笑容，自己咕哝着，"一个身家百万的报业大亨，被发现陈尸于乡下豪宅的书房里，左手紧握着一束血迹斑斑的兰花，而胸前别着一页从烹饪书上撕下来的食谱。"

他为自己天马行空的想法笑了，拿起了话筒。

话筒里立即传来一个声音，一个柔和、沙哑的女声，带着一种绝望的迫切。

"是赫尔克里·波洛先生吗？是赫尔克里·波洛先生吗？"

"我是赫尔克里·波洛。"

"波洛先生……请您马上来……马上来……我有危险……非常危险……我知道……"

波洛急忙问："你是谁？你在哪里打的电话？"

对方的声音更微弱了，但听起来更加迫切。

"马上……生死攸关……'天鹅花园'……马上……摆有黄色鸢尾花的桌子……"

对方停顿了一会儿,接而是一种奇怪的喘息,电话断了。

赫尔克里·波洛挂上电话。他十分困惑,喃喃自语道:"这事很是古怪。"

来到"天鹅花园"门口,胖子卢基赶忙迎上来。"晚上好,波洛先生。需要为您安排座位吗?"

"不用,不用,我好心的卢基。我来这找几个朋友。我找一下,也许他们还没来呢。哈,我看看,角落里那张摆着黄色鸢尾花的桌子——顺便问一下,如果不算冒犯的话,其他桌上放的都是郁金香,红色郁金香,为什么只有那张桌子放了黄色鸢尾花?"

卢基富有意味地耸了耸肩。

"这是被要求的,先生!一项特别的要求!毋庸置疑,那是某位女士非常喜欢的花。那张桌子是巴顿·拉塞尔先生预订的,他是个美国人,非常有钱。"

"啊哈,男人必须研究女人的怪念头,是吧,卢基?"

"先生说得没错。"卢基说。

"那张桌子边上有个熟人,我得过去一下。"

舞池里情侣们正翩翩起舞,波洛小心地绕着舞池的边缘走过去。他说的那张桌子布置了六套餐具,但这时只有一个人在。那是个沉思中的年轻人,愁容满面,喝着香槟。

他绝不是波洛希望见到的人。要是觉得托尼·查普尔参加的聚会可能存在什么危险或是耸人听闻的事件,这想法着实不可思议。

波洛走到桌旁停下脚步,风度翩翩。

"啊,这不是我的朋友安东尼·查普尔吗?"

"真是太妙了——波洛,你这条警犬!"年轻人大声喊道,

"不是安东尼，我亲爱的伙计，对朋友来说是托尼！"

他拉开一把椅子。

"来，和我坐在一起。让我们聊聊犯罪！让我们深入地聊聊犯罪，并且为它干杯。"他把香槟倒进一只空酒杯，"不过你怎么会在这个唱歌跳舞、玩乐嬉戏的地方，我亲爱的波洛？我们这里可没有尸体，严格地说连一具尸体都没得给你调查。"

波洛啜饮了一小口香槟。

"你看起来很开心呢，亲爱的。"

"开心？我可是沉溺在悲苦忧郁之中！告诉我，他们正演奏的这支曲子，你听出是什么了吗？"

波洛大胆而又谨慎地回答："好像有点像你的恋人离你而去？"

"这个思路不坏，"年轻人说，"不过这次你猜错了。《唯有爱情让你如此痛苦》！这是这支曲子的名字。"

"啊哈？"

"我最心爱的曲子，"托尼·查普尔凄惨地说，"我最心爱的饭店，我最心爱的乐队——还有，我最心爱的姑娘也在这里，而她正和别人一起跳舞。"

"所以你这么哀怨难过？"波洛问。

"正是。我和波琳，你知道，如老百姓所说，经常拌嘴。那意思是，每一百个词里面，我说五个词，她马上给我怼出九十五个词。我说的五个词是：'可是，亲爱的——我可以解释。'然后，她又能滔滔不绝抛出九十五个词，于是我们就没法再谈了。我真想，"托尼又补了一句，神情悲伤，"真想毒死自己。"

"波琳？"波洛轻轻地说。

"波琳·韦瑟比。巴顿·拉塞尔的小姨子，年轻、可爱、非常富有。今天晚上巴顿·拉塞尔举办宴会。你认识他吗？大商人，脸修得光光的美国人，活力十足，个性鲜明。他妻子是波琳的姐姐。"

"今晚的宴会上还有谁？"

"等下音乐停了，你就会见到他们。洛拉·瓦尔德斯，你认识的，南美洲舞蹈家，最近在大都会剧院上演新的演出。还有斯蒂芬·卡特。你认识卡特吗？他在外交部门工作，非常寡言。人们都叫他安静的斯蒂芬，他是会这么说话的人：'我对此无权开口，等等，等等。'喂，他们来了。"

波洛站起身来。托尼向他介绍巴顿·拉塞尔；斯蒂芬·卡特；洛拉·瓦尔德斯小姐，一个性感的黑皮肤姑娘；波琳·韦瑟比，正值妙龄，金发白肤，眼睛蓝得像矢车菊。

巴顿·拉塞尔说："啊，您就是伟大的赫尔克里·波洛先生吗？见到您我真高兴，先生。您请坐下和我们一块聊聊。来吧，除非——"

托尼·查普尔打断了他："我相信他已经有约了，与一具尸体，或者是携款潜逃的金融家，或者是鲍里布拉酋长的大红宝石？"

"唔，我的朋友，你认为我永远不下班吗？我就不能，哪怕有一次，给自己找点乐子？"

"或者，你是和这儿的卡特约了要见面。根据联合国最新消息，国际局势日趋严峻。被盗的重要方案被发现了，或者是，明天就要宣战了！"

波琳·韦瑟比尖刻地说："你一定要显得这么傻气吗，托尼？"

"对不起，波琳。"托尼·查普尔又显得垂头丧气，不再说话。

"您太严厉了,小姐。"

"我讨厌总是扮丑作怪的人!"

"我明白,我一定小心。我会只谈论严肃的问题。"

"噢,不,波洛先生,我不是说您。"

她转脸向他微笑,问道:"您是不是真的像歇洛克·福尔摩斯那样,能够做精彩的推理?"

"唔,推理嘛,现实生活中没那么容易推理。不过我可以试试。现在,我来推理一下——你最心爱的花是黄莺尾花吗?"

"完全猜错,波洛先生。我最喜欢的是野百合或者玫瑰。"

波洛叹了口气。

"失败。那我再试一次。今天晚上,不久之前,您给别人打过电话。"

波琳拍手笑起来。"完全正确。"

"你到这里没多久就打了电话?"

"又对了。我一进门就打了。"

"噢,听起来并不太妙。您来到这张桌子之前打的电话?"

"是的。"

"确实太糟了。"

"噢,不,我觉得您很聪明。您怎么知道我打了电话呢?"

"小姐,这可是大侦探的秘密。还有,您打给电话的那个人,他的名字是不是以字母 P 或者 H 开头[①]?"

波琳笑出了声。"完全错了。我是打电话给女仆,让她把几封重要的信件寄出去,这些信我一直没工夫去寄。她叫露易丝。"

[①] 赫尔克里·波洛的首字母为 H.P.。

"我很困惑,非常困惑。"

乐声再度响起。"这首曲子怎么样,波琳?"托尼问。

"我不想这么快又开始跳舞,托尼。"

"这真是太悲惨了!"托尼凄楚地对在场的人们说。

波洛和坐在他另一侧的南美女孩悄声低语:"小姐,我不敢请您和我跳舞。我完全是个老古董了。"

洛拉·瓦尔德斯说:"噢,您这样说真系(是)没道理!您仍言(仍然)年轻,您的头发仍系(是)很黑!"

波洛轻轻皱了皱眉。

"波琳,作为你的姐夫和监护人,"巴顿·拉塞尔粗着嗓子说,"我要强拉你去跳舞了。这支曲子是华尔兹,华尔兹是我唯一会跳的舞曲了。"

"嗨,当然没问题,巴顿,我们这就下舞池吧。"

"好姑娘,波琳,你太好了。"

他们一起离开了座位。托尼靠向椅背,看着斯蒂芬·卡特。

"你是一个爱说话的老兄,不是吗,卡特?"他说,"你总是用悦耳的絮叨来给宴会暖场,呃,对吧?"

"说实在的,查普尔,我不懂你什么意思?"

"噢,你不懂——你不懂?"托尼学起了卡特的话。

"我亲爱的老兄。"

"喝酒吧,老兄,喝酒,如果你不想聊天。"

"不了,谢谢。"

"那我喝。"

斯蒂芬·卡特耸了耸肩。

"不好意思,我得过去和一个熟人打招呼,那是我在伊顿公学的同学。"

斯蒂芬·卡特站起身，向隔了几张座位的另一张桌子走去。

托尼阴郁地说："伊顿公学的老学生们在出生受洗时就该统统淹死。"

赫尔克里·波洛对他身边的黑美人继续献着殷勤。

他轻声说："我可不可以问问，小姐您最喜欢什么花？"

"啊，您为什么现在想问介个（这个）问题？"

洛拉显得很调皮。

"小姐，如果我向一位女士献花，我得细心确认那是她喜欢的花呀。"

"您真系（是）太可爱了，波洛先生。我告续（告诉）您，我喜欢大朵的深红色康乃馨，或是深红色玫瑰。"

"好极了，是的，好极了！那么说，像黄色鸢尾花这样的花您不喜欢？"

"黄颜色的花，不，它们不符合我的品味。"

"多么明智……告诉我，小姐，今天晚上，您到这里后给朋友打过电话吗？"

"我？和朋友通电话？没有，这个问题好奇怪！"

"啊，可我，我是一个很好奇的人。"

"我相信您是。"她对他转了转黑眼珠，"一个非强（非常）危险的人。"

"不，不，不是危险的人，而是遇到危险时可能派上用场的人！您明白吗？"

洛拉咯咯笑了，露出洁白的牙齿。

"不，不，"她笑道，"您是危险人物。"

赫尔克里·波洛叹息了一声。"我知道您不会明白。而这一切都太奇怪了。"

托尼从心神不宁中挣脱出来,突然开口道:"洛拉,跳一曲喝一杯怎么样?来吧。"

"好的,我具(就)来,既然波洛先生不系(是)那么勇敢!"

托尼伸出胳膊搂着她,两个人步入舞池,托尼还扭头对波洛说:"你可以认真思索即将发生的凶案,老兄!"

波洛答道:"你说得很有意义。是的,很有意义……"

波洛坐在那里思索了几分钟,然后举起一根手指。卢基很快走上来,他宽大的意大利裔脸上满是笑容。

"我的老朋友,"波洛说,"我需要了解些情况。"

"随时为您效劳,先生。"

"我想知道坐在这张桌子的客人们,有哪些人今天晚上打过电话?"

"这我可以告诉您,先生。那位穿白衣服的姑娘一进饭店就去打了个电话,然后她去衣帽间脱掉大衣;同时,另一个姑娘从衣帽间出来,走去了电话间。"

"这么说来,后面那位女士确实打了电话。是在她进入饭店之前吗?"

"是的,先生。"

"还有别人吗?"

"没有了,先生。"

"所有这些信息,卢基,给了我大量的信息要去思考。"

"的确如此,先生。"

"是的。我觉得,卢基,今天晚上我得全程保持清醒。有些事情将要发生。卢基,但我毫无头绪。"

"我将尽力协助您,先生。"

波洛示意了一下，卢基悄悄离开了。斯蒂芬·卡特回到桌旁。

"我们都被抛弃了呀，卡特先生。"

"噢，呃，真是这样。"另外一位说。

"你熟悉巴顿·拉塞尔先生吗？"

"是的，我和他认识有段时间了。"

"他的小姨子，娇小的韦瑟比小姐很是迷人。"

"是的，很可爱的女孩。"

"你和她也很熟吗？"

"很熟。"

"唔，很熟，很熟。"波洛重复道。

卡特瞪着他。

乐曲停止，其他人陆续回来了。

巴顿·拉塞尔对一个侍者说："再来一瓶香槟——快点。"

然后他举杯致意："请注意，各位。我想请大家干一杯。说实话，举办今晚这个小型宴会有我个人的一点小想法。大家都知道，我订的是六人桌，而我们只有五个人，这样就空出了一个座位。然后，很奇怪很偶然的，赫尔克里·波洛先生碰巧路过，我就邀请他参加我们的宴会。

"大家不知道，今天还有一个奇妙的巧合。大家看到的那个空座位，它代表一位女士——正是为了纪念她而举行的这场宴会。女士们先生们，这场宴会是为了纪念我亲爱的妻子艾瑞丝①而举行的，艾瑞丝正是四年前的今天去世！"

在座的人们都惊讶地骚动起来。巴顿·拉塞尔面无表情，举

---

① 英语为 lris，意为"鸢尾花"。

起了他的酒杯。

"请大家为怀念她而干杯。艾瑞丝!"

"鸢尾花?"波洛突然重复了一句。

他看向桌上的花。巴顿·拉塞尔瞥了他一眼,微微一点头。

在座的人们都低语起来。"艾瑞丝——艾瑞丝……"

每个人看起来既惊讶又惶惑不安。

巴顿·拉塞尔又开口了,用他那缓慢的、沉闷单调的美国腔调,吐出的每一个字都有千钧重。

"在这样一家高级饭店举行晚宴,用这种方式纪念我妻子的忌日,想必大家对此颇为惊异。但我有我的原因,是的,有原因。为了让波洛先生充分了解,我会好好解释。"

他转头朝向波洛,"波洛先生,四年前的晚上,我们在纽约举行了一次晚宴。当时在场的有我和我的妻子;斯蒂芬·卡特先生,他在华盛顿大使馆工作;安东尼·查普尔,他当时在我们家已经做客几个礼拜;还有瓦尔德斯小姐,当时她的舞蹈迷倒了整个纽约。小波琳,"他抚拍她的肩膀,"当时只有十六岁,然而她可是晚宴的特别嘉宾。你还记得吗,波琳?"

"是的,我记得。"她的声音有点颤抖。

"波洛先生,那天晚上发生了一场悲剧。当时正奏响鼓乐,卡巴莱歌舞表演开始。灯光调暗,只余一束聚光灯打在地板中央。当灯光再度亮起,波洛先生,我的妻子倒在了桌子上。她死了,确确实实死了。在她的酒杯残留物里发现了氰化物,又在她的手提包里找到了剩下的小半包。"

"她自杀了?"波洛问。

"当时是这么裁定的……我被击垮了,波洛先生。警察也认为,她这样做,其中有原因。我接受了他们的裁定。"

他突然捶起了桌子。"可是我不甘心……不！四年了，我一直在反复苦苦思索——我不甘心：我不相信艾瑞丝会自杀。波洛先生，我深信，她是被谋杀的，被当时在座的那些人。"

"看我像吗，先生——"托尼·查普尔差一点跳了起来。

"安静，托尼，"拉塞尔说，"我还没说完。我现在可以肯定，是他们其中的一个人干的。有个人，借着黑暗把剩下的半包氰化物悄悄塞进她的手提包里。我想我知道是谁干的，我想要知道真相——"

洛拉尖叫道："你疯了——法（发）疯了——谁会伤害她呢？不，你疯了。我，我不要待在这里——"

她的声音被隆隆响起的鼓乐声打断了。

巴顿·拉塞尔说："卡巴莱歌舞表演又开始了。我们一会儿再继续。大家都留在原位。我去和跳舞乐队说几句话，我和他们有一点小安排。"

他站起身离开了桌子。

"这事太离奇了，"卡特发表议论，"这人疯了。"

"不错，他系（是）法（发）疯了。"洛拉说。

灯光暗了下来。

"再喝两杯，我就该走了。"托尼说。

"不！"波琳急切地说。接着，她嘟哝道："噢，天哪——噢，天哪——"

"怎么了，小姐？"波洛小声地问。

她的声音低不可闻："太可怕了！这和那天晚上的情景极其相似——"

"嘘，嘘！"几个人同时说。

波洛压低了声音。

"把耳朵凑过来,"他对她耳语了一句什么,随后拍拍她的肩膀,"一切都会好起来的。"他向她保证。

"天哪,听!"洛拉喊道。

"是什么,小姐?"

"这是同一首曲子——和他们那天晚上在纽约演奏的曲子完全一样。这一定是巴顿·拉塞尔安排的。我不喜欢这种氛围。"

"大胆些——大胆些。"

又有人"嘘"了一声。

一个女孩来到舞池中央。她皮肤黝黑,眼神灵动,牙齿闪亮。她用低沉沙哑的声音开始演唱,嗓音极其动人。

> 我已经忘了你
>
> 永不会再想你
>
> 你走路的样子
>
> 你讲话的神态
>
> 你曾谈起的话题
>
> 我已经忘了你
>
> 永不会再想你
>
> 曾经难以启齿
>
> 今日心意已决
>
> 无论你眼中是忧郁抑或黯淡
>
> 我已经忘了你
>
> 永不会再想你
>
> 我彻底不会
>
> 再想你
>
> 告诉你我彻底

不会再想你……
你……你……你……

啜泣般的曲调,黑人女孩黄金般醇厚的嗓音极富感染力,它犹如魔咒,令大家如同被催眠般沉醉,甚至连侍者也沉浸其中。满屋子的人都注视着她,沉浸在她纯净、深厚而凝重的感情里。

一个侍者轻轻走来,围着桌子为每一个人添酒,嘴里低声咕哝一句"香槟"。但没人注意他,大家的注意力都在聚光灯下的那个人身上——祖先源于非洲的黑人女孩用深沉的嗓音唱道:

我已经忘了你
永不再记起你
噢,多么美丽的谎言
我会想你,想你,想你
直到我的生命终结……

掌声雷动,灯光再度亮起。巴顿·拉塞尔走回来迅速坐到自己的位子上。

"她太棒了,那个女孩——"托尼激动地说。

然而,他的话被洛拉低沉的叫声打断:"看啊——看……"

这时大家都已经看见了:波琳·韦瑟比俯身倒在桌子上。

洛拉喊道:"她死了——就像艾瑞丝一样——像艾瑞丝在纽约那次。"

波洛从座位上迅速起身,让其他人靠后。他俯身查看她蜷曲的身体,轻轻地抓起她的一只垂下的手,摸了一下脉搏。

他面色苍白、严峻。其他人看着他。他们都惊呆了,神情恍惚。

缓慢地,波洛点了点头。"是的,她死了——可怜的小女孩。而我就坐在她身边!啊!不过这一次凶手不会再逃脱。"

巴顿·拉塞尔脸色灰白,喃喃道:"就像艾瑞丝……她一定是看到了什么,波琳那天晚上看到了什么——只有她有些怀疑,她告诉过我她有些怀疑……我们必须叫警察来……噢,天哪,小波琳。"

波洛问:"她的杯子在哪?"他把它举向鼻子嗅了嗅,"是的,我闻到了氰化物的味道,有点像苦杏仁……同一种手法,同一种毒药……"

他拿起她的手提包。"我们检查一下她的包。"

巴顿·拉塞尔带着哭腔喊道:"你不相信这是自杀,还是不相信吧?你绝对不相信。"

"等一等,"波洛的语气坚定,"不,不在包里。你看,灯光很快就亮起来了,凶手没有时间。所以,毒药还在他身上。"

"或者在她身上。"卡特说。他瞧着洛拉·瓦尔德斯。

她厉声反驳:"你什么意思——你说什么?我杀了她——这系(是)假的——假的——我为什么要做这种事情!"

"你在纽约时就迷上了巴顿·拉塞尔。这是我听到的小道消息。阿根廷的美女可是出名的爱忌妒。"

"真系(是)一派胡言。我并非阿根廷人,我来自秘鲁。噢——我真想啐你一口。我——"她开始说西班牙语。

"请大家安静,"波洛喊道,"该我说了。"

巴顿·拉塞尔语气沉重地说:"每个人都得被搜身。"

波洛平静地说:"不,不需要。"

"您这是什么意思,不需要。"

"我，赫尔克里·波洛，知道是什么意思。我是用大脑去观察的。请听我说！卡特先生，可以给我们看看您胸前口袋里的盒子吗？"

"我口袋里什么也没有。真是见鬼——"

"托尼，我的好朋友，不知道你是不是乐意帮我。"

卡特大声叫道："该死的！"

卡特还没来得及为自己辩护，托尼就利索地把盒子搜了出来。

"给您，波洛先生，您料事如神！"

"这完全是谎言！"卡特喊道。

波洛接过盒子，看了看标签。"氰化钾。事情清楚了。"

巴顿·拉塞尔的语气非常沉重。"卡特！我一直怀疑你。艾瑞丝爱上了你，她想和你私奔。你不想因为这丑闻妨害你的事业，所以你就毒死了她。你会被绞死的，你这卑鄙小人。"

"安静！"波洛突然厉声说，声音坚定而富有震慑，"事情还没有结束。我，赫尔克里·波洛，有些话要对大家说。我的这个朋友，托尼·查普尔，在我刚到这里就跟我说，我是为查案而来。这话说中了一半。我脑子里确实存有一桩罪案，而我正是为了阻止罪案而来。而且我也成功地阻止了。凶手计划周详，然而赫尔克里·波洛的行动更快。他迅速思索，在灯光暗下来时迅速对小姐耳语。波琳小姐很聪明，反应很快，很好地扮演了她的角色。小姐，请您让大家看一下，您并没有死，好吗？"

波琳坐了起来，不好意思地笑了笑。

"波琳的复活。"她自嘲说。

"波琳——亲爱的。"

"托尼！"

"我的甜心!"

"安琪儿。"

巴顿·拉塞尔呼吸急促起来。"我,我不明白……"

"我将帮您弄明白,巴顿·拉塞尔先生。您的计划失败了。"

"我的计划?"

"是的,您的计划。在黑暗中,谁是那个有不在场证据的人?是离开座位的人。——就是您,巴顿·拉塞尔先生。但您又在黑暗的掩盖下转了回来,绕着桌子,拿着香槟瓶给大家添酒。同时,把氰化物放进波琳的酒杯,再趁着到卡特身边移动酒杯时,把剩下的大半盒放进他的口袋里。噢,是的,当每个人的注意力都在别处时,以一个黑暗中的侍者身份做这一切简直太容易了。这才是您今晚举办晚宴的真正原因。实施谋杀最安全的地方就是在人群中。"

"这算什么——我干吗想杀波琳?"

"这有可能是因为钱。您妻子死后,您成了她妹妹的监护人。今晚您也提到了这一点。波琳二十岁了。当她到二十一岁或者结婚时,您就不得不出具您所监护的这部分财产的账单。我猜您没法这么做。您也反复思考了这一点。我不知道,巴顿·拉塞尔先生,您是否也用同样的方式谋杀了您的妻子,或者,正是她的自杀给了您谋杀的灵感。但我确定您今晚有意图要实施谋杀。波琳小姐将决定是否就此向你提起诉讼。"

"不,"波琳说,"他可以滚出我的视线,滚出这个国家。我不想有丑闻。"

"您最好快点走,巴顿·拉塞尔先生,而且我建议您以后小心。"

巴顿·拉塞尔站起身,面容扭曲。

"见鬼去吧,你这个自大鲁莽干涉别人的比利时小个子!"

他怒气冲冲地大步离开了。

波琳叹了一口气。"波洛先生,您太了不起了……"

"您,小姐,您才是不可思议。倒掉香槟,如此逼真地扮演死人。"

"啊,"她打了个哆嗦,"您让我感觉毛骨悚然。"

他温柔地问道:"是您给我打的电话,对吗?"

"不错。"

"为什么?"

"我不知道。我感到焦虑、害怕,但又不知道为何害怕。巴顿告诉我,他为艾瑞丝的忌日举行了这场晚宴。我意识到他有什么盘算,但他又不会告诉我。他看起来是那么古怪,那么兴奋,所以我感到可能会发生什么恐怖的事情——只是,当然,我从没想到他是要——要除掉我。"

"然后呢,小姐?"

"我以前就听说过您的故事。我想如果能把您请来,也许能阻止任何可怕的事情。我是这么想的——一个外国人……给您打电话并且假装身处险境……并且装得很神秘——"

"您认为这种戏剧性的事件会吸引我?这正是让我困惑的地方。消息本身——确实是伪造的消息——听起来太假了。但声音里的那种恐惧是真切的。所以我来了。但您又斩钉截铁地否认给我传过消息。"

"我不得不那么做。另外,我也不想让您知道是我打了电话。"

"嗯,不过我对自己的判断确信无疑!一开始并不确定,但我很快就意识到只有两个人可能知道桌上为什么摆放黄色鸢尾花,那就是您或者巴顿·拉塞尔。"

波琳点了点头。

"我听到他预订黄色鸢尾花摆在桌子上,"她解释说,"又见他预订了六人桌,而我知道我们只有五个人。这让我开始怀疑——"她停下来,咬着嘴唇。

"您怀疑什么,小姐?"

她慢慢地说:"我担心,担心卡特先生,会出什么事。"

斯蒂芬·卡特清了清喉咙,从容不迫而决然地从桌旁站了起来。

"呃……咳……我必须……呃……谢谢您,波洛先生。我非常感激您。我敢肯定,如果我离开的话,您会体谅我的。今晚发生的事情太让人心烦意乱了。"

望着他退去的背影,波琳言辞激烈:"我讨厌他。我一直认为艾瑞丝是因为他才自杀的。又或者是巴顿杀了她。噢,这一切都太讨厌了……"

波洛轻轻地说:"忘掉它,小姐……忘掉它……让过去的就过去吧……着眼当下……"

波琳低声说:"好的,您说得对……"

波洛转向洛拉·瓦尔德斯:"小姐,随着夜色深沉,我的勇气也增加了。您是否愿意和我跳个舞——"

"噢,是的,当然愿意。您系(是),您系(是)如此了不起的一个人,波洛先生。我义定(一定)要和您跳。"

"您太好了,小姐。"

只剩下托尼和波琳两个人。他们隔着桌子彼此又靠近了些。

"亲爱的波琳。"

"噢,托尼,我今天对您的样子就像一只恶毒的火爆脾气的小猫。你会原谅我吗?"

"安琪儿!又到了我们最喜欢的曲子了。让我们跳舞吧。"

他们滑进舞池,彼此微笑着,轻声哼起来:

没有什么能像爱情这样使你苦恼
没有什么能像爱情这样使你忧郁
压抑着
着了魔一般
感伤的
喜怒无常的
没有什么能像爱情这样
使你沮丧
没有什么能像爱一样使你发疯
没有什么能像爱一样使你发狂
恶言相向
讽刺暗喻
自我毁灭
伤害他人
没有什么像爱一样
没有什么像爱一样……

(张叶青 译)

五彩茶具 ————

萨特思韦特先生已经两次恼火地发出"咯咯"声了。无论他的设想是否属实，他越来越肯定，现如今的汽车远比以前更容易抛锚。他唯一信任的是那种历经时光考验依然能发挥作用的汽车。他们都有特点，但你对这些都了如指掌，也能为它们提供各种必需的维修和保养。但是新车就不一样了！满是新配件，不同类别的窗户，崭新、漂亮的木质仪表盘——但完全不熟悉，你的手茫然地摸索着雾灯、雨刷器、阻风门，所有的配件都安装在你不习惯的地方。当你新买的闪亮新车出了毛病，当地修车厂的家伙说出来的话更叫你恼火："磨合期的困难，好比婴儿出牙。车是很棒的，先生，这些敞篷车非常棒。所有都是最新的配件，你知道，在婴儿出牙的时候总有点麻烦，哈哈！"就好像汽车是个正长牙齿的婴儿。

但是，萨特思韦特先生当时已经是上岁数的人了，他非常希望新车就应该具备良好的性能。通过种种测试和检查，在它到买主的手里前，就已经把所有磨合阶段的问题都处理妥当。

萨特思韦特先生这个周末开车去乡下看朋友。刚从伦敦开出来没多久，他的新车就出了几处毛病，现在正停在一家修车厂等待检修。至于还要等多久才能继续上路，他也不知道。他的司机正和一名修理工交涉。萨特思韦特先生坐在那里，极力保持耐性。昨天晚上他就和东道主通过电话，确认他将准时赶到一起喝茶。他向他们保证，一定会在四点钟之前赶到多夫顿·金斯伯恩庄园。

他又恼火地发出"咯咯"声，努力让自己想些高兴的事情。处在这样一种烦躁不安的情绪里，不停地看手表，一次又一次地发出"咯咯"声，他自己也难免意识到，自己发出的声音很像一只为了下蛋而欢欣大叫不已的母鸡。

是的，想些高兴的事。哎，他们开车过来这一路上他不就注意到什么了吗？没多久之前，当时他透过车窗看到了令他喜悦、兴奋的事物。但他当时已经来不及细想了，汽车的毛病越来越明显，他们不得不马上把车开到最近的一家服务站去。

当时他看到了什么呢？在左边——不，在右边。是的，在他们开车慢慢驶过乡村的街道时，他在左边看到的，在一家邮局的隔壁。是的，他对此非常肯定。因为看到邮局的标志时，他蹦出一个念头，要给艾迪生一家打个电话，告诉他们自己可能要晚点到。邮局，一家乡村邮局。在它的隔壁——对，十分确定，在它的隔壁，如果不是，那就是再过一个门牌。有些什么东西唤起了过去的记忆，于是他想要——究竟想要什么呢？噢，天哪！他就要想起来了。那里面掺杂着一种颜色，几种颜色。是的，一种或几种颜色。或者是一个字眼。有个确切的字眼，搅动了他的记忆、思绪、愉悦和兴奋，使他回想起某种生动真切的事物。他自己曾经不仅仅看见并用心观察过的事物。不，他还做过更多。他曾参与其中。参与过什么呢？为什么参与？又是在哪里参与？所有的地方。他在最后的思绪中很快找到了答案。所有的地方。

是在一座岛上吗？在科西嘉？在蒙特卡洛观看赌台管理员转动轮盘？在一处乡下别墅里？所有的地方。这些地方他都去过，还有另外一个人。是的，还有另外一个人。一切都和这个人联系了起来。他就快要想到了，只要他能够……正在这时，他的思绪被司机打断。他来到车窗前，修理工拉着拖绳跟在后面。

"要不了多久了，先生，"司机用轻松的口气向萨特思韦特先生保证，"十分钟左右就会完事，不会更多。"

"没什么大毛病，"修理工用低沉沙哑的乡下口音说，"磨合期的困难，好比婴儿出牙。您大概也知道。"

萨特思韦特先生这一次没有发出"咯咯"声。他咬牙切齿。这个短语他曾经常在书里读到，现在上了年纪，他似乎也习惯于从他那微微松动的上颚吐出这个短语。是吧，婴儿出牙的不适感！牙疼。咬牙。牙坏了。人的一辈子，他想，是以牙齿为中心的。

"离多夫顿·金斯伯恩只有几英里了，"司机说，"他们有辆出租车。您可以坐出租车去，先生。车一修好，我就随后赶来。"

"不！"萨特思韦特先生说。

这句话是从他嘴里冲出来的，司机和修理工两个人都被吓了一跳。萨特思韦特先生的眼睛亮了，他的声音清晰而坚定，他终于想起来了。

"我打算，"他说，"沿着我们刚来的路走一走。车修好了，你就到那里去接我，小丑[①]咖啡馆，我想是这么个名字。"

"先生，那可是个不怎么样的小地方。"修理工提醒道。

"我正是要去那儿。"萨特思韦特先生用一种威严专横的口气说。

他迅速迈步走去。剩下的两个男人望着他的背影。

"不知道他是怎么了，"司机说，"从没见过他这个样子。"

金斯伯恩·达西村现在的样子和它富有古老、庄重气派的名

[①] 原文是"Harle quin"，意大利、英国等喜剧或哑剧中剃光头、戴面具、身穿杂色衣服、手持木剑的丑角。后文中出现的主人公名叫"Harley Quin"，音译为"哈利·奎因"，阿加莎借此表达对这一丑角的喜爱。此人的更多故事收录在《神秘的奎因先生》一书中（新星出版社 2017 年 1 月出版）。

字并不相称。这是个只有一条街道、几间房舍的小村庄。村子里零星开了几间铺子，有时很明显可以看出铺子是由住宅改成的，或者曾经是铺子，如今又改成了住宅，总之，完全没有工业社会的气息。

村子并不古老，也算不上美丽，十分简朴、并不引人注目。萨特思韦特先生想，也许就是因为这样，少许明亮的颜色就吸引了他的注意。啊，他走到邮局了。这是个很简陋的邮局，里面陈列了一些报纸和明信片，外面有个邮筒。在邮局的旁边，是的，上面果然有块招牌。小丑咖啡馆。萨特思韦特先生感到一阵不安。毕竟，他年纪越来越大了。他禁不住思索，为什么这个名字会扰乱他的心绪？五彩咖啡馆。

服务站的修理工说得很对，这不是一个会吸引人来好好吃顿饭的地方。到这里来吃个快餐还差不多，或者来一杯早安咖啡。那么他为什么要来呢？他突然意识到了原因所在。这家咖啡馆，或者说，可以当成是能卖咖啡的房舍，分成两部分。一边摆放着几张小型桌椅，以备老主顾进来吃饭；另一边却是个铺子，出售瓷器。它并不是一家古玩店，店里有许多玻璃花瓶和马克杯。这是一家出售现代物品的铺子，朝街展示的橱窗此时正采撷每束彩虹的光线。有一套较大的茶杯和茶托，每一只的颜色各不相同，蓝、红、黄、绿、粉红、紫。真是美妙的色彩展览，萨特思韦特先生心想。当汽车沿着人行道缓慢前行，努力寻找任何一家汽车修理厂或服务站标志的时候，难怪只有这里的橱窗会吸引他的注意。橱窗上贴有一张大卡片，写着"五彩茶具"。

当然，就是"五彩"这个词一直深深印刻在萨特思韦特先生的意识里，尽管记忆非常非常遥远，很难回忆起来。快乐的颜色。五彩的颜色。他苦苦思索，左思右想，生出一个荒谬却令人激动的念头：从某些方面来说，是这里在召唤他。这个地方是专门为他准备的。也许他的老朋友哈利·奎因先生会在这里吃饭或购买茶具。他有多少年没见过奎因先生了？好多年了。是在那天吧，他看见奎因先生沿着一条被称为情人巷的乡间小径离去①？他总想再次见到奎因先生，至少一年一次，可能的话一年两次。但没有。他们再没见过面。

于是今天他产生了一个奇妙而又奇特的想法，在这里，在金斯伯恩·达西村，他可能会再次见到哈利·奎因先生。

"真荒唐，"萨特思韦特先生说，"我太荒唐了。真的，人老了，就会胡思乱想。"

他一直想念着奎因先生。想念着他晚年里最令他激动的事情。想着可能会在任何地方出现的这个人。这个人一旦出现，就预示着要发生什么事情。碰巧要发生在他身上的事情。不，不完全是这样。不是发生在他身上，而是和他相关。这是令人激动的部分。这种感觉来自奎因先生将说的话语。他可能会向自己展示什么，萨特思韦特先生会就此产生进一步思考。他会观察事物，发挥想象，发现其中真谛。他会处理需要处理的事情。而奎因先生就会在他对面，微笑着表示认可。奎因先生说的话会使他灵感迸发，使他变得活力四射。他——萨特思韦特先生，有很多老朋友。他的朋友中有公爵夫人，一位临时主教，都是这样的人。尤其是，他不得不承认，他结交的朋友都是社交界非常重要的人物。因为，萨特思韦特先生毕竟是个讲究派头的人。他喜欢结交公爵夫人，喜欢了解古老的家族，那些数代在英国拥有土地的家族。他也对在社交界尚无立足之地的年轻人有过好感，那些或者

---

①指的是《神秘的奎因先生》中的最后一个故事《小丑路》。

有困难，或者陷于爱情，或者不幸福，或者需要帮助的年轻人。正是因为受奎因先生影响，萨特思韦特先生才有可能给予别人帮助。

而此时此刻，他正在傻傻地观察一个不起眼的乡村咖啡馆和一个出售现代瓷器、茶具以及无疑是焙盘之类东西的铺子。

"不管怎么说，"萨特思韦特先生自言自语，"我还是得进去看看。既然我傻乎乎地走到这儿了，我总得进去看看——嗯，以防万一。我估计他们修车的时间会比他们说的更长一些。不止十分钟。说不定店里有什么有趣的玩意儿。"

他又一次看起摆满了瓷器的橱窗，渐渐发现这些都是质地很好的瓷器，做工精良。上乘的现代工艺品。他又陷入了回忆，他想起了利斯公爵。她是一位多么了不起的老妇人。那次，在波涛汹涌的大海上航行去科西嘉岛，她对自己的侍女多么和善。她对待侍女时的仁慈怜悯就好像救死扶伤的天使。然而就在第二天，她恢复了自己独断专横的风格，而她的仆人们似乎很平静地接受了她的变化，丝毫没有反抗的迹象。

玛丽亚。是的，女公爵的名字就叫玛丽亚。亲爱的老玛丽亚·利斯。啊，不过，她几年前就已经去世了。他记得她有过一套五彩餐具，用来吃早餐的。是的。颜色各异、又大又圆的杯子。黑的、黄的、红的以及特别难看的紫褐色的。他想，紫褐色肯定是她最喜爱的一种色调。他记得，她还有过一套罗金汉姆茶具，茶具的主色调就是间有金黄的紫褐色。

"唉，"萨特思韦特先生叹了口气，"这些日子一去不复返了。喔，我想我最好还是进去吧。也许要上一杯咖啡或者别的什么。咖啡里会加大量牛奶，我估计，还可能放糖。然而，我总得把时间消磨过去。"

他走进去。咖啡厅里其实人很少。萨特思韦特先生暗自想，现在来喝茶时间过早。而且，如今人们也很少喝茶了。除了老人家在自己家里偶然喝一杯。远远的橱窗边上有一对年轻夫妇，靠着后墙的一张桌子边有两个女人在说闲话。

"我跟她说了，"其中一个说道，"我说你不能做那种事。那种事我可受不了，我和亨利说，他也同意。"

萨特思韦特先生马上想到，亨利的生活一定很艰难。毫无疑问他知道表示同意总是明智的，不管抛给他的话题可能会是什么。一个缺乏吸引力的女人与她缺乏吸引力的朋友。他把目光转向屋子的另一边，轻声问："我可以随便看看吗？"

店里负责的是一个十分和气的女人，她说："噢，可以，先生。我们店里现在有不少好货。"

萨特思韦特先生细细看那些五彩斑斓的杯子，拿起一两只凑近来瞧，检视牛奶壶，拿起一件瓷器斑马仔细审视，观察几只造型优美的烟灰缸。

他听到推拉椅子的声音，扭头看见那两位依然喋喋不休的中年妇女结了账，正要离开。她们刚迈出门去，一个身穿黑色西装的高个子男人走进来，坐到她们刚刚离开的桌旁。他背对着萨特思韦特先生，后者认为他的背影很有吸引力。精干，强壮，肌肉发达。不过，因为室内光线太弱，其幽暗的背影看起来有些阴险。萨特思韦特先生回过头继续观看烟灰缸。"也许我该买个烟灰缸，以免店主失望。"他正结账时，太阳忽然出来了。

他原来没注意店堂昏暗是因为缺少阳光。太阳肯定在云层后躲了一段时间。他记得，是在他们到达服务站时天开始阴的。但现在太阳忽然出来了，阳光吸收了瓷器的颜色，照射在一面有些教会风格的彩色玻璃窗上。萨特思韦特先生想，那一定是维多利亚时代留下的房子。阳光透过玻璃，照亮了昏暗的咖啡厅。有点奇怪地，也照在了先前坐在那里的男人的背上。

那背影不再是黑暗的剪影，而汇集了五颜六色的华彩。红的、蓝的和黄的。忽然萨特思韦特先生意识到他所注视的正是他想找到的那个人。他的直觉没有错。他知道了刚才进来、坐下的那个人是谁。他非常清楚自己没必要一定要看到对方的脸才能判断。他不再看瓷器，转身又进了咖啡厅，绕过圆桌，坐在那男人的对面。

"奎因先生，"萨特思韦特先生叫了一声，"我就知道进来的是你。"

奎因先生笑了。

"你总是知道这么多事情。"他说。

"我们很久没见了。"萨特思韦特先生说。

"时间的长短重要吗？"奎因先生问。

"大概不重要。你也许是对的。大概不重要。"

"我能为你要点饮料吗？"

"有什么可以喝的？"萨特思韦特先生迟疑地说，"我想你肯定是为此目的才进来的。"

"一个人永远不会对自己的目的抱有十足的把握，是不是？"奎因先生反问道。

"能再次见到你，我真是太高兴了，"萨特思韦特先生说，"我都快忘记了，你知道。我是说都快忘记你讲话的方式，你说的话。忘了你使我产生的观点，你使我做的事情。"

"我——使你做？你大错特错了。你总是自己就很清楚你想做什么，以及为什么那么做。对于事情应当如何处理，你总是十分清晰。"

"只有和你在一起时我才有这种感觉。"

"噢,不,"奎因先生淡淡地说,"这和我没有什么关系。我只是——我常对你这么说——我只是路过此地。就这样。"

"今天你正路过金斯伯恩·达西村。"

"而你就不仅仅是经过了,你是有目的的拜访。我说得对吗?"

"我要去看望一个老朋友。我们好多年没见了。他如今老了,腿也跛了。他还中风过一回,目前康复得不错,但谁也没法说得准。"

"他一个人生活吗?"

"令人欣慰的是,现在不是了。他的家人从国外回来了,这给他带来了与家人团聚的快乐。他们已经和他共同生活了几个月。我很高兴能够再次拜访他们全家,有些家庭成员以前见过,还有些没见过。"

"你指的是他的儿女?"

"儿辈和孙辈。"萨特思韦特先生叹息道。有那么一瞬间,他感到伤心,自己没有儿女,没有孙子,更没有曾孙。平时他对此并不觉得遗憾。

"他们这儿有很特别的土耳其咖啡,"奎因先生说,"是同类中的精品。其他饮料,如你所想,味道很一般。不过你总不会拒绝来一杯土耳其咖啡,对吧?咱们喝一杯,因为我想你很快就得赶路,或者去干其他事情。"

从门口跑来一条小黑狗,蹲在桌旁抬着脑袋瞧着奎因先生。

"是你的狗吗?"萨特思韦特先生问。

"是的。容我把你介绍给赫米斯。"他敲了敲黑狗的脑袋,"咖啡,"他说,"告诉阿里。"

黑狗离开桌子，从铺子的后门穿出去。他们听到一声短促、尖厉的犬吠。不一会儿，黑狗又出现了，随他而来的是一个年轻人，面部黝黑，身穿一件宝石绿的套头衫。

"咖啡，阿里，"奎因先生说，"要两杯咖啡。"

"土耳其咖啡。没错吧，先生？"他微笑着离去。

狗又重新蹲下。

"告诉我，"萨特思韦特先生说，"告诉我你都去了哪儿，你都做了些什么，为何我这么久没有见到你。"

"我刚刚给你说过时间其实并不意味着什么。我们上一次见面的情景我记得很清楚，我觉得你也记得很清楚。"

"那是很悲惨的一幕，"萨特思韦特先生说，"说真的，我不愿想起它。"

"因为死亡？然而死亡并不总是悲剧。我以前告诉过你的。"

"是的，"萨特思韦特先生说，"也许那次死亡——我们正在回忆的那次——不是一场悲剧。但仍然……"

"但不管怎么说生命最重要。你说得一点没错，当然，"奎因先生说，"一点没错。生命最重要。我们不想让一个年轻人，一个幸福的或者能够幸福的人去遭遇死亡。我们俩谁也不想那样，对吗？这就是为什么当被赋予使命时，我们总是义无反顾地去拯救生命。"

"你要赋予我什么使命吗？"

"我——赋予你使命？"哈利·奎因窄长的、原本伤感的脸上浮现出特别迷人的微笑，"我没要赋予你什么使命，萨特思韦特先生。我从不对别人指手画脚。你自己总会了解事理，观察事物，知道该做什么就做什么。和我没什么关系。"

"噢，不，和你关系重大。"萨特思韦特先生说，"这一点你不可能改变我的看法。但是告诉我，这一段因为时日不长、不能称作时间的日子里，你都去哪里了？"

"好吧。这段时间，我四处跑。不同的国度，不同的气候条件，不同的冒险经历。可大部分如往常一样仅仅是路过。我想，应该是你告诉我，你做了什么，你现在要去做什么。特别是你要去哪儿，要会见什么人。你的朋友，他们都怎么样了。"

"我当然会告诉你。我很愿意告诉你。因为我一直都想知道，我觉得你了解我要去拜访的这些朋友。当一个人很久没有见过一家人，很多年没有和他们亲密地联系，当他打算和他们再见面叙旧的时候，心里难免有些紧张。"

"你说得很对。"奎因先生说。

土耳其咖啡盛在东方情调的小杯子里端了上来。阿里微笑着把它们放在桌上，退了下去。萨特思韦特先生表示赞许地呷了一口。

"甜如爱情，黑如夜晚，热如冥府。这是阿拉伯古谚语，对吗？"

哈利扭头笑了笑，点点头。

"是的，"萨特思韦特先生说道，"我一定告诉你我要去哪里，尽管我将要做的无关紧要。我将去找老朋友叙旧，和年青的一代认识认识。我和你说过的，汤姆·艾迪生，他是我的一个老朋友。年轻的时候，我们一起经历过很多事。后来，如经常发生的那样，生活把我们分开了。他原来在外交部门工作，接连去国外担任外事职务。有时候我出国与他一起居留，有时候当他回到英国时我去看望他。他早先的一次任职是在西班牙。他娶了一个西班牙姑娘，非常漂亮的黑皮肤女孩，叫皮拉尔。他很爱她。"

"他们有孩子吗？"

"有两个女儿。第一个女儿长着满头金发,像她父亲,名叫莉莉;第二个女儿玛丽亚,长相随她西班牙籍的母亲。我是莉莉的教父。自然,两个孩子我都没怎么见过。一年中有那么两三次,我要么为莉莉举行一场宴会,或者去她学校看她。她是个很甜美可爱的姑娘,很爱她的父亲,她父亲也很爱她。我们曾多次会面,多次重温友谊,可是其间却度过了一些艰难的时日。想必你也明白。在战争年代,我和我的同辈们很难见上一面。莉莉嫁给了空军的一个飞行员,一个战斗机飞行员。一直到了那天,我甚至都不记得他的名字。哦,西蒙·吉列特。空军中队长吉列特。"

"他在战争中牺牲了?"

"不,不,不。他平安地挨了过来。战后,他从空军退伍,和莉莉两个人一起像许多人一样去了肯尼亚。他们在那里定居,生活得很幸福。他们生了个儿子,一个叫罗兰的小男孩。后来他回英国上学时,我见过他一两面。最后一次,我想,那时他十二岁。很乖的一个男孩,像他父亲一样长着一头红发。从那之后我再也没有见过他。因此,我期待着今天见到他。他现在已经二十三四了。日子就这么过来了。"

"他成家了吗?"

"没有。嗯,还没有。"

"嗯。有结婚对象吗?"

"噢,汤姆·艾迪生在信中向我谈起过罗兰有个表妹,我对此不太清楚。他的二女儿玛丽亚嫁给了本地的一名医生。我对她一直不太熟悉,悲惨的是,她死于难产。她有个小女儿叫伊内兹,是她的西班牙祖母为她取的家族名。说实话,伊内兹长大后,我只见过她一回。黑黑的女孩,样貌特征很西班牙式,很像她祖母。唉呀,我絮絮叨叨地跟你说个没完。"

"不,我想听你讲下去。这对我来说很有趣。"

"我想知道为什么。"萨特思韦特先生说。

他看着奎因先生,带着一丝狐疑神情,这种神情有时会出现在他脸上。

"你想了解这个家庭的全部情况。为什么?"

"或许,这样我可以对它有一个全貌的认知。"

"好吧。我要去拜访的庄园叫多夫顿·金斯伯恩,一座相当美丽的古宅。它不够壮观华丽去吸引游客或是在特定的日子向参观者开放。它只是一处宁静的乡村别墅。一个英国人一直为国效力,退休后回来过点舒心的日子。汤姆一直很喜欢乡村生活。他喜欢钓鱼,也是个神枪手。孩童时期,我们一起在他家里度过了许多愉快的时光。我少年时代的许多假日都是在多夫顿·金斯伯恩庄园度过的。我一生都不会忘记它的样子。没有什么地方像多夫顿·金斯伯恩庄园那样。没有什么庄园能够与之相比。每当我开车从附近经过,我都会绕道过去看一眼那里的景色。庄园前长长的小道,两边栽满了树木。看一眼我们曾经垂钓的河,看一眼庄园的房子。这时我就会想起我和汤姆一起做过的所有事情。他是一个富有行动力的男人,也做成了许多事情。而我,只是一个老光棍。"

"你可不只是这样,"奎因先生说,"你交游广泛,结识了好多朋友,帮过朋友好多忙。"

"唉,或许我能这么看。但恐怕你把我说得太好了。"

"绝对不是。除此之外,你还是一个十分有趣的伙伴。你讲的故事,见过的事情,去过的地方,以及你生活中发生的稀奇古怪的事情,你可以把它们写成一大本书。"奎因先生说。

"如果我写的话，我会把你作为书中的主角。"

"不，你不会的。"奎因先生说，"我只是一个过客，仅此而已。好了，让我们继续吧。再和我多说些。"

"呃，我向你讲述的只是一部家族史。我说了，我已经很长时间，好几年没有见过他们中的任何一位了。可他们一直都是我的老朋友。皮拉尔死后，我就再没见过她和汤姆——她很年轻就不幸死去了。莉莉，我的教女；还有伊内兹，那个文静的医生的女儿，和她父亲一起生活在村子里………"

"女儿多大了？"

"伊内兹大约十九岁或二十岁吧，我想，我将很乐意与她交个朋友。"

"那么总体来说，这是一部幸福的家族史？"

"不全是。莉莉，我的教女——和她丈夫一起远赴肯尼亚的那位——在当地的一起车祸中丧生。她当场身亡，身后留下一个几乎不满周岁的婴儿，小罗兰。西蒙，她的丈夫，为此悲痛欲绝。他们曾是非常幸福的一对儿。但是我想，对他来说生活还算有个不错的发展。他又结了婚，娶的是一个寡妇，是他的一个朋友，一名空军中队长的遗孀。她也带了一个和罗兰一样大的婴儿，小蒂莫西，他和小罗兰之间只差两三个月。

"我相信西蒙的再婚是十分美满的，虽然因为他们继续留在肯尼亚，我一直没能见到。两个孩子像亲兄弟一样被抚养成人。他们在英国同一所学校读书，通常一块回肯尼亚度假。我很多年没能见到他们。接下来，你知道在肯尼亚发生了什么。有些人设法留下来。有些人，我的一些朋友，去了澳大利亚西部，与家人一起又在那里幸福地安家落户。有些人则回到了国内。

"西蒙·吉列特和他的妻子以及他们的两个孩子离开了肯尼

亚。对他们来说情况不一样了，于是他们回家来，最终接受了老汤姆·艾迪生每年都向他们发出的邀请。他们回来了，他的女婿，女婿的第二任妻子，以及两个孩子。如今长大了的两个男孩，或者说是两个青年男子。他们回到庄园，全家人一起生活，十分和睦。汤姆的外孙女伊内兹·霍顿，我向你提过，与她做医生的父亲一起居住在村子里。她花了许多时间，我猜想，在多夫顿·金斯伯恩庄园陪伴汤姆·艾迪生。老人极其疼爱自己的外孙女。他们在庄园里似乎都非常幸福。他催了我几次让我去那里走一走，再去见见他们一家子。于是我接受了邀请，只去度个周末。从某种意义上说再次见到亲爱的老汤姆，心里会有点难过。他有些跛脚，也许并不指望还能有太多时日，但依然感到快乐和满足。我能够猜到这些。再见到多夫顿·金斯伯恩那座古老的庄园也会多少有点伤感。它会勾起所有我儿时的记忆。当一个人没有轰轰烈烈的人生，当他个人的经历也平淡无奇——说的就是我——最后留给他的也就是朋友、家园和在孩童、少年和年轻时所经历的往事，目前只有一件事情让我有些顾虑。"

"你不要着急，什么事让你有顾虑？"

"我可能会——失望。一个人记忆中的房子，魂牵梦萦的房子，当他可能再来拜访时，也许它不再像记忆中或梦中的样子了。也许会增加一间房间，花园也许被改建，各种变化都会发生。毕竟离我上次去那里，已经过了太久。"

"我想你记忆中的情形还是会保留的，"奎因先生说，"我很高兴你要去那里拜访。"

"我有个想法，"萨特思韦特先生说，"你和我一起去，一起去拜访这家人。你完全不用担心自己会不受欢迎。亲爱的汤姆·艾迪生是世界上最好客的人。我的任何一个朋友马上就会成为他的朋友。和我一起去，一定要去，我坚决要你去。"

萨特思韦特先生冲动地做了个手势，差一点儿把咖啡杯从桌上碰下去。他非常及时地扶住了它。

就在这时，铺子的门被推开了，老式门铃响个不停。一位中年妇女走了进来。她喘着气，汗流满面。她长得挺漂亮，满头褐色头发，间或夹着几缕银丝。象牙白的皮肤非常光洁，衬着她的棕发碧眼。她的身材也保持得很好。新来的客人迅速地扫视了一眼咖啡厅，然后立即拐进了瓷器店。

"哇！"她尖叫道，"这些五彩茶杯，你们竟然还有！"

"是的，吉列特夫人。我们昨天刚进来一批新货。"

"噢，我多么高兴！我实在担心没货，就急急忙忙赶来了。我骑了一辆孩子们的摩托车，他们不知跑哪儿去了，我谁也找不到。可是我确实有事要办。今天早上有几只杯子碰巧摔碎了，而我们下午有客人要来喝茶，还要举行聚会，所以我才来的。你能不能给我拿一只蓝的和绿的，也许最好再要一只红的，以防万一。红色是这些不同的花色中最难看的一种，不是吗？"

"不过，我知道人们确实这样说过，红色虽不好看，但有些时候你却不能用其他花色来调换。"

现在，萨特思韦特先生已经转过头来，他饶有兴致地注视着正在发生的事情。吉列特夫人，女售货员这么叫她。当然是吉列特夫人。现在他意识道，她一定是——他从座位上直起身来，开始有些犹豫，而后快步就跨进瓷器店。

"打扰一下，"他说，"您是不是——是不是来自多夫顿·金斯伯恩庄园的吉列特夫人？"

"噢，是的。我叫贝里尔·吉列特。您——我是说……"

她看着他，微微皱了皱眉。一个很有吸引力的女人，萨特思韦特先生想。她的面容有些刻板，但显得很精干。这就是西蒙·吉列特的第二任妻子。她没有莉莉漂亮，可似乎魅力十足，既和气又利索。忽然，一丝微笑浮上吉列特夫人的面颊。

"我确信……是的，当然是您。我的公公汤姆，保存着您的一张相片。您一定是今天下午我们准备接待的客人，萨特思韦特先生。"

"一点没错，"萨特思韦特先生说，"您说的就是我。可我不得不十分抱歉地告诉您，我比原先说的时间要晚许久才能到。很倒霉，我的汽车抛锚了，现在正在修理站检修呢。"

"噢，您太不幸了，真不走运。不过还没到喝茶时间呢，别着急。反正我们已经推迟了。您大概也听到了，今天早上家里的几只茶杯不巧从桌上碰掉，摔碎了，我赶来再挑几只新的。家里请客吃午饭、喝茶或用晚餐，总会发生类似这样的事情。"

"您要的茶杯，吉列特夫人，"店里的女人说，"我这就把它们包好，替您装在一只箱子里，好吗？"

"不用了，你拿包装纸把它们包裹一下，放在我这只购物袋里就可以。"

"如果您要返回多夫顿·金斯伯恩，"萨特思韦特先生说，"我可以用车送您。车在修理站修好后就可以上路。"

"您太好了。我也想坐您的车，可我得把摩托车骑回去。孩子们没有车骑会很难过的，他们晚上要出门。"

"容我为你们介绍一下。"萨特思韦特先生说着，转向奎因先生。奎因先生早已从座位上离开，此时正站在旁边。"这位是我的一个老朋友，哈利·奎因先生，我恰好在这里碰见他。我一直在劝他一同到多夫顿·金斯伯恩。您觉得汤姆会不会多留一位客人过夜呢？"

"噢,肯定没问题,"贝里尔·吉列特说,"我保证他会很高兴见到您的朋友,或许也会是他的一个朋友。"

"不,"奎因先生说,"我从未见过艾迪生先生,尽管我常常听我的朋友萨特思韦特先生谈起他。"

"那好,您就请随萨特思韦特先生一起来吧。我们全家都会高兴的。"

"很抱歉,"奎因先生说,"不巧的是我还有个约会,真的——"他看看手表,"我必须马上赶去赴约。因为碰到了老朋友,已经有些晚了。"

"给您拿好,吉列特夫人,"女售货员说,"我想,放在您的提包里绝对安全。"

贝里尔·吉列特把纸包小心地放进她随身携带的提包里,然后对萨特思韦特先生说:"好吧,那一会儿见。茶会五点一刻再开始,不用着急。我总是不断地听西蒙和我公公说起您。终于见到了您,我非常高兴。"

她与奎因先生匆匆告别,走出了店门。

"她匆匆忙忙的,是吧?"女店员说,"可她总是这样。要我说,她一天之内能做很多事情。"

外面的摩托车发动了,隆隆的马达声传了进来。

"她很有个性,是不是?"萨特思韦特先生说。

"看起来是这样。"奎因先生说。

"我真的说服不了你?"

"我只是路过。"奎因先生说。

"那么什么时候能再见面呢?我现在想知道。"

"噢,不会太长时间,"奎因先生说,"我想一旦你真的看见我,就会认出我来。"

"你再没有什么——没有什么要告诉我了吗?再没有什么需要解释的吗?"

"解释什么?"

"解释我为什么会在这里遇见你。"

"你是一个知识渊博的人,"奎因先生说,"有一个词也许对你有意义,我想它对你可能会有用。"

"什么词?"

"色盲。"奎因先生说完,笑了起来。

"我不明白——"萨特恩韦特先生皱了一会儿眉头,"是的,是的,我知道,只是这会儿想不起来……"

"暂且告别吧,"奎因先生说,"你的车来了。"

这时,汽车果然开来了,正准备停在邮局门口。萨特思韦特先生迎了出去。他心急如焚,不愿再浪费更多的时间让主人等下去。然而,他跟朋友说再见时依然恋恋不舍。

"没有什么我可以为你做的了?"他问,声音里充满了渴望。

"没有什么可以为我做的了。"

"为其他人呢?"

"我觉得可以。非常可能。"

"希望我能够明白你的意思。"

"我对你寄予最大程度的信任,"奎因先生说,"你总能了解事理。你有敏锐的观察力,很快就可以弄懂事物的含义。你和以前一样,没有变,我向你保证。"

他把手放在萨特思韦特先生的肩头停留片刻,走开了,沿着乡村大道向与多夫顿·金斯伯恩庄园相反的方向轻快地走去。萨特思韦特先生上了车。

"希望我们不会再出什么麻烦。"他说。

他的司机安慰他说:"离这儿没有多远,先生,至多三四英里,而且现在汽车跑起来也很顺当。"

他把车往前稍微开了开,在路宽的地方拐过来,回到他来时的路上,他又说了一句:"只有三四英里了。"

萨特思韦特先生重复了一遍"色盲"。他仍然没有弄明白这个词到底有什么含义,可他感觉应该是有的。这个字眼他以前听人说过。

"多夫顿·金斯伯恩。"萨特思韦特先生对自己轻轻念着这个名字。这两个词对他来说仍是往常的含义,一个幸福团聚的地方,一个他恨不能更快抵达的地方,一个他将依然感到轻松愉快的地方,即使他的许多故人都已不在那儿了。但汤姆还在那里,他的老朋友,汤姆。他又想起了昔日的草地、湖水、河流以及他们童年时一起做过的事情。

茶会安排在草坪上。一段台阶从客厅的法式窗户下面延伸出去,一侧有一棵高高的紫铜色山毛榉,另一侧有棵黎巴嫩雪松,如此构筑了茶会的外景。草地上摆着两张白色的油漆雕花桌子,周围有各种的花园椅子。直背椅上设有花花绿绿的坐垫;只要你乐意,大可以摊开躺椅,伸开双脚眯上一觉。有些椅子上甚至装有顶篷,挡住阳光的照射。

这是一个美丽的傍晚,草地的绿是一种柔和深沉的色调。晚霞透过紫铜色山毛榉直射过来,雪松映在泛着粉色的金灿灿的天空里,显得婀娜多姿。

汤姆·艾迪生斜靠在藤制长椅上,双脚跷起,等待他的客人。萨特思韦特先生注意到他在多个场合遇见这位主人时的情形:穿着舒服的拖鞋,套在他轻微肿胀的患痛风的双脚上;他的那双鞋也很古怪,一只红,一只绿。好人老汤姆,萨特思韦特先生想，他没有变化，和以前一模一样。他又想到："我真笨！我当然知道那个字眼的含义。为什么我当时没有马上想起来？"

"我以为你永远不会再来了，你这个老家伙。"汤姆·艾迪生说。

他依然是一个风度翩翩的老人，宽阔的面庞上嵌着一双灰色、闪亮的眼睛，宽宽的肩膀仍使他看起来十分健壮，脸上的每一道笑纹似乎都显露出他的好心情还有对客人的热忱欢迎。"他一点儿没变。"萨特思韦特先生想。

"不能站起来问候你了，"汤姆·艾迪生说，"如今得有两个强壮的男人和一根拐杖帮助，我才能起身。现在，你了不了解我们这个小集体？当然，你认识西蒙。"

"我当然认识。好几年没有见你了，但你没有太大变化。"

空军中队长西蒙·吉列特是个瘦弱、英俊的男人，有一头乱蓬蓬的红发。

"很遗憾，我们在肯尼亚时您从没有去看过我们，"他说，"您会在那里玩得很开心的，我们会带您去看很多东西。唉！人们无法预见未来。我原以为我会埋骨在那个国家。"

"我们在附近搞到一块很不错的教堂墓地，"汤姆·艾迪生说，"自重建以来，教堂没怎么遭到破坏，周围也没有新建太多的建筑物，所以教堂墓地里空地仍很充足。我们至今还没有在那里建造一座可怕的墓穴。"

"你们的话题多么令人扫兴呀！"贝里尔·吉列特微笑着说，"这是我们的孩子，"她又说，"不过您早已经认识他们了，是吗，萨特思韦特先生？"

"我觉得现在我快认不出了。"萨特思韦特先生说。

是啊，他最后一次见到两个孩子是他把他们从预备学校里接回去的那一天。虽然他们没有任何血缘关系——异父异母——他们却经常被别人当作亲兄弟。他俩身量相仿，都是一头红发。罗兰也许受他父亲的遗传，蒂莫西却是从他的棕发母亲那里继承的。他们之间似乎有一种协作精神。然而，萨特思韦特先生想，他们真的差别很大。他猜想，现在两个人的年龄应该在二十二岁到二十五岁之间，那他们的差别就更加明显了。他从罗兰身上看不到与他外祖父相似的地方，除了红发之外，他看起来也不像他的父亲。

萨特思韦特先生有时感到奇怪，这孩子长得是不是像他死去的母亲莉莉。可是他仍找不到什么相似之处。甚至还不如说，蒂莫西看起来更像是莉莉的儿子，白皙的肌肤、高高的前额以及漂亮的身材。

这时，在他的身侧，一个轻柔的、低沉的声音说："我是伊内兹。我估计您不记得我了。上次见您是很久很久以前的事了。"

一个美丽的女孩。萨特思韦特先生马上这样想到。黑美人。他回忆起遥远的过去，在艾迪生和皮拉尔的婚礼上他担任伴郎。她充分展示出她的西班牙血统，他想。她转头的姿势相当优雅，一个仪态高贵的黑美人。她的父亲，霍顿医生，正站在她身后。他比萨特思韦特先生上一次见到时显得老多了，他人很不错，是一位善良的普通医生，没什么野心，却诚实可靠；对女儿，萨特思韦特先生想，他非常疼爱。很明显，他为女儿感到万分自豪。

萨特思韦特先生感到被深深的幸福所笼罩。所有这些人，他想，尽管其中有几个比较陌生，但依然像熟悉的老朋友一样。漂亮的黑皮肤女孩，两个红头发的小伙子，还有贝里尔·吉列特，她忙着整理杯盘茶碟，又吩咐房里的女仆端出糕点和几盘三明治。丰盛的茶会！有几把椅子拉到了桌子旁边，方便大家坐下来吃喝。两个男孩子在桌旁坐下来,邀请萨特思韦特先生坐在他们中间。

他很高兴。他早就打算要先和男孩们谈谈天,看看能了解多少汤姆·艾迪生之前的情况。他又想到莉莉,多希望莉莉能在这里。萨特思韦特先生的心绪回到了孩童时代。那时,他来到这里玩,会有汤姆的父母欢迎他,大概还有一位姑妈,以及汤姆的舅公和表兄弟。而如今,家里没有这么多人口了,但依然还是一个家。汤姆穿着拖鞋,一只红,一只绿。他老了,可仍然快乐、幸福。他周围的人也都幸福。如今的多夫顿几乎和过去一样。虽不算保护周详,但草坪总是保养得很好。穿过树丛可看见那条河流。树也比以前更多了。房子也许需要重新粉刷,但也不严重。毕竟,汤姆·艾迪生颇有些家产。他持有大量土地,有人小心侍弄。他为人俭朴,虽然为保养别墅花费巨大,可其他方面并不挥霍。他现在很少旅行或出国。但他也有自己的娱乐。不举办大型宴会,只是常邀朋友小聚。朋友来庄园做做客,一起回忆以前的故事。一个友好的家园。

他稍稍转了下椅子,从桌边挪开点,朝向另一侧以便更好地观看河边的景色。下游自然是磨坊,远眺另一边则是大片田野。在其中一块田地里,他看见了一个稻草人,黑色的稻草人身上固定着几只小鸟。他顿觉好笑。那一瞬间,他觉得那稻草人看起来很像哈利·奎因先生。萨特思韦特先生心想,也许,那就是我的朋友奎因先生。这是个很荒谬的念头,如果有人把稻草人扎成奎因先生的样子,那它看起来就会是与大多数稻草人不一样的修长优雅。

"您是在瞧我们的稻草人吗?"蒂莫西说,"我们给它起了个名字。我们叫它哈利·巴利先生。"

"真的吗？"萨特思韦特先生说，"啊！我觉得这名字很有趣。"

"您为什么觉得它有趣？"罗兰有些好奇地问。

"啊，因为它很像我认识的一个人，他的名字碰巧也是哈利。"

孩子们开始唱起来："哈利·巴利忠诚地守卫，哈利·巴利认真地执勤。守卫着禾堆守卫着草垛，使一切入侵者仓皇逃跑。"

"来份黄瓜三明治，萨特思韦特先生？"贝里尔·吉列特说，"还是家做的肉酱三明治？"

萨特思韦特先生要了一份肉酱三明治。她为他摆上一只紫褐色的茶杯，颜色和他在瓷器店里观赏的一模一样。桌上摆放着整套茶具，显得十分华丽，黄、红、蓝、绿，等等。他不知道是否每个人面前的杯子都是其最喜爱的颜色。他留意到，蒂莫西用的茶杯是红色的，罗兰用的是黄色的。蒂莫西的杯子旁边有一样东西，萨特思韦特先生一开始没有认出来是什么，后来才发现那是一只海泡石烟斗。萨特思韦特先生已有多年未曾想到过、更没见过这种烟斗了。罗兰注意到他凝视的目光，解释说："蒂姆去德国时带回来的。他终会因为整天抽烟而患上癌症。"

"你不抽烟吗，罗兰？"

"是的，我向来不抽烟，不吸香烟，也不抽烟斗。"

伊内兹走过来在他对面坐下。两个年轻人争着为她递食物，他们在一起又说又笑起来。

萨特思韦特先生在三个年轻人中间感到非常愉快，并不是因为他们对他十分尊重，并且彬彬有礼，而是他喜欢听他们说话。他也喜欢对他们做出自己的判断。他几乎可以肯定，两个青年都喜欢伊内兹。是的，这并不奇怪，这也会受近亲关系的影响。他们两个人都来和外祖父生活在一起。而伊内兹，罗兰的第一个表妹，一个漂亮的女孩，就住在隔壁。萨特思韦特先生转头，透过树木间隙他就能看到伊内兹家的房子，就在门前大路的尽头。七八年前他来这里时，霍顿医生住的就是那幢房子。

他看着伊内兹，不知道两位青年她更喜欢哪一位，还是她的感情已另有归宿。她没理由不爱上这两位风度翩翩、活力十足的青年中的任何一位。

萨特思韦特先生敞开胃口吃了一通，不过吃的量倒不大。他把椅子向后拉了拉，改变了一下姿势，方便看看周围的一切。

吉列特夫人仍在忙碌。一个过于负责的家庭主妇，他暗想，处理家务活过于小题大做。不停地给大家推荐蛋糕，换杯盏，续茶水。不管怎的，他想，如果她不这么殷勤，让大家自己动动手，气氛会舒服自在得多。他希望女主人不用这么忙碌。

他抬起头，看着汤姆·艾迪生，他正伸展四肢躺在椅子上。汤姆·艾迪生也正瞧着贝里尔·吉列特。萨特思韦特先生心想："他不喜欢她。是的，汤姆不喜欢她。那么或许是他希望她那样做的。"毕竟，贝里尔取代了他的亲生女儿，西蒙·吉列特的第一任妻子莉莉的位置。"我美丽的莉莉。"萨特思韦特先生又想起了她，并且感到诧异，为何他有一种感觉，尽管并没看到什么相似的人，可奇怪的是莉莉仿佛就在这里。她就在今天的茶会上。

"我想人一老就开始琢磨这类事情，"萨特思韦特先生喃喃自语，"不管怎样，为何莉莉不来这里见见自己的儿子呢。"

他慈爱地瞟了一眼蒂莫西，接着又猛然意识到他瞧的不是莉莉的儿子，罗兰才是莉莉的儿子，蒂莫西是贝里尔的儿子。

"我相信莉莉知道我在这里，我相信她想和我说话，"萨特思韦特先生又想，"噢，天哪，噢，天哪，我必须停止傻乎乎的瞎想。"

不知为什么,他又望了望稻草人。它现在看起来不像一个稻草人,而像哈利·奎因先生。夕阳的光线照在它身上,给它染上了颜色。一只像赫米斯的黑狗正在追逐着飞鸟。

"颜色,"萨特思韦特先生说着,又看了看桌子、桌上的茶具以及喝茶的人们,"我为什么在这里?"萨特思韦特先生自言自语,"我为什么在这里,我应该做什么?一定有个理由……"

现在他感觉到,这里有什么情况,有某种危机,存在一些能够影响所有人或部分人的事情?贝里尔·吉列特,吉列特夫人,她正为某件事紧张,如坐针毡。汤姆?汤姆没什么事,他不会受到影响。他很幸运,他拥有这位美艳夫人,拥有多夫顿,拥有一个外孙,将来他死后这一切都将归罗兰所有。这一切都会是罗兰的。汤姆是不是希望罗兰娶伊内兹为妻?或者他会不会担心这对亲姨表兄妹近亲结婚?萨特思韦特先生琢磨着,尽管从历史上看,表兄妹结婚并没有什么恶果。"什么都不要发生,"萨特思韦特先生说,"什么都不要发生,如果有事我必须阻止。"

真的,他满脑子都是疯狂的想法。一片祥和的场景。一套茶具。五彩茶具有各种各样的颜色。他看了看躺在红色茶杯一旁的白色海泡石烟斗。贝里尔·吉列特对蒂莫西说了句什么,蒂莫西点点头,站起身朝房子走去。贝里尔撤掉桌上的几只空碟子,调整了一两把椅子,对罗兰低声说了一句,罗兰就径直走向霍顿医生,端给他一块撒有糖霜的蛋糕。

萨特思韦特先生注视着她的一举一动。她经过桌子时,衣袖拂动了一下。他瞥见一只红色的杯子从桌上滑落下去,在椅子的铁质椅子脚上碰碎了。他听见她捡起杯子碎片时低低地叫了一声。她走过去从茶盘里取出一套浅蓝色的杯碟,回转来,放在桌上,又挪了挪那只海泡石烟斗,使它和茶碟挨在一起。她提起茶壶,倒上茶,走开了。

此时,桌旁再没有人。连伊内兹也已起身离开,和外祖父聊天去了。"我不明白,"萨特思韦特先生自言自语,"是不是要出什么事。会出什么事呢?"

一张桌上摆满了五颜六色的茶杯,而且,噢,蒂莫西,他的红发在夕阳下闪闪发亮。和西蒙·吉列特一样魅力十足的波浪形红发闪闪发亮。蒂莫西回来了,站了一会儿,有些困惑地看了一眼桌子,然后走向海泡石烟斗紧挨浅蓝色茶杯的一侧。

这当儿,伊内兹也回来了。她突然笑了起来,说:"蒂莫西,你拿错杯子了,蓝的是我的,你的是红色的那只。"

蒂莫西答应道:"别犯傻,伊内兹,我知道哪个是我的茶杯。我的杯子里放了糖,你不喜欢放糖的。别逗了!这就是我的杯子,海泡石烟斗紧靠着它嘛。"

萨特思韦特先生目睹着这一切,颤抖了一下。我是疯了吗?是我在胡思乱想吗?刚才的每一个细节都是真的吗?

他站起来,快步抢到桌旁。蒂莫西刚把蓝色的茶杯举到唇边,他就大叫一声。

"不要喝!"他喊道,"不要喝!"

蒂莫西惊讶地转过脸来。萨特思韦特先生把头扭向一边。霍顿医生更是万分惊讶,从座位上立起身,靠过来。

"什么事,萨特思韦特先生?"

"那只茶杯。那只茶杯有问题,"萨特思韦特先生说,"别让孩子喝那杯茶。"

霍顿医生盯着茶杯。"我亲爱的朋友——"

"我知道我在说什么。原来那只红色杯子是他的,"萨特思韦特先生说,"可那只杯子摔碎了,后来换成了一只蓝色的。他不知道红色换成蓝色了,对吗?"

霍顿医生一副迷惑不解的样子:"你是说……你是说……像汤姆一样?"

"汤姆·艾迪生。他分不清颜色,你知道,是不是?"

"噢,是的,当然。我们都知道他这样,所以他今天穿了一双不同颜色的鞋子。他向来分不清红色和绿色。"

"这个孩子也不分。"

"不——肯定不是。不过不管怎么说,罗兰却从未显示出任何这样的迹象。"

"不过他也许有过,是不是?"萨特思韦特先生说,"我想我是对的——色盲。他们这么称它,不是吗?"

"不错,是这么称呼的。"

"女性不会是色盲,但会遗传色盲。因此莉莉并不是色盲,但她的儿子可能是。"

"可是,我亲爱的萨特思韦特先生,蒂莫西不是莉莉的儿子,罗兰才是。我知道他们俩长得很像,同样的年龄,同样颜色的头发,还有其他方面也相似,可是——好吧,大概您不记得了。"

"是的,"萨特思韦特先生说,"我不记得了。可我现在已经知道。我也能看出相似之处。罗兰是贝里尔的儿子。西蒙再婚的时候,他们都还是婴儿。一个女人同时照顾两个婴儿很容易,尤其是他们俩都要长出红头发。蒂莫西是莉莉的儿子。罗兰是贝里尔的儿子,贝里尔和克里斯朵夫·伊登的儿子。他没道理会是色盲,我知道,我告诉你。我知道!"

他看见霍顿医生的眼睛在两个青年身上转来转去。蒂莫西没有听明白他们的对话,只是捧着那只蓝色的茶杯站在那里,看起来很困惑。

"我看见她买了这个。"萨特思韦特先生说,"听我说,朋友,你必须听我的话。你认识我很久了,你知道一旦我肯定地说出某件事,我就不会弄错。"

"这倒是。我从未见您出过错。"

"把他手上的杯子拿走,"萨特思韦特先生说,"拿回你的诊所,让药剂师检验一下,看看杯子里有什么。我亲眼看见那个女人买那只茶杯,在村上的铺子里买的。她那时就算计好要打碎一只红杯子,然后换成蓝色的。她很清楚蒂莫西看不出这两种颜色的区别。"

"我想您是疯了,萨特思韦特先生。不过,我还是会照您说的去做。"

他走向桌子,伸手去拿那只蓝色的茶杯。

"让我看一下杯子,可以吗?"霍顿医生说。

"当然可以。"蒂莫西说,显得有点惊讶。

"我觉得这只瓷器上有点暇疵,在这儿,你知道。很有意思。"

贝里尔穿过草坪走过来,她走得又快又急。

"你们在干什么?怎么了?发生什么事了?"

"没什么,"霍顿医生轻松地说,"我正打算用一杯茶来给男孩们演示一个小实验。"

他非常仔细地观察她,看出了她焦虑、恐惧的表情。萨特思韦特先生也看到了她所有的表情变化。

"您想和我一起去吗,萨特思韦特先生?只是个小实验,您知道。现在流行的一项检测瓷器不同品级的试验。最近新发现的一个有趣现象。"

他边说边沿草地走去。萨特思韦特先生紧随其后,那两个青年也跟了上去,一边互相聊着。

"医生在搞什么名堂,罗兰?"蒂莫西问。

"弄不清楚,"罗兰说,"他好像有什么非常特别的主意。噢,不过我们以后再听他讲解吧。我们先去骑摩托车。"

贝里尔·吉列特突然转过身,迅速顺原路向房子走去。

汤姆·艾迪生叫住了她。"怎么了,贝里尔?"

"我忘了一样东西,"贝里尔·吉列特说,"仅此而已。"

汤姆·艾迪生诧异地看着西蒙·吉列特。

"你妻子怎么了?"他问。

"贝里尔?噢不,我不知道。我估计她忘拿了什么小东西之类的。要我帮忙吗,贝里尔?"他喊道。

"不用,不用,我一会儿就回来。"她半侧过头,看到躺在椅子上的老人,突然尖刻地说:"你这个老傻瓜,今天又穿错鞋子了。它们不是一双。一只红,一只绿,你知道吗?"

"啊,我又穿错了吗?"汤姆·艾迪生问,"在我看来它们是一种颜色。很奇怪,不是吗,可我一直如此。"

她快步从他身边走开了。

不久,萨特思韦特先生和霍顿医生走到大门口,眼前就是那条小路。他们听到前面传来摩托车疾驰而去的声音。

"她走了,"霍顿医生说,"畏罪潜逃。我们本来应该阻止她,我想,您觉得她会回来吗?"

"不会,"萨特思韦特先生说,"我认为她不会回来了。也许,"他若有所思地说,"这样结束最好。"

"您的意思是——"

"这是一所古老的宅子,"萨特思韦特先生说,"还有一个有历史的家庭。一个好家庭，家里有很多好人。人们不想有麻烦，不想出丑闻，什么也不想发生。我想，让她离开最好不过。"

"汤姆·艾迪生从不喜欢她，"霍顿医生说，"从来不喜欢。他总是那么客气、慈祥，可他并不喜欢她。"

"再替那个男孩想一想。"萨特思韦特先生说。

"那个男孩。您是指——"

"另一个男孩，罗兰。这样他就不必知道他母亲原来的打算。"

"她为什么那么做？她到底图什么呢？"

"你现在不怀疑她的行为了？"萨特思韦特先生问。

"是的，我现在一点也不怀疑。萨特思韦特先生，当她看着我时，我也看到了她脸上的表情。那时我就知道您说的是真的。可是，这究竟是为什么呢？"

"因为贪婪，我猜，"萨特思韦特先生说，"她身无分文，我相信。她的前夫，克里斯朵夫·伊登，据各种消息是个不错的人，但他也没什么钱。但是，汤姆·艾迪生的外孙会得到大笔的钱。一大笔钱。这里所有的产业加起来恐怕值很多钱。毫无疑问，汤姆·艾迪生会把他的大部分家产留给他的外孙。她想让自己的儿子继承家产，从而自己也得到财产。她是个贪婪的女人。"

萨特思韦特先生猛然转过头去。

"那儿有什么东西着火了。"他说。

"我的天，真着火了。唔，是田里的稻草人。是哪个小家伙点的火。不过也不用担心，那儿没干草堆之类的东西，稻草人烧完就没事了。"

"是的，"萨特思韦特先生说，"好啦，你自己走吧，医生。你并不需要我帮助你做实验。"

"我确信我会有所发现。我不是指具体的物质，但是我相信您的判断，这只蓝色的茶杯里装着死亡。"

萨特思韦特先生已经转身进了大门。他此时正朝着稻草人着火的方向走去。稻草人的身后迎着落日。那天傍晚的落日令人瞩目，灼灼光线照亮了天空，照亮了熊熊燃烧的稻草人。

"那么，这就是你选择要走的路了。"萨特思韦特先生自言自语道。

这时，他显出有些愕然的样子，因为他看到火焰的边上有一个又高又苗条的女人。那女人身穿淡珠贝色的衣服，正向萨特思韦特先生走来。他僵硬地立在原地，看着对方。

"莉莉，"他叫道，"莉莉。"

现在他看清楚了。朝他走来的正是莉莉。因为距离太远，他看不清她的脸，但他很清楚这是谁。那一刻，他想知道是不是别人也能看见她，还是说这影像只有他能看见。他开口说话，声音不大，低如耳语："一切都没事了，莉莉，你儿子安全了。"

她停了下来，把一只手举到唇边。他看不见她的笑脸，可他知道她在微笑。她吻吻自己的手向他挥了一下，然后转过身去。她往回走，朝着已经烧作一堆灰的稻草人走去。

"她又要回去了，"萨特思韦特先生自言自语道，"她要和他一起回去了。他们属于同一个世界，当然。只有事关爱情、死亡或二者都有关的时候，他们——像她一样的人们——才会来。"

再也不会看到莉莉了，他想，可他想知道要过多久才会再次碰见奎因先生。他回过身，踩着草坪，走向茶桌，走向那套五彩茶具，走向远处他的老朋友汤姆·艾迪生。贝里尔不会回来了。他对此确信无疑。多夫顿·金斯伯恩安然无恙。

一只小黑狗穿过草坪，飞奔而来。它来到萨特思韦特先生近旁，喘息了一小会儿，摇了摇尾巴。狗的颈圈上卷着一张纸条。萨特思韦特先生弯下腰把它取下来，展开。纸条上用五彩笔写了一句话：祝贺你！我们下次再见。H.Q[①]。

"谢谢你，赫米斯。"萨特思韦特先生说完，目送小黑狗飞快地穿过草地，回到那两个身影旁边。只有他自己知道他们在那里，但再也看不见了。

(张叶青 译)

[①]哈利·奎因的首字母。

失窃的钻石

1

"这地方还不错。"

艾萨克·博恩茨先生把嘴里叼着的香烟拿开了一些,语气里满是赞许。

似乎是出于对达特茅斯①这个地方的认同,他干脆掐掉香烟,换上了一副自我感觉良好的神情,开始琢磨起自己的外表、周遭事物乃至整个人生来。

说到外表,五十八岁的艾萨克·博恩茨先生身体和精神状况都很好,给人一种很舒服的感觉。已经开始有些发福的他穿着一身并不太符合年龄的游艇套装——大到褶皱、小到扣子全部被他打理得妥帖利索——一张深色且颇具东方韵味的脸孔在游艇帽的帽舌下笑容满面。此时,他正被身边的一群朋友围绕着——合伙人利奥·斯坦先生,乔治爵士和他的夫人马洛维,来自美国的生意伙伴萨谬尔·莱瑟恩先生和他的女儿伊夫,拉斯廷顿夫人和埃文·卢埃林。

早上刚刚看过赛艇的这一行人乘坐着博恩茨先生的"人鱼号"游艇靠了岸,打算到游园会上去找找乐子——砸椰子、大力士、蜘蛛侠还有旋转木马。毫无悬念,伊夫·莱瑟恩是一行人当中玩得最尽兴的那个。

---

① 达特茅斯(Dartmouth),英国港口。

"噢，博恩茨先生——我还想去大篷车那里找正宗的吉卜赛人帮我算算命呢。"听到博恩茨先生招呼大家移步前往乔治王酒店吃晚餐，伊夫不满地央求道。

尽管博恩茨先生十分怀疑吉卜赛人算命的真实程度，但出于对小孩子的宠溺他还是答应了。

"伊夫实在是太喜欢这个游园会了，"萨谬尔·莱瑟恩先生略带歉意地为女儿解释，"如果您想先过去，不用在意我们。"

"不着急，"博恩茨先生亲切地说，"就让我们这位小姑娘玩个痛快吧。利奥，跟我去玩掷飞镖。"

"二十五分或以上就有奖。"鼻音很重的摊主哼哼道。

"赌我赢你，五块钱，要不要？"博恩茨说。

"赌。"斯坦轻快地说。

两个男人立刻全身心地投入了战斗。

"看来伊夫并不是这场聚会上唯一的小孩，"看到刚才一幕的马洛维夫人跟埃文·卢埃林嘀嘀咕咕。

看起来心不在焉的卢埃林笑了笑。这已经是他一天当中不知第几次走神了，有时候他甚至答非所问。

帕梅拉·马洛维见状，又跑去对她的丈夫说："那个小伙子一定是有什么心事。"

"也有可能是在想什么人？"乔治爵士一边低声说，一边迅速地把目光扫向珍妮特·拉斯廷顿。

马洛维夫人皱了皱眉。这个高个子女人的妆容十分精致——红色的指甲油恰到好处地呼应着一对同色系的珊瑚耳钉，乌黑发亮的眼睛里充满了警惕。至于乔治爵士，尽管他已经很努力地不让自己表现得太过明显，但他那双蓝色眼睛里所闪现出的警惕还是和他太太的一样。

与哈顿花园[①]的两位钻石商艾萨克·博恩茨和利奥·斯坦不同，乔治爵士和马洛维夫人可以说是来自另一个世界——他们徜徉于昂蒂布—朱安雷宾[②]，在圣让德吕兹[③]打高尔夫球，冬天的时候又跑去马德拉[④]泡泡温泉。

在外人眼里，他们就像是没吃过苦又不劳作的花朵。但又有谁知道真相呢，毕竟劳作和吃苦的方式多种多样。

"那个孩子又过来了。"埃文·卢埃林对拉斯廷顿夫人说。

埃文是个皮肤黝黑的小伙子——还有那么一点能够让有些女人动心的野性。

但至于他是不是拉斯廷顿夫人的菜就很难讲了，因为后者总是把自己的情绪隐藏得很深。珍妮特·拉斯廷顿很年轻的时候就出嫁了——但是那段悲剧性的婚姻却只持续了不到一年。从那时起，别人就很难再猜得出她的心思——她总是保持着同一种待人接物的方式——迷人却又疏离。

埃文的话音刚落，一头金色长发的伊夫就已经蹦蹦跳跳地来到了他们跟前，这个十五岁的姑娘虽说有点奇怪但也算活力四射。

"我十七岁的时候就要结婚了，"小女孩上气不接下气嚷着，"我会嫁给一个很有钱的人。我们会有六个孩子。我还会把每周二和四当作是我的幸运日，那两天我都要穿上绿色或蓝色的衣服，而且祖母绿是我的幸运石——"

[①]哈顿花园（Hatton Garden），伦敦珠宝商集散地和钻石交易中心，地下设有大规模的基础设施，包括密室、隧道、办公室和工作坊。
[②]昂蒂布—朱安雷宾（Antibes and Juan les Pins），法国著名的滨海旅游度假区。
[③]圣让德吕兹（St. Jean-de-Luz），法国西南部的旅游胜地。
[④]马德拉（Madeira），北大西洋岛屿，全年度假村。马德拉是欧洲的一个较高级的旅游地，许多英国人出于传统会选择到马德拉旅游。

"好了，孩子，我想我们得走了。"莱瑟恩先生在一旁提醒。

伊夫的父亲莱瑟恩先生肤色白皙，个头很高，一副消瘦的面容让人不免心生怜惜。

此时，博恩茨先生和斯坦先生刚刚结束了掷飞镖比赛。

"还是要看运气。"斯坦先生垂头丧气地说。

而脸上笑开了花的博恩茨先生则笑呵呵地拍了拍自己的口袋。

"五块钱拿来吧。靠的是技巧，孩子，是技巧。我老爸当年可是一流的飞镖玩家。好了，我们都得过去了。伊夫，你算过命了吗？他们有没有告诉你要小心黑不溜秋的男人？"

"是黑不溜秋的女人，"伊夫煞有介事地说，"她的一只眼睛有点斜视，我相信她说的话。我十七岁就会嫁人。"

说完，她便随着大家往乔治王酒店的方向一路欢快地小跑起来。

心思缜密的博恩茨先生早就为大家备下了晚餐，一行人到达酒店时已经有侍者在鞠躬迎着了。他们被带到了位于二层的一个包间。房间里摆着一张大圆桌，巨大的弓形窗户正对着港口广场，从广场环岛那边传过来的刺耳的尖叫声不断地从敞开的窗户里钻进房间。

"最好关上窗户，否则谁也别想听见谁说什么。"博恩茨先生一边走过去关窗一边冷冷地说。

博恩茨先生目光如水，温柔地环视着他的一桌子客人，从心底油然而生一股身为东道主的骄傲。他把每一个人都细细地琢磨了一遍。首先是马洛维夫人——人很好——不过当然不是他要找的那个人——他清清楚楚地知道马洛维这个名字和他心目中的精英中的精英毫无关系——即便他自己也不是什么精英中的精英。但不管怎么样，就算马洛维这个看起来很精明的女人在打桥牌的时候耍了滑头他也不会在意。接下来是目光呆滞又总是厚着脸皮急于求成的乔治爵士。鉴于可以十分确定他在这里捞不到太多的好处，博恩茨先生就没怎么把他放在心上。

至于莱瑟恩这个老伙计——和大多数啰里八嗦的美国佬一样——他总是喜欢讲一些长得让人感觉不到尽头的故事。而且他还特别喜欢对精确数字刨根问底，问一些譬如"达特茅斯的人口有多少？""海军学院是哪一年成立的？"这样的问题。巴不得他问到的每一个人都是一本会说话的旅游指南。而他的女儿伊夫——一个能和他说笑打趣的小姑娘，却是一个相当聪明的孩子。

再说卢埃林——一个沉默寡言的年轻人。也许是因为手头拮据，他总是显得心事重重——这大概是靠写作为生的人们的一种常态。不过他好像倒是对温良、迷人又聪明的珍妮特·拉斯廷顿十分上心。后者总是爱写一些不切实际的东西，随便你看或者不看。不过，你休想听到她说话。最后说到别来无恙的利奥！这位乐呵呵的先生是怎么也想不到自己的老搭档博恩茨先生竟然会琢磨起自己来。纠正完莱瑟恩先生关于沙丁鱼和德文郡以及康沃尔之间联系的说法后，博恩茨先生决定开始享用晚餐。

"博恩茨先生。"伊夫开口的时候，刚刚把热气腾腾的鲭鱼端上桌的侍者正好走出房间。

"说吧，小姑娘。"

"您现在有没有把那颗大钻石带在身上？就是您昨天晚上给我们看的那一颗。您说您会一直把它带在身边的。"

"没错，"博恩茨先生笑出了声，"那是我的护身符。我带着呢。"

"我觉得那真是太危险了。游园会上那么多人，钻石很容易就会被人拿走。"

"他们做不到，"博恩茨先生说，"我盯得很紧。"

"但还是有可能，"伊夫语气坚定，"英国也是有流氓歹徒的，就跟我们美国一样，您遇到过吗？"

"他们拿不到我的'晨星'，"博恩茨先生胸有成竹地说，"首先，我已经把它放在了一个特殊的内袋里。而且，不管怎么样——老博恩茨对自己有把握。没有人能得手。"

"嗯——我就能得手，要不要赌一把！"伊夫笑逐颜开。

"我赌你拿不到。"博恩茨先生冲她眨了眨眼睛。

"我赌我拿得到。昨天晚上躺在床上的时候我就开始琢磨了——就是你把钻石拿给我们这一桌人看过之后。我已经想到了一个妙计。"

"什么妙计？"

"现在还不能告诉你。"伊夫把头歪向一边，一头金发自然地垂了下来，"那您拿什么打赌？"

"六双手套。"博恩茨先生在脑子里搜索了半天跟童年有关的回忆后说。

"手套，"伊夫一脸嫌弃，"谁还会戴手套啊？"

"那——你穿不穿尼龙丝袜？"

"这还用问吗？我今天早上穿的就是我最好的那一双。"

"那太好了。就赌六双最好的尼龙丝袜——"

"举双手赞成，"伊夫欣喜地说，"那您想要我赌什么？"

"我嘛，想要一个新的香烟袋。"

"好，成交。不过您是得不到香烟袋的。现在我可以告诉您我要怎么做。您得像昨天晚上一样把钻石拿出来——"

正说着，见有两个侍者走进来收拾盘子，伊夫立刻停了嘴。

"小姑娘,你可要记住了,如果你真的想当小偷的话,我可是要送你去警察局的,到时候你还会被搜身。"趁着大家都盯着刚刚被端上桌的鸡肉的工夫,博恩茨先生说。

"我没问题。其实您不需要真的让警察介入。马洛维夫人或者拉斯廷顿夫人都可以代劳帮忙搜身。"

"那就这么办吧,"博恩茨先生说,"你打算演什么?一流的珠宝窃贼吗?"

"我很有可能会以此为生——如果真能得到回报的话。"

"如果'晨星'真的落到你的手上,它就能让你大赚一笔。就算你把它拿去重新切割,那至少也能值上三万英镑。"

"天呐!"伊夫听得目瞪口呆,"这要是换成美元该是多少钱啊?"

"你竟然随身携带这样一块价值不菲的石头?"马洛维夫人在发出一声惊叹后禁不住嗔怪起来,"三万英镑啊。"

"这真是一大笔钱……"拉斯廷顿夫人轻声说,"况且这块石头本身就魅力四射……实在是漂亮。"

"不过就是一块碳。"埃文·卢埃林插了一嘴。

"你的这种说法一向都被我认为是珠宝窃贼在分赃不均时所用的说辞,"乔治爵士不屑一顾,"这样说才能拿到最大的份额——呃,还是什么?"

"别啰唆了,"伊夫急不可耐地插起嘴来,"我们开始吧。先把钻石拿出来,然后把昨天晚上的话再重复一遍。"

"各位,不好意思,我想她是太激动了。"莱瑟恩先生赶紧站出来为女儿刚才的言行向大家道歉。

"没问题的,老爸。"伊夫并没有理会,"那现在,就有请博恩茨先生——"

面带笑容的博恩茨先生先是在内兜里翻找了一会儿，之后他就把一个熠熠发光的东西用掌心托着举到了大家面前。

"钻石……"

有那么一瞬间，博恩茨先生感到有些语塞。不过他很快就想起了前一天晚上在"人鱼"号上的演讲内容。

"女士们，先生们，我想你们大概会对我手里的这个东西感兴趣。这可是一块美到不可方物的石头。我管它叫'晨星'，是我的护身符——走到哪里带到哪里。想不想看一看？"

第一个接过来看的是马洛维夫人。惊叹一番过后，她把石头传到了莱瑟恩先生手里。

"真不错——确实不错。"后者逢场作戏般地念叨了几下就把石头赶紧交给了卢埃林。

这时，因为从外面进来了几个侍者，钻石就停在了卢埃林的手上。

"很不错的石头，"侍者一走，埃文·卢埃林就把东西交到了利奥·斯坦的手上。后者拿到东西后什么也没说便直接转交给了伊夫。

"多美啊。"伊夫颇为激动地高声说。

"噢！"突然，随着她的手一动，伊夫惊慌失措地大叫起来，"东西掉了。"

紧接着，她往后挪了挪椅子，开始在桌子底下摸索起来。坐在她右手边的乔治爵士见状也弯腰下去打算帮忙。混乱中，桌上的一个玻璃杯掉了下去。就这样，斯坦、卢埃林还有拉斯廷顿夫人都加入了帮忙的队伍，到最后就连马洛维夫人也参与其中。

整个过程中，博恩茨先生始终保持着一脸冷笑，坐在位子上轻轻地啜着杯中的红酒。

"噢，天呐，"伊夫的语气仍旧十分夸张，"太可怕了！能滚到哪里去呢？哪里都找不到。"

渐渐地，帮着伊夫找东西的几个大人都纷纷站起身来。

"这下好了，东西不见了。"乔治爵士笑着说。

"做得好，"博恩茨先生赞许地点了点头，"伊夫，你应该会是个出色的演员。那么现在的问题是，东西究竟是被你藏起来了还是一直都在你身上？"

"搜我的身啊。"伊夫虚张声势地说。

博恩茨先生向四周环视了一下，发现房间的角落里有一扇屏风。于是，他先冲着屏风的方向点了点头，然后又朝马洛维和拉斯廷顿两位夫人使了使眼色。

"两位夫人能不能帮个忙——"

"这还用说，当然。"马洛维夫人笑脸相迎。

说着，她便和拉斯廷顿夫人一同起身。

"博恩茨先生，别担心。我们会好好搜一搜她的。"

说完，在场的三位女性都消失在了屏风的背面。

与此同时，耐不住闷热的埃文·卢埃林起身去开窗户。大概是正巧看到有个卖报纸的小贩经过楼下，他回到位子上的时候手里多了一份报纸。

"匈牙利的局势还是不怎么好啊。"埃文一边翻报纸一边说。

"你看的是本地的报纸吗？"乔治爵士似乎来了兴致，"我看好的那匹马——英俊少年，今天应该在哈尔顿比赛。"

"利奥，"博恩茨先生突然说，"去把门锁上。在事情没有解决之前还是不要让那些侍者进进出出为好。"

"英俊少年三比一获胜。"埃文回了乔治爵士一句。

"险胜。"后者轻描淡写地说。

"差不多都是一些有关赛舟会的新闻。"埃文一目十行地扫着手里的报纸。

这时,三位女士从屏风后面走了出来。

"什么都没有。"珍妮特·拉斯廷顿第一个开口。

"相信我,东西不在她身上。"马洛维夫人补充道。

博恩茨先生对她的话深信不疑。

"伊夫,快告诉我,你该不会是因为害怕就把那玩意儿吞下去了吧?"莱瑟恩先生变得焦虑起来。

"她要是真这么做的话我早就看到了。"利奥·斯坦不紧不慢地说。

"我怎么可能吞得下去,"伊夫一边说一边摸了摸自己的屁股,朝博恩茨先生看了看,"这下要怎么办,大男孩?"

"你就站在那里不要动。"

后者话音刚落,在场的其他男士便走上前来把圆桌彻底翻过面来。但博恩茨先生细细检查过一番却发现并无结果之后,他便把注意力转移到了伊夫以及伊夫旁边两个人坐过的那三把椅子上面。

可以说搜查工作已经做得非常到位,但仍然没有半点发现。此时,站在屏风不远处的伊夫·莱瑟恩正靠着墙壁津津有味地看着一群寻寻觅觅的大人不住地发笑。

五分钟后,博恩茨先生愤愤地站起身来,沮丧地用手弹了弹裤子上的灰尘。

"伊夫,"面对事实,他不得不承认说,"我服了。你是我遇到过的所有珠宝窃贼中最能干的。你偷钻石的手段实在是高明。不过,既然东西不在你身上,那它一定还在这个房间里。我认输。"

"袜子都是我的了吗?"伊夫追问。

"都是你的了,小姑娘。"

"伊夫,你这个小家伙到底能把东西藏到哪里呢?"拉斯廷顿夫人掩饰不住好奇。

"看我的,"伊夫兴奋地往前凑了凑,"你们一定会抓狂的。"

说着,她便走到堆放着好多还未经收拾的碗盘的边桌旁,拿起一个小小的黑色晚礼服手包——

"瞪大眼睛看好了。就在……"

"噢,"突然,她原本趾高气扬的声音一下子变得十分微弱,"噢……"

"怎么了,亲爱的?"莱瑟恩先生关切地看着女儿。

"东西不见了……不见了……"伊夫的声音几乎变成了耳语。

"这究竟是怎么回事?"博恩茨先生立刻走上前去。

"是这样的,"伊夫性急地说,"我这个手包的扣子上本来有一粒假钻石,但昨天晚上您给我们大家看钻石的时候我正好发现我那粒石头不见了。两块石头大小正好一样,因此,我昨晚睡觉时就想到了把您那粒钻石拿过来用橡皮泥嵌在我包上的这条妙计。我非常肯定不会有人察觉。所以刚才我就这样做了。我先是故意把钻石掉在地上,然后在弯腰去找之前先拿好我的手包,为的是一有机会就用橡皮泥把手里的东西粘在那个空槽里。之后我再顺其自然地把手包放在一边继续回去假装和大家一起找钻石。我想这应该和《失窃的信》[①]里面的情节差不多——你知道——东西其实就藏在你们大家的眼皮子底下——但看起来不过是一颗完全不会让人怀疑的人造钻石。事实证明行动相当成功——你们

[①]美国作家爱德华·爱伦·坡撰写的短篇小说。

谁都没有注意到。"

"我怀疑。"斯坦先生嘟囔了一声。

"你说什么?"

博恩茨先生拿过伊夫的包,看着那个依然还粘着一块橡皮泥的空槽不紧不慢地说:"东西可能已经掉下来了。我们得再找找看。"

话音落下,一群人又开始四下摸索起来。

尽管这次的气氛要比上次紧张得多,但结果依然是大家以放弃告终,站在原地面面相觑。

"东西已经不在房间里了。"斯坦首先提出他的想法。

"而且没有人离开过房间。"乔治爵士一本正经地补充道。

一时间,大家都没了声音,只有伊夫兀自笑出了眼泪。

"好了,好了。"莱瑟恩先生赶紧上前拍了拍女儿的肩膀,一脸尴尬。

"斯坦先生,"乔治爵士转过头,"刚才我问您是不是嘀嘀咕咕地说了些什么,您说没什么,但其实我已经听到了。伊夫小姐刚才说我们当中没有一个人注意到她把钻石放到哪里的时候,您小声嘀咕的是:'我怀疑。'我们得考虑的一种可能性就是有人注意到了——那个偷东西的人现在就在我们当中。所以,公平起见,我建议每个人都要被搜一遍身。钻石一定还在这间屋子里。"

乔治爵士的这一番话听起来虽然愤怒却也不乏诚意,在场的所有人竟无话可说。

"发生这样的事情,搞得大家都很不愉快呢。"博恩茨先生的脸沉了下来。

"都是我的错,"伊夫在一旁抽抽搭搭,"我不是故意要——"

"孩子,打起精神来,"斯坦先生安慰道,"没人责怪你。"

"当然，我觉得我们大家都会举双手赞成乔治爵士的提议。我没问题。"莱瑟恩先生一板一眼地说。

"我同意。"埃文·卢埃林接过话茬。

拉斯廷顿夫人看了一眼马洛维夫人，后者点头示意了一下，两人就开始往屏风后面走，伊夫一边抽泣一边跟在后面。

这时，门外传来了侍者敲门的声音，不过立刻就被轰走了。

五分钟后，八个满脸狐疑的人再次面面相觑地站到了一起。

"晨星"真的消失了……

2

"当然，"帕克·派恩先生若有所思地望着坐在他对面的小伙子，"卢埃林先生，你是威尔士人。"

"跟这件事情有关系吗？"

"我承认，一点都没有，"帕克·派恩先生摆了摆他保养得很好的宽大手掌，"我只是喜欢按照族群将人类的不同情感反应分类罢了。好了，让我们说回你的问题吧。"

"我其实也不知道为什么会来找您，"一脸憔悴的埃文·卢埃林不安地绞着两只手，不住地在帕克·派恩先生如炬的目光下躲躲闪闪。"我不知道为什么会来找您，"他重复了一遍，"但是我还能去哪儿？我对我现在的处境无能为力……我看到了您的广告，那让我想起有人之前提到过您，说您很有办法……所以——嗯——我就来了！我猜我这样做还挺愚蠢，毕竟我现在的处境任谁都帮不上忙。"

"怎么会，"帕克·派恩先生适时地接过话茬，"你找我就对了。我专门处理这类事。很明显，你说的事情已经给你带来了很多痛苦。你能确定你告诉我的那些都是事实吗？"

"知无不言。博恩茨把钻石拿出来让大家传着看，然后那个荒唐的美国小孩就把钻石嵌在她的手包上了，等到我们拿出她的包要一看究竟的时候却发现钻石已经不见了。谁的身上也没有——就连博恩茨先生他自己都主动要求搜他的身——我发誓钻石肯定不在房间里！而且也没有人离开过——"

"连侍者也没有吗？"帕克·派恩先生试图启发。

卢埃林摇了摇头。

"在那个小女孩开始捣乱之前侍者们就已经出去了，后来博恩茨先生为了不让他们进来还把门都锁上了。这件事情就发生在我们几个人当中。"

"看起来当然是这样。"帕克·派恩先生若有所思地说。

"还有那份可恶的晚报，"埃文·卢埃林愤愤地说，"他们已经怀疑——他们一定觉得是报纸有问题——"

"再跟我讲讲到底发生了什么。"

"很简单。我当时去开窗户，正好看到有卖报纸的小贩经过，就扔给他一个硬币买了一份报纸回来。结果就是，您看——这成了钻石离开房间的唯一办法——我把钻石扔给了一个在楼下接应我的同伙。"

"这可不一定是唯一的办法。"帕克·派恩先生不紧不慢地说。

"您还有什么别的办法？"

"如果不是你把东西扔出去的，就一定还有别的办法。"

"噢，我明白了。您能说得再具体些吗？我只能说我没有扔那颗钻石。我不指望您会相信我——更不指望其他人。"

"噢，我相信你。"帕克·派恩先生脱口而出。

"真的吗？为什么？"

"你不是那类人，"帕克·派恩先生娓娓道来，"不是会犯偷盗珠宝罪的那类人。你当然有可能会为了别的事情犯罪——不过，这不是我们现在要讨论的。总之我不认为你是偷走'晨星'的窃贼。"

"其他人可不这样认为。"卢埃林愁眉不展。

"我明白。"

"他们当时看我的眼神都特别古怪。乔治爵士还拿起报纸往窗外看。他虽然没说什么，但博恩茨先生一下子就明白了！我知道他们在想什么。尽管没有公然的指责，但这才是最可怕的。"

"确实很糟。"帕克·派恩先生同情地点了点头。

"没错。这还仅仅是怀疑。有一个人已经开始不停地盘问我了——他管这叫例行公事。我猜他就是个便衣警察。他很有手段——不明着说要知道什么，只是好奇我一个手头拮据的人是怎么突然又过得风生水起的。"

"你是吗？"

"算是吧———两匹马的运气。不过可惜的是我下注从来都是有一搭没一搭——所以无法证明我的钱是这样赚来的。当然，他们也不能否认——赌马赚钱的确是一个人在说不清楚自己钱财来历的时候最容易想到的借口。"

"我同意。他们还有很多要搞清楚的事情。"

"噢！我其实根本不怕自己被当成小偷抓起来。至少那样还直接一点。真正让我受不了的其实是那些人对我的怀疑。"

"有没有什么人很特别？"

"您指什么？"

"建议而已——没什么——"帕克·派恩先生又摆了摆他质

感十足的手,"在这整件事情里有一个人很特别,不是吗?我们是不是该聊聊拉斯廷顿夫人?"

听到这个名字,卢埃林的脸一下子就红了。

"为什么要提到她?"

"噢,亲爱的先生——我能很明显地感受到有某个人的想法对你的影响非常大——应该是一位女士。整件事情里都有哪几位女士?美国小丫头?马洛维夫人?不过,以我对马洛维夫人的了解,东西要真的是你偷的话,你在马洛维夫人心目中的地位一定只升不降,如此你自然不会在意。这样看来,就只剩下拉斯廷顿夫人了。"

"她……她的生活相当不幸,"卢埃林酝酿了半天才把话说出口,"她的丈夫就是个穷困潦倒的无赖。这使得她不愿意再相信任何人。她——如果她想……"

卢埃林说不下去了。

"是这么回事,"帕克·派恩先生接着说,"这很重要。我们得搞清楚才行。"

"说起来容易。"埃文笑了一下。

"做起来也不难。"帕克·派恩先生接着说。

"您这么认为?"

"噢,是的——问题很好解决。我们已经排除了那么多可能性,最终的答案一定非常简单。而且事实上我已经隐约有些线索了——"

借着卢埃林不可思议目光,帕克·派恩先生拿出了本子和笔。

"也许你得帮我简略地描述一下在场的所有人。"

"我不是已经描述过了吗?"

"我是说他们每个人的外貌特征——比如头发的颜色之类的。"

"可是，派恩先生，这有关系吗？"

"大有关系，年轻人，大有关系。归纳分类。"

抱着将信将疑的心态，埃文把乘坐游艇来到这里的一班人的外貌都描述了一番。

"非常好，"帕克·派恩先生记了几条后就把本子推到了一边，"顺便说一句，你刚才是不是提到了一个打碎的红酒杯？"

"是的，"埃文一下子又警觉起来，"杯子被碰落到地上之后又被踩了几脚。"

"一塌糊涂，满地碎玻璃渣，"帕克·派恩先生继续问，"那个酒杯是谁的？"

"我想是那个孩子的——伊夫。"

"啊！当时谁坐在她那一边？"

"乔治·马洛维爵士。"

"你有没有看到是他们两个当中的哪一个把杯子碰下桌的？"

"恐怕没有。这有关系吗？"

"不，没有。我随便问问，"帕克·派恩先生站起身来，"祝你今天愉快，卢埃林先生。三天后再来可以吗？我想到那时整件事情就会有一个令人满意的说法。"

"您在开玩笑吗，帕克·派恩先生？"

"亲爱的先生，我可从来不拿工作上的事情开玩笑，因为这可能会引起客户的不信任。星期五十一点半怎么样？谢谢你。"

3

星期五上午，同时怀揣着希望和疑问的埃文惴惴不安地走进了帕克·派恩先生的办公室。

"上午好，卢埃林先生，"帕克·派恩先生微笑着起身迎接，"请坐。要不要来支香烟？"

"怎么样了？"卢埃林摆摆手谢绝了。

"非常顺利，"帕克·派恩先生说，"那一伙人昨天晚上已经被警察逮捕了。"

"一伙人？哪一伙儿？"

"阿玛尔菲那一伙儿。你当初跟我说你的事情的时候，我一下子就想到他们了。我先是认出了他们的手法，再加上你又描述了一遍在场的所有人，我就更加确信无疑。"

"阿玛尔菲那伙儿人里都有谁？"

"父亲、儿子和儿媳妇——如果彼得罗和玛丽亚真是夫妻的话——这一点还不能确定。"

"我不明白。"

"很简单。看名字你就知道这是一伙意大利人，只不过阿玛尔菲本人出生在美国。他的惯用伎俩就是先把自己乔装打扮成一个商人，以此去接近一些欧洲有名的珠宝大亨，然后行窃。他这次就是冲着'晨星'来的，他对博恩茨先生的脾气秉性都了如指掌。玛丽亚·阿玛尔菲负责扮演他女儿（一个至少二十七岁的人去扮演一个十六岁的角色）。"

"伊夫根本就不是伊夫！"卢埃林愕然。

"没错。这一伙里还有另外一个人，那个人扮演的是乔治王酒店里的一个临时侍者——要知道当时是假日，酒店总是需要额外的人手。他应该是收买了一个正式员工，跟他替换了身份。一切安排妥当后，伊夫先是唆使博恩茨先生跟她打赌，让他像前一天晚上一样把钻石拿出来给大家传看。钻石传到莱瑟恩那里的时候，正好有侍者进来，所以他就一直把钻石拿在手里，直到侍者离开后才把东西传给下一个人,但那个时候真的钻石已经被一块小小的口香糖粘在彼得罗端出去的盘子底下了。非常简单!"

"但是他确实有把钻石传到我的手上。"

"不,那个不是,你看到的是个赝品,乍看上去和真品没有两样。你还跟我说过你把东西传给斯坦的时候他连看都没怎么看就直接传给了伊夫。后来伊夫把假钻石扔到地上,再打碎一个玻璃杯,用脚同时踩踏假钻石和玻璃碎片,外人根本分辨不出。这样一来,伊夫和莱瑟恩先生当然无所谓被别人搜身了。"

"哦——我——"埃文摇了摇头,尽力想说些什么,"您说您是从我的描述中发现那一伙人的。他们是不是以前也这么干过?"

"不太一样——不过他们的作案方式很类似。是那个叫伊夫的小女孩一下子引起了我的注意。"

"为什么?我从来没怀疑过她,没有人怀疑过她。她看上去就是个——孩子。"

"这就要得益于玛丽亚·阿玛尔菲的特殊基因了。她确实比其他小孩子看起来都更像小孩!还有橡皮泥!这一点是我无意中发现的——那位年轻的女士总是橡皮泥不离手。她一定有什么预谋。所以她一下子就成了我怀疑的对象。"

"帕克·派恩先生,我对您的感激之情溢于言表。"卢埃林起身说。

"分类法,"帕克·派恩先生小声嘟哝着,"我对不同类型的犯罪分类很有兴趣。"

"您得告诉我多少钱——呃——"

"我的收费不高,"帕克·派恩先生不紧不慢地说,"不会让你用赛马的赢利破费太多。同样的,小伙子,我想我应该劝你以后都不要再碰赛马了。马真是一种令人难以捉摸的动物。"

"没问题。"埃文和帕克·派恩先生握了握手,迈着大步走出了办公室。

门外,卢埃林上了一辆出租车。追随着他对未来的憧憬,车子朝拉斯廷顿夫人的公寓驶去。

爱情侦探

身量矮小的萨特思韦特先生若有所思地看着男主人。这两个男人之间的友情很是特别。上校是一位朴实的乡村绅士，平生乐趣在于体育运动。被迫在伦敦停留几星期，他可是相当不情愿。萨特思韦特先生则恰恰相反，是个城里人。他对法式烹饪、女装时尚以及所有最新的八卦都非常熟悉。他热衷于观察人性，在他自己致力耕耘的领域是位专家——一位人生的观察者。

与此形成鲜明对比的是，上校对邻里八卦毫无兴趣，对任何一种情感都避之唯恐不及。因此，看起来梅尔罗斯上校和他几乎没什么共同之处。这两个人能成为朋友，主要是因为他们的父亲曾是朋友。此外，他们的社交圈是重合的，也都对暴发户这样的人物反感。

现在大约七点半。两个男人正坐在上校舒服的书房里，梅尔罗斯正以一种猎人般的敏锐和激情讲述去年冬天的一场赛马比赛。而萨特思韦特先生对赛马的认知仅仅停留在每周日早上去看一眼至今还保留在旧式乡下别墅里的马厩，他此刻的倾听只是出于固有的礼貌。

一阵刺耳的电话铃声打断了梅尔罗斯的滔滔不绝。他走到桌边，拿起话筒。

"喂？是的，我是梅尔罗斯上校。您是哪位？"他整个人的举止都变了风格，变得沉稳严肃，这是行政长官而不是体育爱好者在讲话。

他听了一会儿，然后简短地回复："好的，柯蒂斯。我马上就来。"他放下话筒,转向客人。"有人发现詹姆斯·德怀顿爵士在他的书房里被谋杀了。"

"什么?"萨特思韦特先生非常惊愕和震颤。

"我必须马上赶到奥尔德路。你想和我一起去吗?"

萨特思韦特先生记起上校是本郡的警察局局长。"如果我不妨碍公务的话——"他有些犹豫。

"不用担心。刚才是柯蒂斯警督打来的电话。他是一个诚实的好小伙,就是脑子不太灵光。萨特思韦特先生,如果你愿意和我一起去,我会很高兴的。我感觉这个案子挺棘手。"

"他们抓到凶手了吗?"

"没有。"梅尔罗斯简短地回道。

萨特思韦特先生训练有素的耳朵从这个简短的否定里听出一丝有所保留的意味。他开始在脑海中搜索他所知道的关于德怀顿一家的情况。

过世的詹姆斯爵士是一个狂傲自大的老头,性情暴躁,容易树敌。六十多岁,一头花白的头发,面色红润,其极度吝啬的做派很是出名。

他在脑海中继续搜索德怀顿夫人。她的形象浮现在他眼前,年轻、红褐色的头发、身材苗条。他也想起了各种各样的谣言和隐晦的暗示。这就是梅尔罗斯为什么显得一脸阴沉。这时他站起身来,而他的思绪依然在流淌。

五分钟后,萨特思韦特先生钻进男主人的双座小轿车,坐在他边上,一起驾车驶入了夜色中。

上校是个沉默寡言的人。他们开了快一英里半的路,上校才开口说话。他冷不丁地说:"我猜,你认识他们吧?"

"德怀顿夫妇吗?当然认识,我对他们非常熟悉。"有谁会是萨特思韦特先生不认识的呢？"我想想，我只见过德怀顿先生一次，德怀顿夫人倒是经常见。"

"那是一个可爱的女人。"梅尔罗斯说。

"很美丽的女人。"萨特思韦特先生强调说。

"你这么觉得？"

"她是一个纯粹的文艺复兴类型的女人。"萨特思韦特先生强调道，渐渐展开了他的评论，"她出演了那些戏剧——你知道，在去年春天的慈善音乐会上。她的表演使我深受震动。她身上没有任何现代感——是一个纯粹的旧时代的幸存者。你可以想象她生活在总督府里的样子，或是把她想象成卢克雷齐娅·波吉亚[①]。"

梅尔罗斯上校的汽车忽然转了个弯，萨特思韦特先生的思绪一下子被打断了。他想知道是什么驱使自己说出了卢克雷齐娅·波吉亚的名字。在当时的情形下——

"德怀顿不是被人毒死的吧？"他忽然问了一句。

梅尔罗斯微微侧脸看了看他，有点奇怪。"我不知道你为什么这么问？"他说。

"噢，我，我也不知道，"萨特思韦特先生有些慌乱，"我，这念头只是偶然冒出来的。"

"噢，他不是被毒死的。"梅尔罗斯面色阴沉地说，"如果你想知道的话，他是被砸死的，头上。"

"用一把钝器。"萨特思韦特先生咕哝道，点点头，表示心领神会。

"别像那些该死的侦探小说里那样说话，萨特思韦特，他是

[①] 卢克雷齐娅·波吉亚（Lucrezia Borgia，1480-1519），罗马教皇亚历山大六世的私生女。她出身贵族，长期赞助艺术家从事美术等相关事务，是欧洲文艺复兴时期的幕后支持者之一。

被人用一尊青铜塑像砸死的。"

萨特思韦特先生"噢"了一声，陷入了沉默。

"你听说过一个叫保罗·德朗瓦的人吗？"一两分钟后，梅尔罗斯问道。

"认识。帅气的小伙子。"

"我敢说女人才会这样评价他。"上校咆哮道。

"你不喜欢他？"

"是的，不喜欢。"

"我原以为你会喜欢呢。他赛马相当出色。"

"就像马匹交易会上的异类，耍的尽是猴子把戏。"

萨特思韦特先生忍住了笑容。可怜的老梅尔罗斯看起来是个不折不扣的英国人。萨特思韦特先生为自己拥有开放的世界性视野而高兴，同时也为对方这种孤立的人生态度感到遗憾。

"他有什么情况吗？"他问。

"他一直和德怀顿夫妇一起住在奥尔德路。有传闻说，詹姆斯爵士一周前把他赶了出来。"

"为什么？"

"爵士发现他向自己的妻子示爱，我猜。见鬼——"

轿车突然猛地一转弯，接着是一记刺耳的撞击声。

"英国的十字路口最危险了，"梅尔罗斯说，"但是，那辆车的司机到这个路口也应该鸣笛。我们走的是大道。我想他被撞得要更严重。"

他跳下车去。一个身影从另一辆车上下来，迎上他。萨特思韦特先生断断续续地听到两个人的谈话。

"恐怕这都是我的错，"陌生人说，"我对乡下这部分的路况并不熟悉，而且没有任何迹象表明您从大道上开车过来。"

上校的情绪已经平息，应对也很得体。两个人在陌生人的车前一块弯下身去。司机已经在做检查。谈话的技术含量增强了。

"恐怕得花半小时，"陌生人说，"不过别因为我耽误您，我很高兴您的车看来没受什么损坏。"

"事实上——"上校正开口，就被打断了。

萨特思韦特先生像只欢腾的鸟儿一般从车里跳出来，兴奋不已，热情地握住了陌生人的手。

"我就说啊！这声音好熟悉，"他兴奋地宣布，"这太奇妙了，太奇妙了！"

"嗯？"梅尔罗斯上校很是疑惑。

"这是哈利·奎因先生。梅尔罗斯，我知道你已经太多次听我提起奎因先生的名字。"

梅尔罗斯上校似乎已经记不得了，可他仍然礼貌地站在原地，而萨特思韦特先生仍然在欢快地感叹："我一直没有再见过你——让我想想——"

"自从那天晚上在'钟与花呢布'。"另一位平静地说。

"'钟与花呢布'，嗯？"上校又感到疑惑。

"是一家旅店。"萨特思韦特先生解释道。

"多古怪的旅店名字。"

"只不过是块老招牌，"奎因先生说，"记不记得，有一段时期，钟与花呢布在英国比如今要流行。"

"我想是的，您说的肯定没错，"梅尔罗斯含糊其辞地说。他眨了眨眼睛。受灯光的奇特效果影响——一辆车的车头大灯和另一辆车的红色尾灯的光线交汇在一起——有一瞬间，奎因先生看起来仿佛身着花呢布一样。然而那只是灯光效果而已。

"我们不能把你丢在路边，"萨特思韦特先生接下来说，"你得和我们一起走。车上坐三个人绰绰有余,是不是,梅尔罗斯?"

"噢,绰绰有余,"但上校的语气有些迟疑,"只是,"他说,"我们有公务在身。你忘了吗,萨特思韦特?"

萨特思韦特先生静静地站在那里,像被定住了似的。脑子里的念头却闪动不停。他兴奋起来,浑身不住颤抖。

"不,"他喊道,"不,我怎么这么糊涂!我明知道,有你在场不会出任何事的,奎因先生。今天晚上我们在十字路口相遇这事,可不是一起事故。"

梅尔罗斯上校惊讶地瞪着他的朋友。萨特思韦特先生拉住他的胳膊。

"你记不记得我给你讲过——关于我们的朋友德里克·卡佩尔的事①?他自杀的动机,谁也猜不出?是奎因先生解开了那个谜,后来还有一些其他这样的事情。他向我们展示出的真相是一直存在的,只是我们一直不会去细究。他真的很了不起。"

"我亲爱的萨特思韦特,你让我脸红了。"奎因先生微笑着说,"我记得的是,这些真相不是我,而都是你发现的。"

"那是因为你在场。"萨特思韦特先生带着强烈的信念说。

"好啦,"梅尔罗斯上校有点不耐烦地清了清喉咙,"我们别再浪费时间了。上路吧!"

他爬上司机的座位。萨特思韦特先生盛情邀请那个陌生人与他们同行,他十分不满,但又说不出什么反对的理由;并且他想尽快赶到奥尔德路,心里很着急。

萨特思韦特先生催促奎因先生先上车,他自己坐在最外边。

---

①指的是《神秘的奎因先生》中的第一个故事《奎因先生的到来》。

车里挺宽敞,坐了三个人也不拥挤。

"这么说你对犯罪现象很感兴趣,奎因先生?"上校尽可能亲切地问道。

"不,确切地说不是犯罪现象。"

"那是什么呢?"

奎因先生笑了。"咱们请教一下萨特思韦特先生吧。他是一位目光非常敏锐的观察家。"

"我认为,"萨特思韦特先生缓缓地说,"也许我说得不对,不过我认为奎因先生感兴趣的是——恋人。"

他说"恋人"一词的时候脸红了,没有一个英国人说出这个词会不感到害羞。萨特思韦特先生不好意思地说了出来,并且带有一种强调的意味。

"哎哟,天哪!"上校惊愕得说不出话来。

他暗想,萨特思韦特先生的这位朋友真够古怪的。他侧目瞥了一眼,那人看起来很正常——很普通的年轻人,皮肤很黑,但完全没什么异常的地方。

"现在,"萨特思韦特郑重其事地说,"我必须把案子的全部情况都告诉你。"

他谈了大约十分钟。在黑暗中坐在暗夜疾驰的车上,他感受到了一种令人兴奋的力量。就算只做一名生活的旁观者又怎么样呢?他有驾驭语言的能力,他可以把词句连缀起来,形成一幅图案——一幅文艺复兴风格的奇特图案,图案上有美丽的劳拉·德怀顿,有她的白皙玉臂和红色秀发,也有保罗·德朗瓦幽灵般的黑色身影,那是女人心中的潇洒偶像。

说完这些,他开始介绍奥尔德路的背景。有人说,奥尔德路在亨利七世的时候,甚至在那之前,就已经存在。奥尔德路是地道的英国式大道，两旁有修剪整齐的紫杉，古老的喙形谷仓和鱼塘，每逢星期五那里的修士们都牢骚满腹。

寥寥几笔，他就描绘出詹姆斯爵士的形象。他是古老的德·威顿斯家族的合法后裔。很久以前，这个家族从这块土地上攫取了大量财富，然后牢牢地锁入金库。因此在此后的艰难岁月里，无论谁家遭殃败落，奥尔德路的主人们总是和穷困无关。

萨特思韦特先生终于完成了他的讲述。他确信，他一直很确信，他的讲述会引起听众的共鸣。此刻他等待着应得的赞赏，果不其然，表扬来了。

"你真是一位艺术家，萨特思韦特先生。"

"哪里，我只是尽力而为罢了。"这个小个子男人忽然谦卑起来。

几分钟后，他们已经拐进了詹姆斯爵士大宅的大门。汽车在门口停下来，一名警察急忙走下台阶迎接他们。

"晚上好，先生，柯蒂斯警督正在书房里。"

"好的。"

梅尔罗斯快步跨上台阶，另外两个人跟在后面。他们三个人穿过宽敞的大厅时，一个上了年纪的男管家从一道门口用担忧的目光注视着他们。梅尔罗斯朝他点点头。

"晚上好，迈尔斯。这事太不幸了。"

"真是，"男管家颤抖说，"先生，我简直不敢相信，我真是不敢相信。想想看，谁都能杀死主人。"

"是的，是的，"梅尔罗斯打断了他的话，"我一会儿再和你谈。"

他大步走进书房。一个身材魁梧、军人风度的警督恭敬地向他致意。

"事情很棘手,先生。我没有破坏现场。凶器上没留下任何指纹。不管凶手是谁,他很内行。"

萨特思韦特先生看了一眼巨大写字台旁那具弯垂的身体,急忙又把目光移开了。那人是从背后被人击中的,猛烈的一击把头颅都击碎了。情状真是惨不忍睹。

凶器扔在地板上,一尊大约两英尺高的青铜塑像,底座湿漉漉地沾满了血。萨特思韦特先生好奇地弯下身去。

"维纳斯,"他轻轻地说,"这么说他是被人用维纳斯击倒的。"

他脑子里展开了富有诗意的构想。

"所有的窗户,"警督说,"都关着,里面插着插销。"

他意味深长地停顿下来。

"彻底检查一下,"警察局局长无奈地说,"然后,然后我们就会弄明白。"

被害人身穿高尔夫球衣,一袋高尔夫球杆凌乱地散置在宽大的皮革长沙发上。

"刚从高尔夫球场回来,"警督顺着警察局局长的目光看了看,解释道,"那是在五点一刻。男管家给他端上了茶。之后他按铃让贴身男仆为他拿来一双软拖鞋。据我们了解,男仆是最后一个看见他活着的人。"

梅尔罗斯点点头,又一次把注意力转向了写字台。

写字台上的许多装饰品一片狼藉,破碎不堪。其中很显眼的是一台又大又黑的珐琅钟,朝一侧倒在桌子的正中央。

警督清了清嗓子。

"这就是您也许会称之为运气的事,先生。"他说,"你看,钟停了,停在了六点半。这告诉了我们罪犯作案的时间。太省事了。"

上校盯着那座钟。

"如你所言,"他说,"很省事。"他停了一会儿,接着又说:"见鬼的省事!我不喜欢这么想,警督。"

他看了看随他一起来的另外两位。他的目光搜寻着奎因先生,带着一丝恳求。

"真该死,"他说,"这太规整了。诸位知道我什么意思。事情不会像这样发生。"

"你是说,"奎因先生喃喃低语,"座钟不该像那样倒下?"

梅尔罗斯看了他一会儿,然后又回头盯着那座钟。座钟显出可怜巴巴、天真无辜的样子,那种突然间被夺去尊严的物品会给人这种感觉。梅尔罗斯上校小心地重新把它摆正。他一拳猛击桌子,钟震了一下,却没有歪倒。梅尔罗斯又捶了一拳,座钟才有些勉强地慢慢仰面倒下。

"谋杀案是什么时候被发现的?"梅尔罗斯忽然问道。

"快要七点钟的时候,先生。"

"谁发现的?"

"男管家。"

"叫他过来,"警察局局长说,"我现在要见他,顺便问问,德怀顿夫人在哪里?"

"她正躺着,先生。她的女仆说她躺下了,谁也不见。"

梅尔罗斯点点头。柯蒂斯警督去找男管家。奎因先生若有所思地观察着壁炉。萨特思韦特先生也在观察壁炉,他瞧了一会儿冒着烟慢慢燃烧的柴火,之后壁炉上一个明晃晃的东西引起了他的注意。他弯腰捡起一小块银色的弧形玻璃。

"您找我,先生?"

这是男管家的声音,依然颤抖着、模糊不清。萨特思韦特先生让玻璃碎片滑进自己的马甲口袋里,转过身来。

老管家立在门口。

"坐吧,"警察局局长和气地说,"你浑身抖个不停,看来这件事真是把你吓到了。"

"确实是这样,先生。"

"好吧,我不耽搁你太久。你的主人是五点钟刚过回来的,是吗?"

"是的,先生。他吩咐我把茶给他端到这里。后来,我进来拿走茶盘的时候,他要我喊詹宁斯过来——那是他的贴身男仆,先生。"

"那是什么时间?"

"大约六点十分,先生。"

"嗯——后来呢?"

"我传话给詹宁斯,先生。直到七点钟,我再回这里来准备关窗户拉窗帘的时候,我才看见——"

梅尔罗斯打断他,说:"好了,好了,你不必再说一遍。当时你没有碰尸体,也没有动屋里的东西,是不是?"

"噢!当然没有,先生!我尽可能快地赶去打电话给警察局。"

"然后呢?"

"我告诉简——夫人的女仆,先生——把消息告诉夫人。"

"整个晚上你都没有看到你的女主人吗?"

梅尔罗斯上校提出这个问题时很随意,而萨特思韦特先生灵敏的耳朵仍然从他的语调里捕捉到一丝焦虑。

"没法看到,先生。惨案发生后,女主人一直待在她自己的套房里。"

"在那之前你见过她吗?"

问题问得很突然,房间里的每个人都注意到了男管家开口回答前的犹豫。

"先生,我——我只瞥见她,走下楼梯。"

"她来这里了吗?"

萨特思韦特先生屏住了呼吸。

"我——我想是的,先生。"

"那是什么时间?"

屋子里静得简直连针落地的声音都能够听见。萨特思韦特先生想知道,老管家知不知道他该怎么回答?

"将近六点半,先生。"

梅尔罗斯上校深吸了一口气。"就这样吧,谢谢你。请你告诉詹宁斯,那个男仆,让他过来见我。"

詹宁斯听到传唤马上就来了。这是一个长脸男人,走起路来蹑手蹑脚的,身上有种偷偷摸摸的诡秘味道。

萨特思韦特先生想,这个人如果能确认不被发现,他会轻易地谋杀自己的主人。

他急切地要听那人怎么回答梅尔罗斯上校的问题。不过,他的故事非常简单,直截了当。他为主人拿来一双软皮拖鞋,拿走了那双布洛克皮鞋。

"那之后你做什么去了,詹宁斯?"

"我回到了仆人房里,先生。"

"你是什么时候离开你主人的?"

"肯定是刚过六点一刻,先生。"

"六点半你在哪里,詹宁斯?"

"在仆人房里,先生。"

梅尔罗斯上校点点头打发走了那个男仆,然后用探询的眼神看着柯蒂斯。

"完全正确,长官,我调查过了。从六点二十左右到七点钟,他都在仆人房里。"

"那么说他没有嫌疑了。"警察局局长有些懊丧地说,"此外,也看不出还有什么动机。"

大家面面相觑。

有人在敲门。

"进来。"上校说。

一个看起来很是惶恐的女仆出现在门口。

"夫人听说梅尔罗斯上校在这里,她想见他可以吗?"

"当然可以,"梅尔罗斯上校说,"我这就来。你能领我去吗?"

然而,突然有一只手将女仆推到一边。此时站在门口的是一个完全不同的身影。劳拉·德怀顿看起来像是一位来自另一个世界的造访者。

她身穿紧身的老式藏蓝色织锦缎茶会无袖礼服,她红褐色的头发中分,两侧发来遮住耳朵,在后颈处绾一个简单的发髻。德怀顿夫人意识到自己独有的风格,一只胳膊伸出来扶在门框上撑住身子,另外一只垂在身侧,手里握着一本书。萨特思韦特先生想,她看起来就像意大利早期油画里的圣母玛利亚。

她站在那里,身体轻微地晃来晃去。梅尔罗斯上校急忙跨上一步。

"我来是为了告诉您——告诉您——"

她的嗓音低沉、圆润。萨特思韦特先生为此刻的艺术韵味如此陶醉，竟忘了现在是在破案现场。

"等一等，德怀顿夫人——"梅尔罗斯伸出一只胳膊环着她的腰扶住她。他带她穿过大厅进入一间小小的会客室，会客室的墙上挂着褪了色的丝质壁毯。奎因和萨特思韦特跟了进来。她无力地坐进低矮的小沙发里，她的头倚在一个铁锈色的靠垫上，双目紧闭。三个男人注视着她。忽然她睁开眼睛，坐起来，非常镇静地说：

"我杀了他。我来就是要告诉您，是我杀了他！"

一阵令人苦闷的沉默。萨特思韦特先生的心漏跳了一拍。

"德怀顿夫人，"梅尔罗斯说，"您受到了很大的惊吓——神经有些错乱了。我认为您并不知道自己在说些什么。"

她会收回自己的话吗——既然还有时间？

"我十分清楚自己在说什么。是我开枪打死了他。"

屋里有两个男人倒吸了口气，另外一个没有作声。

劳拉·德怀顿前倾身体，一动不动。

"你们还不明白？我下楼枪杀了他。我已经承认了。"

她一直握着的那本书掉在地板上。书里夹着一把裁纸刀，形如一把刀柄饰以宝石的匕首。萨特思韦特先生下意识地捡起裁纸刀，放到桌子上。他一边做，一边想：真是一件危险的工具，它可以用来杀人。

"好吧——"劳拉·德怀顿的声音显得不耐烦，"你们会把我怎么样呢？逮捕我？把我带走？"

梅尔罗斯上校艰难地说话了。

"您告诉我的情况很严重，德怀顿夫人。我必须请您先回自己的房间，直到我，呃，做出些安排。"

她点点头站起身来，显得非常镇静沉着，严肃冷峻。

她正向门口转过身去,奎因先生说话了:"手枪您是怎么处理的,德怀顿夫人?"

她的脸上闪过一丝颤动。"我,我把它丢在房间的地板上了。不,我想我把它扔出窗外了——噢!我现在记不得了。这有什么关系?我几乎搞不清自己都做了些什么。这不重要,对吧?"

"是的,"奎因先生说,"我觉得这不怎么重要。"

她疑惑地看着他,表情似乎有些惊恐。然后她蓦然回过头去,急切地离开房间。萨特思韦特先生急忙跟上去。他有一种预感,她随时都会跌倒。可是,她已经走到楼梯中间,没有表现出之前虚弱的样子。那个惊恐不安的女仆正站在楼梯脚下,萨特思韦特先生用命令式的口气对她说:"照顾夫人去。"

"是,先生,"婢女准备爬上楼梯赶上那个穿着蓝袍的身影,"噢,请告诉我,先生,他们没怀疑他,是吗?"

"怀疑谁?"

"詹宁斯,先生。噢!说实在话,先生,他连一只苍蝇都不会伤害。"

"詹宁斯?不,当然不。去照顾你的女主人吧!"

"是的,先生。"

女仆飞快地上了楼梯。萨特思韦特先生回到刚才的会客室。

梅尔罗斯上校沉重地说:"唉,该死的,事情要比表面看起来复杂得多。刚才这……这仿佛是许多小说所写的那种女主人公会干的蠢事。"

"不像真的,"萨特思韦特先生和他的看法一致,"就像在舞台上演戏似的。"

奎因先生点了点头。"不错,你很欣赏这场戏,不是吗?你是那种看到精彩的表演会表示赞赏的人。"

萨特思韦特先生狠狠地瞪了他一眼。

沉默中忽然听到远处传来一个声音。

"听起来像是枪声,"梅尔罗斯上校说,"我觉得是猎场看守人开的枪。也许,她听到的就是这种声音。也许她因此下楼来看发生何事。而她是不会走近去检查尸体的,她只会飞快得出结论——"

"德朗瓦先生来了,先生。"是老管家在说话,他正满怀歉意地站在门口。

"呃?"梅尔罗斯问,"什么事?"

"德朗瓦先生来了,先生,他想和您谈谈,可以吗?"

梅尔罗斯上校把身子靠在椅背上。"让他进来。"他严厉地说。

不一会儿,保罗·德朗瓦站在了门口。正如梅尔罗斯上校暗示的那样,他身上有种很不英式的东西——他优雅的举止、英俊的黝黑面孔、有点靠得太近的双眼。他身上有一种文艺复兴时期的气息。他和劳拉·德怀顿给人同一种感觉。

"晚上好,先生们。"德朗瓦说。他微微欠身的动作显得有些舞台化。

"我不知道你来此有什么事,德朗瓦先生。"梅尔罗斯上校尖刻地说,"如果和眼下这个案子无关的话——"

德朗瓦笑着打断了他。"恰恰相反,"他说,"和这案子大有关系。"

"什么意思?"

"我是说,"德朗瓦平静地回答,"我是来自首的,是我谋杀了詹姆斯·德怀顿爵士。"

"你知道你在说什么吗?"梅尔罗斯严肃地问。

"完全知道。"

年轻人目不转睛地盯着桌子。

"我不明白——"

"不明白我为什么自首?说是悔恨也行——你乐意怎么说就怎么说。我捅死了他,捅在要害之处——你们对此再清楚不过了。"他朝桌子点点头,"我看见,你们也找到了凶器。很方便的小工具。德怀顿夫人不巧把它夹在了一本书里,我碰巧抓起它——"

"等一等,"梅尔罗斯上校说,"你是不是要向我承认,你是用这把刀杀死了詹姆斯爵士?"他举起了匕首。

"正是。我通过窗户偷偷地爬进房间。他背对着我,下手很容易。我离开房间时也是原路返回。"

"通过窗户?"

"通过窗户,当然。"

"什么时间?"

德朗瓦犹豫片刻。"让我想想——我正和猎场看守人聊天——那是在六点一刻。我听到了教堂塔顶的钟声。一定是,呃,是大约六点半。"

一丝冷笑挂到上校的嘴边。

"千真万确,年轻人,"他说,"时间是六点半。也许你已经听人说过这个时间?这,完全是一起极为奇特的谋杀案!"

"为什么?"

"这么多人都来自首。"梅尔罗斯上校说。

他们听到那个年轻人急促的吸气声。

"还有谁来自首了?"他努力想让声音平稳些,但失败了。

"德怀顿夫人。"

德朗瓦甩过头去，不自然地笑了一声。"德怀顿夫人很容易歇斯底里，"他轻描淡写地说，"如果是我的话，就不会把她的话当回事。"

"我觉得我不会，"梅尔罗斯说，"但这起谋杀案里还有个古怪之处。"

"什么古怪？"

"是这样，"梅尔罗斯说，"德怀顿夫人承认自己开枪打死了詹姆斯爵士，你却承认用刀捅死了他。然而，你们两位都很幸运，他既不是被枪杀的也不是被捅死的。他的头被人砸碎了。"

"天哪！"德朗瓦大喊一声，"可一个女人不可能那样做——"他停下来，咬着嘴唇。梅尔罗斯点点头，带着一抹笑意。

"经常从书里读到，"他自言自语，"却从来没有目睹过。"

"什么？"

"一对年轻的傻子都指控自己是凶手，因为他俩都以为对方做了傻事。"梅尔罗斯说，"现在我们不得不从头开始了。"

"贴身男仆，"萨特思韦特先生大声说，"那个女仆刚才——我那时没有在意。"他停了停，努力连贯起来，"她害怕我们怀疑贴身男仆。那么他一定有过某种动机，我们不知道是什么，但她一定清楚。"

梅尔罗斯上校皱了皱眉，然后按一下铃。有人应后，他吩咐道："请问问德怀顿夫人，她可否再过来一次。"

他们静静地等待着，她终于来了。一看见德朗瓦，她哆嗦了一下，伸出一只手来以免自己摔倒。梅尔罗斯上校急忙走上去搀住她。

"一切都好，德怀顿夫人。请不要担心。"

"我不明白。德朗瓦先生在这里干什么？"

德朗瓦向她走过去。"劳拉，劳拉，你为什么那么做？"

"做什么？"

"我已经知道了。你是为了我。因为你认为……毕竟，这一切都是自然而然发生的，我想。可是，噢！你这个天使！"

梅尔罗斯上校咳了一声。他是个不喜欢感情用事的人，害怕一切戏剧性的场面。

"如果您允许我这么说的话，德怀顿夫人，您和德朗瓦先生两个人都很幸运，不是嫌疑犯。他刚才也承认他是凶手——噢，什么事也没有，他没有杀人！然而我们很想了解事实的真相，不要再犹犹豫豫了。男管家说您在六点半时去了书房——是那样吗？"

劳拉看了一眼德朗瓦，后者点了点头。

"真相，劳拉，"他说，"我们现在要知道真相。"

她深呼吸了一下，"我将告诉你们。"

萨特思韦特先生急忙推过去一把椅子，她坐了下来。

"我的确下了楼。我打开书房门，看见——"

她停下来，平复一下情绪。萨特思韦特先生欠身拍拍她的手，以示鼓励。

"是的，"他说，"是的。您看见——"

"我的丈夫趴在写字台上。我看见他的头……鲜血……啊！"

她把脸埋在手里。警察局局长也靠上前来。

"请原谅，德怀顿夫人。您以为是德朗瓦开枪打死了他？"

她点点头。"原谅我，保罗，"她恳求道，"可你说过——你说过——"

"我会像枪杀一条狗一样干掉他，"德朗瓦阴郁地说，"我记得。那天我发现他一直在虐待你。"

警察局局长严格把控着谈话的主题。

"那么,我明白了,德怀顿夫人,请您再次上楼去吧,呃,什么也不用说。我们不谈您这样做的理由。当时,您有没有碰尸体或者走近写字台?"

她战栗起来。"没,没有。我马上就跑出了房间。"

"我明白,我明白。那当时的确切时间是几点?您知道吗?"

"我回到卧室时,刚好六点半。"

"那么,在六点二十五分左右,詹姆斯爵士就已经死了。"警察局局长看着其他人,"那座钟——是伪造的,嗯?我们一直怀疑这事。没什么比通过拨动表针,让表停在你希望的时刻来伪造现场更容易的了。但他们犯了个错,不该让座钟以那种倒法倒下。好吧,看起来怀疑对象已经缩小到男管家或贴身男仆的身上。我不相信会是男管家干的。告诉我,德怀顿夫人,会有什么事让詹宁斯怨恨你丈夫?"

劳拉从双手里抬起脸来。"其实也谈不上是怨恨,不过——唉,詹姆斯今天上午才告诉我他要被辞退。我丈夫发现他手脚不干净。"

"嗯!现在我们越来越明白了。詹宁斯因为品行不端本要被辞退,这事对他来说很严重。"

"您谈到过座钟的事,"劳拉·德怀顿说,"那只是偶然——如果你想确定时间的话——詹姆斯应该会随身带上他的小高尔夫手表。他向前倒下时,手表不会也摔碎了吧?"

"想法不错,"上校缓慢地说,"可是恐怕——柯蒂斯!"

警督马上会意地点点头,离开了房间。不一会儿,他就回来了。在他摊平的手掌里有一只像高尔夫球一样的银表。这种手表专门卖给高尔夫球手,他们通常把表和球一起随意地揣在兜里。

"给您，长官，"他说，"不过我觉得恐怕没什么用。这类手表太硬了。"

上校从他手里接过手表，拿到耳边。

"无论如何，好像不走了。"他说。

他用拇指挤压了一下，表盖打开了，里面的玻璃表盘震碎了。

"啊！"他感到一阵狂喜。

表针正好停在六点一刻。

"真是一杯美味的波尔多葡萄酒，梅尔罗斯上校。"奎因先生说。

九点半时，三个男人在梅尔罗斯上校家中刚刚用过迟来的晚餐。萨特思韦特先生格外兴致勃勃。

"我说得很对，"他咯咯一笑，"你不能否认，奎因先生。今天晚上你的出现挽救了两位荒唐的年轻人，而他们都急着把脑袋伸进绞索。"

"我吗？"奎因先生说，"当然没有。我什么也没有做。"

"既然结果已定，确实不至于此。"萨特思韦特先生表示同意，"但这很可能发生。你知道，就差一点儿。我永远也忘不了德怀顿夫人说'我杀了他'的那一幕。我在舞台上看到过的恐怕还不及今天的一半。"

"我倾向于同意你的看法。"奎因先生说。

"简直令人难以相信，在小说之外的现实生活里也会发生这样的事情。"那天晚上，上校大概是第二十次这样感慨了。

"是吗？"奎因先生说。

上校盯着他，说："见鬼，今晚就发生了。"

"提醒你们一下,"萨特思韦特先生向后仰去,啜饮着波尔多葡萄酒,插话道,"德怀顿夫人非常高尚,非常高尚,可她还是犯了一个错。她不应该草率下结论说她丈夫是被枪杀的。同样,德朗瓦仅仅因为看见那把匕首在我们面前的桌上,就傻乎乎地想当然地认为他是被刀捅死的。德怀顿夫人随身把刀带下来,只不过是巧合。"

"是吗?"奎因先生问。

"假设,他们只是承认他们杀死了詹姆斯爵士,而没具体说明是如何杀死的——"萨特思韦特先生继续说下去,"结果会怎样呢?"

"他们的供述可能就会被采信。"奎因先生回答,带着古怪的笑容。

"整个事情完全像一部小说。"上校说。

"我敢说,他们就是从小说里获得的灵感。"奎因先生说。

"也许是,"萨特思韦特先生赞同他的看法,"一个人读过的东西会以一种奇怪的方式体现在他身上。"他看了看奎因先生,"当然,"他说,"那只座钟打一开始就令人生疑。别忘了,把钟或表的指针往前或往后拨,是多么容易啊!"

奎因先生点点头,重复最后的几个词。"往前,"他停了停又说,"往后。"

他的声音里有一种鼓舞人心的东西。他又黑又亮的眼睛定定地盯着萨特思韦特先生。

"钟的指针被往前拨了,"萨特思韦特先生说,"我们知道是这样。"

"是吗?"奎因先生问。

萨特思韦特先生盯着他。"你的意思是不是,"他慢慢地说,

"有人把表针往后拨了?可那就说不通了。那是不可能的。"

"并非不可能。"奎因先生咕哝道。

"这——这就很荒唐了。那对谁会有好处呢?"

"我想,那只会对在那个时间段有不在场证明的某个人有好处。"

"老天!"上校喊道,"那时,年轻的德朗瓦说他正和猎场看守人交谈。"

"他非常明确地告诉了我们这一点。"萨特思韦特先生说。

他们面面相觑。他们感到浑身不自在,好像脚下的坚硬地面在他们脚下陷落下去。各种事实在到处转来转去,变换出新的角度和陌生的面孔。在这个万花筒的中央是奎因先生黝黑、微笑的面容。

"可是如果那样的话——"梅尔罗斯开口说道,"如果那样的话——"

萨特思韦特先生非常机敏,替他说完了那句话。"事情就完全倒过来了。布局是一样的,可指向的是贴身男仆。噢,这是不可能的!不可能。既然如此,他们为何又都承认自己杀了人呢!"

"是呀,"奎因先生说,"直到那时你还是在怀疑他们,不是吗?"他接着说下去,声音沉着而轻柔。"上校,你说过,这就像书里的情节。他们也的确是从书里获得的灵感。扮演了无辜的男女主角的言行。当然,这种言行会让你们认为他们是无辜的——因为他们背后有一股传统思维的力量。萨特思韦特先生一直在说那就像舞台上的情节。你们俩都说对了。展现在我们面前的并不是真相。不知不觉间,但你们一直在这么说。如果他们想让我们相信,他们就该说一个更完美的故事。"

两个男人不知所措地看着他。

"那会是聪明些的做法。"萨特思韦特先生慢慢说道,"那会是相当聪明的做法。另外,我也在思考另外一件事。男管家说他七点钟进房间关窗户,那么他肯定原以为窗户开着。"

"德朗瓦正是从窗户爬进去的,"奎因先生说,"他一下砸死了詹姆斯爵士,然后与夫人一起伪造了现场——"

他看了一眼萨特思韦特先生,鼓励他复原现场。于是,萨特思韦特先生断断续续地讲述起来:

"他们摔坏了座钟,把它侧放在桌上。是的,他们拨了表针,把表也摔坏了。接着,他从窗户跳出去逃走,然后她把窗户插上插销。可有一件事我不明白。为什么他们不嫌麻烦拨表摔表呢?为什么不只是把钟的指针往后拨一下就算完事呢?"

"钟始终有些太明显了,"奎因先生说,"任何人都会识破这么明显的伪装。"

"可是,手表一说确实太牵强了。嗨,我们想到那只表,纯属偶然。"

"噢,不,"奎因先生说,"那是德怀顿夫人的建议,请记住。"

萨特思韦特先生出神地注视着他。

"而且,你知道,"奎因先生轻柔地说道,"不可能忽略手表的人是贴身男仆。这些贴身男仆比任何人都清楚他们主人口袋里放了什么。如果德朗瓦拨了钟的指针,男仆也会拨动表针。他们这两位其实并不了解人性的秘密。他们与萨特思韦特先生不一样。"

萨特思韦特先生摇了摇头。

"我完全错了,"他谦卑地小声咕哝道,"我原以为你是来拯救他们的。"

"我是这么做的,"奎因先生说,"噢!不是拯救他们两位,而是其他人。也许你没有留意夫人的贴身女仆?她没有穿蓝缎子衣服,也没有在某场戏中扮演角色。可她确实是一个很可爱的女孩,而且我觉得她非常爱詹宁斯。我想你们两个人中间有一个能够挽救她的心上人免去绞刑。"

"我们没有任何证据。"梅尔罗斯上校沉重地说。

奎因先生笑了:"萨特思韦特先生有。"

"我?"萨特思韦特先生感到惊讶。

奎因先生接着说:"你掌握的一个证据可以证明那块手表不是在詹姆斯爵士的口袋里碰坏的。如果不打开表盖,不可能把那样的一块表弄碎。试一试就知道了。有人把手表掏出来,打开表盖,把表针朝后拨,摔碎玻璃表盘,然后合上表盖,放回到死者的口袋里。他们谁也没注意失去了一小块玻璃。"

"噢!"萨特思韦特先生大叫一声。他连忙把手伸入自己的马甲口袋里,掏出一块弧形玻璃。

此时此刻,他感到非常得意。

"就凭这个,"萨特思韦特先生用自命不凡的口气说道,"我将把一个人从死亡边缘救回来。"

(张叶青 译)

与犬为伴

坐在职业介绍所办公桌后面那位贵妇人做派的女人清了清嗓子,把目光投向对面的女孩。

"这么说你不考虑这份工作啦?这是早上刚有的活儿。我看那是一个很好的意大利人家,一个寡妇带着一个三岁的小男孩,还有一个老太太,估计是她的母亲或是姑母。"

乔伊斯·兰伯特摇了摇头。

"我不能离开英国,"她的声音很疲惫,"我有我的原因。您能帮我找一份白班的工作吗?"

她的声音微微颤抖——她费了好大劲克制自己,才抖得如此轻微。她湛蓝色的眼睛恳切地看着对面的女人。

"这可不容易啊,兰伯特夫人。白班的工作只有家庭女教师,但需要提供完备的资质证明。而你一份也没有。我的登记簿里有上百份资质证明,毫不夸张,足足上百份。"她停了下来,"你是家里还有人,所以离不开吗?"

乔伊斯点点头。

"有个孩子?"

"不,我没有孩子。"一抹虚弱的微笑在她脸上闪过。

"好吧,这真是很遗憾。当然,我会尽力而为的,不过——"

面试宣告结束。乔伊斯站了起来。当她从脏兮兮的办公室走到街上时,她咬着嘴唇,努力抑制住涌上来的眼泪。

"你不可以哭,"她严厉地告诫自己,"不要做一个哭哭啼啼的小傻子。你现在是陷入了惶恐——这就是你现在的状态——惶恐。惶恐没什么好处。现在才一大早，很多好事可能会发生。玛丽姨妈应该会善良地收留我两个星期。加油，姑娘，迈开步子，别让你好心的亲戚等你。"

她沿着艾治威道往下走，穿过公园，走到维多利亚街。在那儿她拐进一家"陆海军商店"。她走进酒吧间，坐下来看了一眼手表。时间刚到一点半。过了五分钟，一位老太太手上抱着大包小包的东西一下子在她身边坐下来。

"啊！你来了，乔伊斯。我恐怕迟到了一会儿。现在午餐室的服务可没以前周到了。你肯定吃过午饭了吧？"

乔伊斯犹豫了一两分钟，然后静静地说："是的，我吃过了。谢谢。"

"我总是在十二点半吃午饭，"玛丽姨妈说着，把包裹归置好，舒舒服服地坐下来。"不那么匆忙，空气也很清新。这里的咖喱炒蛋非常棒。"

"是吗？"乔伊斯虚弱地说。她感觉自己没法去想咖喱炒蛋——热气腾腾的，闻起来就很香！她断然不让自己继续想下去。

"孩子，你看起来很憔悴，"玛丽姨妈说，她自己看起来很富态。"别赶时髦不吃肉，那都是胡扯。吃一片肉不会有什么坏处。"

乔伊斯打断了她的喋喋不休："是的，不会有什么害处。"但愿玛丽姨妈不要再谈论食物了。和你约一点半见面，让你对午饭充满希望，然后又来和你大谈咖喱炒蛋和切片烤肉——太残酷了——太残酷了。

"好了，亲爱的，"玛丽姨妈说，"我收到了你的信——你能信任我真是太好了。我说过，无论什么时候我都很愿意见你，我本该——但不巧的是，我刚刚以很好的价钱把房子租了出去。价钱实在太好，没法错过。他们还带着自己的餐具和亚麻饰品。短租五个月。他们周四搬进来，我去哈罗盖特。最近我的风湿病很严重。"

"我明白了，"乔伊斯说，"很遗憾。"

"所以只能下次再说了。见到你总是很高兴，亲爱的。"

"谢谢您，玛丽姨妈。"

"你知道，你看起来很虚弱，"玛丽姨妈说，仔细地打量着她，"你太瘦了，瘦骨嶙峋的。你原本气色很好，现在是怎么了？你的脸色一直是红扑扑的，很健康。你要多锻炼身体。"

"我今天锻炼得够多了。"乔伊斯冷冰冰地说。她站起身来，"那么，玛丽姨妈，我得走了。"

又开始往回走——这一次穿过圣·詹姆斯公园，继续往前走，穿过伯克利广场，穿过牛津街，上艾治威道，中间路过普雷德街，直到艾治威道快要到头，然后往旁边拐，接连穿过几条破破烂烂的小巷，最后到达一幢昏暗肮脏的房子。

乔伊斯插进钥匙打开门，进入一间又小又脏的门厅。她匆匆上楼，爬到阁楼上。正对着她有一扇门，门缝下不断地传出抽鼻子猛嗅的声音，一秒之后，变成了一阵欢乐的呜咽和狗叫。

"是我，特里亲爱的，女主人回来了。"

门一打开，一团白色的毛球猛地扑到女孩身上———只上了年纪的粗毛狐犬，皮毛蓬松杂乱，老眼昏花。乔伊斯把它抱在怀里，坐到地板上。

"特里，亲爱的！亲爱的，亲爱的特里。爱你的女主人，特里，使劲地爱你的女主人！"

特里很听话。它热情的舌头忙个不停，舔她的脸颊，她的耳朵，她的脖颈。它的短尾巴一直兴奋地不停摇摆。

"特里亲爱的,我们打算做什么呢?我们将会怎么样呢?噢!特里亲爱的,我太累了。"

"喂,听着,小姐,"一个尖刻的声音从她背后传来,"你先别再又抱又亲那只老狗了,我给你沏了一杯上好的热茶。"

"噢!巴纳斯太太,您真好。"

乔伊斯连忙爬起身。巴纳斯太太是一个身材高大、外形严厉的女人。在她凶巴巴的外表下,却藏着一副火热的心肠。

"一杯热茶对谁都没坏处。"巴纳斯太太宣布道,表露出她那一阶层普遍的情感。

乔伊斯感激地啜饮着热茶,她的女房东偷偷地瞥了她一眼。

"运气如何,小姐——夫人,我是不是该称呼你夫人?"

乔伊斯摇了摇头,脸上蒙上了阴影。

"唉!"巴纳斯太太叹了口气,"是呀,今天确实不是走运的日子。"

乔伊斯敏锐地看向她。

"噢,巴纳斯太太——您不会是说——"

巴纳斯太太沮丧地点了点头。

"是的,巴纳斯又失业了。我们该怎么办呢,我真的不知道。"

"噢,巴纳斯太太——我必须——我的意思是您想要——"

"别焦虑,亲爱的。我不是要拒绝你,可如果你找到了工作我会高兴——然而如果你没找到的话……你没找到。你喝完茶了吗?我要把杯子拿走。"

"还有一点。"

"唉!"巴纳斯太太用指责的口气说,"你要把剩下的茶水留给那条可恶的狗——我了解你。"

"噢，请原谅，巴纳斯太太。只剩下一点了。您其实并不在意，对吧？"

"我在意也没用。你被那个坏脾气的小畜生弄得晕头转向。是的，我说得没错，它就是那副德性。今天早上本来没有烦心事，它却咬我。"

"噢，不，巴纳斯太太！特里不会做这种事。"

"它对我汪汪直叫，还露出獠牙。我只不过是看看你那些鞋子有没有要拾掇的。"

"它不喜欢任何人碰我的东西。它觉得自己有责任把它们看好。"

"好啦，它会想什么呢？狗是不会想事情的。它就应该乖乖待在应该待的地方，拴在院子里防贼。这么个亲热劲！小姐，应该把它放掉——这就是我要说的。"

"不，不，不。绝不会，绝不会！"

"随你的便吧。"巴纳斯太太说。她从桌上拿走茶杯，从特里刚喝完茶水的地板上撤走茶碟，大步迈出了房间。

"特里，"乔伊斯喊道，"过来，和我说话。我们该怎么办呢，我的甜心？"

她坐到东倒西歪、摇摇欲坠的扶手椅里，把特里放在膝盖上。她除下帽子，向后靠去。她把特里的两只爪子分别搂在自己脖子两侧，亲热地吻着它的鼻子和眉心。然后，她开始用低沉轻柔的嗓音和它说话，手指温柔地抚弄着它的耳朵。

"我们该怎么向巴纳斯太太交代呢，特里？我们已经欠她四周的房租，而她是多么善良的人，特里，她多么善良。她永远不会赶我们出去的。但是我们也不能因为她善良就总是占她便宜啊，特里。我们不能那样做。为什么巴纳斯也要失业呢？我讨厌巴纳斯，他总是喝得醉醺醺的。假如一个人总是喝醉，他可不就常常会失业吗。而我不喝酒，特里，但我也没找到工作。

"我不能离开你，亲爱的。我不能离开你。我甚至不能把你托付给任何人——没人会对你好的。你越来越老了，特里——十二岁了——没人想要这样一条老狗，眼睛半瞎，耳朵有点聋，还有点——是的，一点点——坏脾气。你对我很亲热，亲爱的，可你不是对每个人都亲热，对吧？你对他们大叫，是因为你知道大家对你都不友好。只有我们两个相依为命，不是吗，亲爱的？"

特里乖巧地舔了舔她的面颊。

"和我说说话，亲爱的。"

特里发出一声绵长的低吟——更像是一声叹息，然后它把鼻子凑到乔伊斯耳朵后面磨蹭。

"你信任我，是不是，小天使？你知道我永远不会离你而去。可我们该怎么办呢？这是我们面临的最紧迫的问题，特里。"

她在椅子里又向后靠了靠，半闭着双眼。

"你还记得吗，特里，我们以前曾有过的好日子？你、我、迈克尔、爸爸。噢，迈克尔，迈克尔！那是他第一次出门。他回法国之前打算送给我一件礼物。我嘱咐他不要奢侈。后来我们去乡下玩，这完全是个惊喜。他告诉我朝车窗外看，而你就在一条乡间小路上边跑边撒着欢儿，脖子上牵了条长长的皮带。那个带你的滑稽小个子男人，他浑身都是狗的气味。他怎么说来着，'真正的好狗，它是真正的好狗。看看它，太太，它难道不是一幅画？我对自己说，太太和先生一看见它准会赞叹说——那条狗真是条好狗！'

"他一直那么夸你——有很长一段时间我们也那么叫你——

好狗!哦,特里,你那时真是一个小可爱,小小的脑袋,向两边晃个不停的傻傻的尾巴!然后迈克尔去了法国,而我和你相依为命——世上最亲爱的狗。你和我一起读了迈克尔寄来的信,对吧?你使劲地嗅它们,我开始念"主人的来信",你就马上明白了。我们是那么快乐,那么开心。你、迈克尔,还有我。而现在,迈克尔死了,你也老了,而我,我也厌倦了满怀勇气。"

特里舔她。

"电报发来的时候你也在。如果不是为了你,特里,如果没有你支撑我的话……"她停下来,沉默了一会儿。

"从那以后,我们就相依为命,一起度过生活中所有的顺境和逆境——生活中有许多逆境,不是吗?现在我们就又一次陷入了困境。这里只有迈克尔的姨妈们可以求助,而她们却认为我过得挺好。她们不知道他因为赌博把钱都输光了。这事我们不会告诉任何人。反正我不在乎——他为什么不能赌博呢?每个人都会犯点错。他爱我们,特里,那才是真正重要的。他自己的亲戚总是会贬低他,说他坏话。我们不会给她们这样的机会。可是,我多希望自己有一些亲戚可以投靠。一个亲戚也没有总是会很艰难。

"我很累,特里——也饿坏了。我没法相信我只有二十九岁——我觉得我已经六十九了。其实,我没多勇敢——我只是假装自己很勇敢。有些话说出来很惭愧。昨天,我一路走到伊灵去见表姐夏洛特·格林。我原想如果我十二点半赶到那里,她一定会请我留下来吃午饭。而当我到她家门口的时候,我感到自己真像个上门讨饭的乞丐。我实在是做不到。于是我又一路走回来了。我真傻。要讨饭就下定决心去讨,不然就别动这念头。我觉得自己不是个性格坚强的人。"

特里又呻吟了一声,抬起黑黑的鼻子伸到乔伊斯眼前。

"你的鼻子还是很可爱,特里——凉丝丝的像冰激凌。噢,我确实非常爱你!我不能和你分开。我不能让人把你'扔掉',我不能……我不能……我不能……"特里温暖的舌头热烈地舔来舔去。

"你听懂了我的话,我的甜心。你会尽一切可能帮助女主人,是不是?"

特里从她膝盖上爬下去,颤颤巍巍地走到墙角。它转回来,嘴里叼着一只打碎的碗。

乔伊斯啼笑皆非。

"这不是又在耍它唯一的老把戏吗?这是它唯一能够想到的帮助女主人的招数。噢,特里,特里,谁也不会把我们分开!我会为此尽力而为。可是,我真能做到吗?一个人这样许下诺言,然后遇到困难时,你又会说'我当时的意思不是那样。'我会尽力而为吗?"

她从椅子里起身,蹲在狗的身边。

"你看,特里,是这样的。保育员不会养狗,陪伴老妇人的侍女不会养狗,只有结了婚的女人才会养狗,特里。她们购物时会把那种毛茸茸的昂贵小狗带在身边。假如一个人偏爱一只又老又瞎的粗毛硬——唉,为什么不呢?"

她的眉头舒展开来。这时,楼下传来两声敲门声。

"是邮差,我希望是。"

她跳起身,匆匆下楼,回来时手里拿着一封信。

"可能是吧。但愿……"

她撕开了信封。

亲爱的夫人：

我们已经对此画做了检验，我们的意见是它并非克伊普①的真品，因而它不具备任何实际价值。

您真诚的朋友
斯隆和赖德

乔伊斯捧着信站在那里。当她开口时，声音都变了。

"完了，"她说，"最后的希望也破灭了。可我们不会分开的。有一个办法，当然不是去讨饭。特里亲爱的，我要出门，很快就回来。"

乔伊斯急急忙忙下楼，走到一个黑暗的角落，那里有一部电话。她拨了一个号码。话筒里传来一个男人的嗓音。当他意识到她是谁时，口气马上一变。

"乔伊斯，我亲爱的姑娘，今天晚上过来吃饭、跳舞吧。"

"不行，"乔伊斯轻声说，"没有合适的衣服穿。"

她想起破烂衣橱里空荡荡的挂衣钩，不禁冷笑起来。

"那我现在过来看看你怎么样？地址是哪里？我的天，那是什么地方？你真是放弃摆架子了呀，是吧？"

"完全正确。"

"好吧，你真够坦率的。一会儿见。"

大约三刻钟后，阿瑟·哈利迪的汽车停在了房子外面。肃然起敬的巴纳斯太太领他上了楼。

"我亲爱的姑娘——这是个多么可怕的洞穴啊！你到底怎么会让自己落到这般田地的？"

---

①阿尔伯特·克伊普（Aelbert Jacobsz Cuyp, 1620—1691），荷兰著名风景画家，素以农村的宁静生活为题材。

"因为傲骨以及其他几种无用的情感。"

她回答得很轻松,投向对面男人的眼神带着嘲讽。

许多人都觉得哈利迪很帅气。他身材高大,肩膀宽阔,皮肤白皙,有一对颜色暗淡的蓝色小眼睛和宽宽的下巴。

她指了指那把摇摇欲坠的椅子,他坐下来。

"好吧,"他若有所思地说,"我敢说你已经学乖了。我说——那畜生会咬人吗?"

"不,不会,它很乖。我已经把它训练成了一只,一只看门狗。"

哈利迪上上下下打量着她。

"准备让步了,乔伊斯,"他轻柔地说,"是这样吗?"

乔伊斯点点头。

"我以前就告诉过你,亲爱的姑娘。我最后总是能得到自己想要的一切。我知道你会很及时地考虑清楚怎样做对你最有益。"

"我很幸运,你还没有改变主意。"乔伊斯说。

他犹疑地看着她。和乔伊斯在一起,你永远不会清楚她用意何在。

"你会嫁给我?"

她点点头。"你愿意的话我们就结婚。"

"事实上,越快越好。"他笑着环顾了一下房间。乔伊斯脸红了。

"顺便提个条件。"

"条件?"他又犹疑道。

"我的狗。它必须和我在一起。"

"这只又老又瘦的畜生?你可以拥有任何品种的狗,任你选择,不计价钱。"

"我只要特里。"

"噢！好吧，随你的便。"

乔伊斯瞪着他。

"你是知道的——是不是——我不爱你，一点也不爱。"

"我不担心这个，我不是那种薄脸皮的人。但你别耍花招，我的姑娘。如果嫁给了我，就得光明正大地做我的妻子。"

乔伊斯脸上恢复了血色。

"你会得到和你的钱相衬的东西。"她说。

"那现在亲一下怎么样？"

他靠近她，她微笑着等待。他把她抱在怀里，亲吻她的脸，她的唇，她的脖子。她并没有抗拒或退缩。最后他放开了她。

"我将为你买一枚戒指，"他说，"你喜欢什么样式，钻石的还是珍珠的？"

"红宝石的，"乔伊斯说，"尽可能的话要最大的红宝石，血红色那种。"

"真是古怪的念头。"

"我想让它与这枚小小的半圆珍珠戒指形成对比，这是迈克尔唯一能为我买得起的首饰。"

"这次运气要好一些，嗯？"

"你办事很完美，阿瑟。"

哈利迪得意地笑着走了。

"特里，"乔伊斯说，"舔我，使劲舔，舔我的脸和脖子，尤其是我的脖子。"

特里依令行事的时候，她喃喃自语，思绪万千。

"想想其他那些非常艰难的事情——这是唯一的解决办法了。你永远猜不到我刚才想到了什么——果酱，食品店里的果酱。我在心里默念着,草莓、黑加仑、覆盆子、西洋李子。也许,特里,他很快就会厌倦我。我希望如此,你呢?他们说男人娶你之后就会这样。可是迈克尔不会厌倦我——永远不会——永远不会——永远不会——噢!迈克尔……"

第二天早晨,乔伊斯起床时,心情像灌了铅一样沉重。

她深深地叹息一声。睡在床上的特里马上爬起来,深情地亲吻她。

"噢,亲爱的——亲爱的!我们会这样渡过难关的。不过要是还能发生什么奇迹就好了。特里,亲爱的,你不会不帮女主人吧?只要你能做,你就会做,我知道。"

巴纳斯太太送来茶水、面包和黄油,并衷心地祝贺她。

"瞧,夫人,想想你要和那位先生结婚了。他是坐罗尔斯轿车来的,绝对没错。想到有一辆罗尔斯停在我们家门外,巴纳斯都清醒了过来。嗨,我提醒你,那条狗正蹲在外面的窗台上。"

"它喜欢晒太阳,"乔伊斯说,"但那样很危险。特里,进来。"

"如果我是你的话,我就让这个可怜的小东西结束痛苦。"巴纳斯太太说,"然后让你的先生再给你买一只小狗,戴着皮手笼的贵妇人怀里抱着的那种毛茸茸的小狗。"

乔伊斯笑了笑又叫了一声特里。那条狗笨拙地站起来。就在这时,楼下的街道上传来狗咬架的声音。特里向前伸长脖子,欢快地叫了几声。窗台板已经老旧腐烂,被压得翘了起来,又老又笨拙的特里无法保持平衡,摔了下去。

乔伊斯狂叫一声,奔下楼梯,跑出门外。几秒种后,她跪在特里身边。特里可怜地呻吟着,姿势表明它伤得很重。她俯身过去。

"特里——特里亲爱的——亲爱的,亲爱的,亲爱的。"

尽管非常虚弱,特里还是努力动了动尾巴。

"特里,孩子——女主人会治好你的——亲爱的孩子。"

一群人,多数是小男孩,都围了上来。

"从窗户上摔下来的,就是!"

"天哪,它看起来很不好。"

"它的背很可能摔断了。"

乔伊斯完全不留心这些议论。"巴纳斯太太,最近的兽医站在哪儿?"

"有一个叫乔布林的兽医,在米尔街附近,要是你能把它带过去的话。"

"拦一辆出租车。"

"请让一下。"

这是一位老人和蔼可亲的声音,他刚从一辆出租车上下来。他跪在特里旁边,掀起它的上嘴唇,然后用手抚触它的全身。

"恐怕它可能在内出血,"他说,"身体表面没看到什么骨折。我们最好把它送去兽医站。"

他和乔伊斯两个人把狗抬了起来。特里痛苦地尖叫一声,牙齿碰破了乔伊斯的胳膊。

"特里——没事的——好了,老先生。"

他们把它抬进出租车,离开了。乔伊斯心神不定地用手帕把受伤的胳膊包起来。特里显得十分悲伤,试图去舔被它咬破的地方。

"我知道,亲爱的,我知道,你不是有意咬伤我的。没事了,没事了,特里。"

她轻抚着它的脑袋。对面的男人注视着她,什么也没有说。

他们很快就到了兽医站，找到了兽医。他是一位红脸膛的男人，神情很是冷漠。

他检查特里时动作一点也不温柔，乔伊斯站在边上非常难过，泪如雨下。她继续用低低的声音安慰特里："没事的，亲爱的。没事的……"

兽医直起身来。

"没有办法马上确诊。我必须对它做彻底检查。你得把它留在这里。"

"噢！不行。"

"恐怕只能如此。我必须带它去下面。大约半个小时后我给你打电话。"

乔伊斯的心都要碎了，但还是答应下来。她亲了亲特里的鼻子，泪眼蒙眬，趔趄着下了台阶。那个帮助她的男人还等在那里——她已然把他忘了。

"出租车还停在这里。我送你回去。"

她摇了摇头。

"我想走一走。"

"我陪你一起走。"

他付钱打发掉出租车，什么话也不说，静静地走在她旁边，她几乎感觉不到他的存在。他们走到巴纳斯太太的家门口时，他开口说："你的手腕。你得处理一下伤口。"

她低头瞧了瞧。"噢！没事的。"

"伤口需要彻底的清洗和包扎。我和你一块进去。"

他陪她上楼，为她清洗伤口，然后用一块干净的手帕包起她的手腕。她只是唠叨一件事："特里不是故意咬我的。它永远不会这么故意伤害我。它只是没认出我来。它当时肯定疼极了。"

178

"是的,恐怕就是这样。"

"现在他们大概会把它弄得更疼吧?"

"我肯定他们正在尽一切可能救治它。等兽医打来电话后,你可以去把它接回这里照料。"

"是的,当然。"

那人停顿了一会儿,向门口走去。

"我希望一切顺利,"他局促不安地说,"再见。"

"再见。"

两三分钟后,她才猛然意识到,这位男士一直在好心地帮助她,但自己一直没向他道谢。

巴纳斯太太走进来,手里端着茶杯。

"好啦,我可怜的好孩子,喝杯热茶。你快垮掉了,我看得出。"

"谢谢您,巴纳斯太太,可我完全不想喝。"

"喝点热茶对你有好处,亲爱的。别这么难过。你的小狗会治好的;即使不会好,你那位先生也会送你一只全新的可爱小狗。"

"别说了,巴纳斯太太。别说了。求求您,如果您不介意的话,我想一个人待会儿。"

"对不起,我不再——电话铃响了。"

乔伊斯箭一般地冲下楼去。她拿起话筒。巴纳斯太太气喘吁吁地跟了下来。她听到乔伊斯说:"是我——请讲。什么?噢!噢!好的。好的,谢谢您。"

她放下话筒,转过身来。她的脸色把巴纳斯太太这位善良的女人吓了一跳——了无生气。

"特里死了,巴纳斯太太,"她说,"我没能在它身边,它孤零零地死去了。"

她上了楼,进了房间,决然地关上了门。

"这下好了,我不会再说了。"巴纳斯太太对着门厅的壁纸说。

五分钟后,她把头探进房间。乔伊斯像生根了似的笔直坐在椅子上。她没有在哭。

"是你的先生,小姐。我请他上来吗?"

乔伊斯的眼睛突然一亮。"是的,请他上来。我想见他。"

哈利迪喧嚷着进了房间。

"好了,我们终于可以在一起了。我没有浪费太多时间,是不是?我准备现在就把你从这个可怕的地方带走。你不能再留在这里。来吧,带上你的东西。"

"没有必要,阿瑟。"

"没有必要,什么意思?"

"特里死了。我现在没有必要和你结婚了。"

"你在说什么呀?"

"我的狗——特里。它死了。我嫁给你只是为了我们两个能在一起。"

哈利迪瞪着她,脸涨得越来越红。"你疯了。"

"我敢说,爱狗的人都这样。"

"你郑重其事地通知我,你嫁给我只是为了——噢,真荒唐!"

"你为什么认为我要嫁给你?你明知我讨厌你。"

"你嫁给我,因为我能让你过上好日子——我能够做到。"

"我觉得,"乔伊斯说,"这个动机比我的还要招人反感。不管怎么说,一切都结束了。我不会和你结婚!"

"你有没有觉得你对我的态度过于糟糕?"

她冷冷地看着他,眼睛里燃烧着火苗,于是他退缩了。

"我不这么想。我听你说过要在生活中追求刺激,这正是你从我这里得到的——我对你的厌恶更是增强了刺激的强度。你知道我讨厌你,而你对此很享受。昨天我允许你吻我,而你感到失望,因为我没有畏缩。你身体里有种野性,阿瑟,有种残酷的东西——一种伤害别人的欲望……对你这种人,态度再恶劣也不过分。现在,如果你不介意的话,请你离开我的房间,我想一个人待着。"

他气急败坏地脱口而出:"那——你怎么办呢?你没有钱。"

"那是我的事。请走吧。"

"你这个小魔鬼。你肯定疯了,小魔鬼。你和我还没有结束呢。"

乔伊斯笑了。

那笑声有着无比的威力,将他打倒。他完全没料到会这样,尴尬地走下楼梯,开车离去。

乔伊斯松了一口气。她戴上那顶破旧的黑毡帽,也出了房间。她在街上机械地迈着步子,什么都不去想,什么也感觉不到。她的脑袋某处在隐隐作痛——这种疼痛她很快会感受到,但这会儿,上天仁慈,她还很迟钝。

经过职业介绍所时,她犹豫了一下。

"我得找点事情做。当然,那儿不就有条现成的河吗。我经常会这么想,就这样结束一切吧。可河里那么冷那么湿。我觉得我没那么勇敢,我真的不够勇敢。"

她拐进职业介绍所。

"早上好,兰伯特夫人。恐怕还是没有白班的工作。"

"没关系,"乔伊斯说,"我现在什么活都可以干。我的朋友,和我一起住的那位,已经——离开了。"

"那么你愿意考虑去国外了?"

乔伊斯点点头。

"是的,尽可能远一些的国家。"

"阿拉比先生现在碰巧在这里,对求职者进行面试。我带你进去见他。"

一会儿之后,乔伊斯坐在一间小屋里回答问题。她模模糊糊地感到跟她谈话的人有些面熟,可她对不上号。突然,她的大脑清醒了一些,意识到最后一个问题微微有些不寻常。

"你和老太太们能处得来吗?"阿拉比先生问她。

乔伊斯不由自主地笑了。

"我想是的。"

"你知道,我姑妈和我住在一起,她就很难相处。她非常喜欢我,她其实也很可爱。不过,我猜想对一位年轻的女士来讲,我姑妈这样的老年人会很难相处。"

"我觉得自己有耐心,脾气也好。"乔伊斯说,"而且,我和老年人一直相处得很融洽。"

"你必须为我姑妈做某些规定好的事情,否则,我的小儿子会告你的状。他才三岁,他妈妈一年前死了。"

"我明白。"

短暂的沉默。

"那么,如果你觉得想要这份工作,我们就这样说定了。我们下周动身,我会通知你确切的时间。我估计你会想预支一部分薪水添置一些东西。"

"非常感谢。您真是太好了。"

两个人都站起身来。突然，阿拉比先生有点尴尬地问："我……讨厌多管闲事——我是说我希望……我想知道……我的意思是，你的狗还好吗？"

第一次，乔伊斯打量了他。血色回到了她的脸颊，她的蓝眼睛那么深沉，几乎变成了黑色。她直直地看着他。她一直以为他年纪颇大，但对方其实没那么老。逐渐花白的头发，略带沧桑的和蔼面庞，有些佝偻的双肩，棕色的眼睛里流露出类似狗一样的羞怯和温柔。他看起来有点像一条狗呢，乔伊斯想。

"噢，原来是您，"她说，"我后来才想起来——我一直没向您道谢呢。"

"没有必要。我想都没想过。我知道你当时的感受。那只可怜的狗怎么样了？"

泪水涌上乔伊斯的眼睛，又顺着她的脸颊淌下来。她再也抑制不住自己的情绪。

"它死了。"

"噢！"

他没再说什么。然而对乔伊斯来说，那声"噢！"是她听过的最宽慰人心的话语。那声感叹里包含了所有无法用语言表达的意蕴。

一两分钟后，他断断续续地说：

"其实，我以前也有过一条狗，两年前死了。当时也围了好多人在看，他们不明白我对一条狗为什么抱有那么深的感情。尽管生活表面上像什么事也没发生那样继续在过，但内心里有一个烂掉的洞。"

乔伊斯点点头。

"我知道——"阿拉比先生说。

他握住她的手,紧紧地握着,然后松开。他走出小房间。一两分钟后乔伊斯跟了出来,和办公桌后的女人签订各种必要的文书。她到家的时候,巴纳斯太太正在门口等她,神色间带着她那一阶层特有的忧愁沉重。

"他们已经把可怜小狗的尸体送回家了,"她对乔伊斯说,"停放在你房间里。我刚才告诉了巴纳斯,他准备在后花园里挖一个漂亮的小坑——"

(张叶青 译)

木兰花 ———

1

文森特·伊斯顿正在维多利亚车站的大钟下等待。他心神不宁,时不时抬头瞥一眼大钟。心想:"有多少男人曾经在这里等过爽约的女人?"

他感到心头一痛。假如西奥改变主意,不来了?女人们都这样。他对她有信心吗?他曾经对她有过信心吗?他对她的所有事情都了解吗?她不是从一开始就让他疑虑重重吗?他认识的好像是两个女人——一个是理查德·达雷尔的妻子,青春可人,整日笑容满面。另外一个,总是沉默不语,神秘莫测,她曾和他一起在海默大院的花园里散步。好像一朵木兰花——他一直这么想象她——或许是因为他们在木兰树下品尝了那如痴如醉、不可思议的初吻。空气清新,弥漫着木兰花的香味。她仰面向上,那脸庞,犹如木兰花般光滑、柔软、无声无息,一两片柔软、芳香的花瓣飘落在上面。木兰花——奇异、芳香、神秘。

那是两个星期之前——他遇到她的第二天。而此时此刻,他正在等待她的到来,然后和她永远在一起。他又一次心痛起来。她不会来了。他怎能相信她会来呢,那需要放弃太多。美丽的达雷尔夫人不会偷偷做这种事的。那会成为一件轰动一时的奇闻异事,一件广为流传且永远不会被忘却的丑闻。做这种事,有更好、更为妥当的方法——比如,慎重地离婚。

但是,他们从来也没有想过离婚——至少他没有。那她想过吗?他对此很是疑惑。他丝毫都不了解她的内心想法。他请求她和他一起私奔时,战战兢兢——毕竟,他是谁呀?毫不起眼——德兰士瓦省上千个柑橘种植户中的一个。他能给她什么样的生活——在经历过原来伦敦那优渥高雅的生活以后!然而,他是如此迫切地需要她,那么就必须面对这个问题。

她非常平静地同意了,没有丝毫犹豫也没有任何反驳,好像他让她做的是世界上最简单的事情。

"明天?"他问道,感到惊讶和难以置信。

她用柔和、沙哑的声音应允了他。这和她在社交场合露出的耀眼笑容截然不同。当他第一眼看见她的时候,就把她比作一颗钻石——闪着火花,映射着四面八方的光芒。而当他第一次触摸,第一次亲吻她的时候,她已经奇迹般地变得好像珍珠一般温柔——好似一朵浅粉色的木兰花。

她应允了。而此时此刻,他正等着她践行自己的承诺。

他又看了看大钟。如果她不马上赶来的话,他们就会错过这班火车。

他又感到一阵尖锐的心痛。她不会来了!她当然不会来。他真是太傻了,居然曾盼望她能来!承诺算什么?他回到自己寓所时会发现一封信——解释,辩驳,列举出种种女人为自己缺乏勇气而辩解的理由。

他感到愤怒——愤怒以及沮丧的苦痛。

就在这时,他看到她走下月台,向他走来,脸上带着浅浅的笑容。她走得很慢,不慌不忙,仿佛正走向她的未来。她一身黑衣——柔软的黑色紧身装,头上一顶小黑帽,映衬着她那张美丽动人、肤若凝脂的面庞。

他发现自己紧握着她的手,笨拙地嘟囔:

"你来了,你终于来了。终于!"

"当然。"

她的声音听上去多么平静!多么平静!

"我以为你不会来了。"他说着,放开她的手,喘着粗气。

她睁大了眼睛——美丽的大眼睛。眼里都是好奇,孩童一般纯真的好奇。

"为什么?"

他没有回答,而是转身去雇用一个路过的搬运工。他们时间不多了。接下来的几分钟,都是喧嚣和忙碌。最后,他们坐到了预定的火车包厢里,伦敦南部一栋栋颜色单调的房屋离他们飞驰而去。

2

西奥多拉·达雷尔正坐在他的对面。她终于是他的了。他现在知道,即便是她出现之前的那一刻,他依旧不相信她会到来。他不敢让自己相信。她那神秘、难以捉摸的气质使他感到害怕。她终会属于他了,这简直不可能。

现在他已丝毫没有顾虑。不可挽回的一步已经迈出。他凝视着她。她靠在角落里,恬静依旧。淡淡的笑容徘徊在她的唇边,目光下垂,修长的黑睫毛轻拂着面颊柔和的曲线。

他想:"她现在的想法是什么?她在想什么?我?她的丈夫?她怎么看他?她曾经在乎过他吗?或者她从来没有在意过他?她恨他吗?或者她对他漠不关心?"他顿时产生了一个想法:"我不知道。我永远不会知道。我爱她,但我一点也不了解她——她的想法或者她的情感。"

他的思绪开始转到西奥多拉·达雷尔的丈夫身上。他认识许多已婚女人,她们都巴不得声讨自己的丈夫——他们如何误解自己,如何忽视自己的细腻情感。文森特·伊斯顿悲观地认为这是最著名的开场白之一。

但是,除了偶尔情况下,西奥从未提到过理查德·达雷尔。伊斯顿对他的所知和其他人一样多。他是个颇受欢迎的人,英俊潇洒,富有魅力,总是无忧无虑的。大家都喜欢达雷尔。他妻子和他的关系似乎总是十分融洽。然而文森特认为这些说明不了什么,西奥很有教养,她不会在公开场合宣泄自己的不满。

他和西奥之间,也没有太多交流。他们见面的第二个晚上,一起在花园里散步,都沉默不语。他们的肩膀碰到一起,他一碰她就感到对方轻微的战栗,两个人谁也不解释,谁也不说明自己的态度。她回应他的吻,颤抖着一言不发,这完全除去了她平时光彩照人和艳如玫瑰的容貌所带来的光环。她从未谈论过自己的丈夫。文森特当时对此心存感激。他很高兴不用为此争论,这个女人希望向她自己和情人证明他们的感情是发自真心的。

但是现在,这种默契的缄默行为让他感到焦虑。他再次感到莫名的恐惧。这个奇怪的女人甘愿将自己的生命托付于他,而他对她却一无所知。他感到害怕。

为了让自己安心,他俯身向前,把手放到对面裹在黑色衣服里的那只膝盖上。他又一次感到她身体的轻微战栗,于是他握住她的手。他弯腰向前,亲吻了她的手掌,一个长久的、缠绵的吻。他觉察到被自己握紧的指尖上的温柔反应。他抬起头,看着她的眼睛,心满意足。

他向后靠回到座位上。那一刻,他什么都不想。他们在一起了。她是他的。不一会儿,他用几近戏谑的语气说道:

"你特别不爱说话?"

"是吗?"

"是的。"他稍作停顿,然后用郑重些的语气说,"你确认你不会——后悔?"

她睁大了眼睛:"噢,不后悔!"

他对这个回答毫不怀疑,她的回答隐含着真诚的自信。

"你在想什么?我想知道。"

她轻声回答:"我感到害怕。"

"害怕?"

"害怕幸福的感觉。"

他转过身,坐在她身边,把她拥入怀中,亲吻着她柔和的脸颊和脖颈。

"我爱你,"他说,"我爱你——爱你。"

她没有言语,将自己的身体紧贴着他以作回应。

之后,他移回到自己的座位上。他拿出一本杂志,她也拿出一本。他们的视线不时地在两本杂志上方碰撞,于是两个人会心而笑。

他们在五点多抵达多佛。他们会在这里过夜,然后渡海去大陆。西奥走进旅馆房间的客厅,文森特紧随其后。他手里拿着几份晚报,随手扔在茶几上。两个旅馆的服务员把行李搬进来,然后离开。

西奥站在窗户前,向外张望,她转过身来。两个人紧紧拥抱在一起。

有人轻轻地敲了敲门,他们俩不得不分开。

"该死的,"文森特说,"看上去好像我们还不是单独在一起。"

西奥笑笑。"好像是的。"她温柔地说道。她在沙发上坐下，拿起一张报纸。

敲门的是个送茶的男服务员。他把茶放到茶几上，又把茶几向西奥坐着的沙发挪了挪，机灵地扫视了一下四周，询问他们是否还有更多需要，然后离开。

文森特去隔壁房间看了看，又回到了客厅。

"现在喝茶。"他欢快地说，但突然在房间中央停住。"怎么啦？"他问道。

西奥僵坐在沙发上。她目光呆滞，面色煞白。

文森特急忙迈步向前。

"什么事情，甜心？"

她没有直接回答，而是把那份报纸递给他，手指了指新闻标题。

文森特拿过报纸，"霍布森、哲基尔和卢卡斯的衰败"，他读道。大城市里这家公司的名字此时并不能给他什么感受，尽管他潜意识里认定会有那种感觉并为此心绪不佳。他疑惑地看着西奥。

"理查德就是霍布森、哲基尔和卢卡斯。"她解释道。

"你的丈夫？"

"是的。"

文森特又拿起报纸，仔细阅读了那些赤裸裸的信息。一些短句，比如"突然倒闭""重大内幕随后揭露""其他公司也受影响"等让他心里咯噔一下，有些不愉快。

听到有些动静，他抬起头来。西奥正在镜前整理她的小黑帽。她也听到他的动静，转过脸，眼睛定定地看着他。

"文森特，我必须回到理查德身边。"

他跳了起来。"西奥,别那么荒唐。"

她呆板地重复道:

"我必须回到理查德身边。"

"但是,亲爱的——"

她用手指着地板上的报纸比画了一下。"这意味着灭亡——破产。我不能选择在这一天离开他。"

"你知道这个消息之前就已经离开他了。理智点!"

她悲伤地摇了摇头。

"你不会明白。我必须回到理查德身边。"

他无法再劝阻她了。奇怪的是,性格如此柔和、柔顺的一个女人也可以这样的倔强不屈。她解释过后就不再与他争辩,任由他无所顾忌地表达想法。他又把她抱在怀里,试图通过征服她的感官来打破她的意志,但是尽管她温润的嘴唇不停地回吻他,他还是感觉到一种冷漠而又不可征服的东西,这让他的所有恳求——溃败。

他终于放开她。一切努力都是徒劳。从恳求变成难过,转而责备她从不曾爱过他。她沉默不语,没有辩驳。她的无言和凄楚的表情却证实他的话都是谎言。最后,他忍无可忍,把所有可以想到的刻薄语句都抛向她,一心想挫伤她,让她跪倒在地。

恶言恶语终于发泄完毕,再没有什么可说的了。他坐在那里,手捧着头,呆呆地盯着红色的绒毛地毯。西奥多拉站在门边,黑色的身影衬着苍白的面孔。

一切都结束了。

她平静地说:"再见,文森特。"

他没有回答。

门打开,又关上了。

3

达雷尔家住在切尔西的一幢房子里——一幢古色古香的迷人房屋，矗立在他们自家的一个小花园里。房前种着一株木兰树，树上沾满了烟垢、尘埃和煤灰，但仍旧是一株木兰。

大约三个小时以后，西奥站在了自家门口，抬头看了看，她突然微笑起来，嘴角痛苦地抽搐着。

她直接走到房子后面的书房。一个男人正在房间里来回踱步——一个年轻的男人，相貌英俊，却面带憔悴。

她一走进房间，他就如释重负地松了一口气。

"感谢上帝，你终于回来了，西奥。他们说你带着行李去了城外某个地方。"

"我听到消息，就回来了。"

理查德·达雷尔搂住她，拥着她走到沙发边。他们并排坐下。西奥从环绕着她的胳膊里脱身出来，显得很随意。

"事情有多糟糕，理查德？"她平静地问道。

"能有多糟糕就有多糟糕——大家讨论得已经够多了。"

"告诉我！"

他一边说，一边来回踱步。西奥坐在那里看着他。他根本没注意房间里的光线逐渐地暗下来，她也渐渐听不清他的声音，而多佛旅馆的另外一个房间里的场景却在她的眼前清晰起来。

然而，她还是试图尽量听懂他的话。他走过来，在她身边的沙发上坐下来。

"幸运的是，"他总结道，"他们不会剥夺你婚后的合法居住权。房子还是你的。"

西奥若有所思地点了点头。

"无论如何,我们还拥有我们的房子。"她说,"那么,事情还不算太糟糕吧?这意味着一个新的开始,对吧。"

"唔!说得很对。是这样。"

但他的声音听上去带着虚假,西奥突然想到:"还有别的事情,他没有把一切都告诉我。"

"再没有别的事情了吗,理查德?"她轻声问,"更糟糕的事?"

他犹豫了一会儿,接着说:"更糟糕的事?还会有什么呢?"

"我不知道。"西奥说。

"会好起来的,"理查德说,好像在安慰自己,而不是西奥,"当然,一切都会好起来的。"

他突然用胳膊搂住她。

"我很高兴你在这里,"他说,"你在这里,一切都会好起来的。无论发生什么事情,都有你的陪伴,不是吗?"

她轻声说:"是的,你有我。"这次她没有推开他的胳膊。

他吻了她,紧紧地搂着她,仿佛以某种奇怪的方式从与她的亲近中获得安慰。

"我有你,西奥。"他不一会儿又说了一遍,而她也像刚刚一样回答:"是的,理查德。"

他从沙发里滑落到地板上,坐在她的脚边。

"我累坏了,"他烦躁地说,"天哪,就这么过了一天,可怕的一天!如果你不在这里,我都不知道该怎么办。毕竟,妻子还是妻子,不是吗?"

她没有回答,只是低头同意。

他把头枕在她的膝上。他就像一个疲倦的孩子,叹息着。

西奥又想:"他有什么事情瞒着我。会是什么呢?"

她的手习惯性地落在他光滑的黑发上，轻轻地抚摸着，好像一位母亲在安抚自己的孩子。

理查德含混不清地嘟囔道：

"你在这里，一切都会好起来的。你不会让我失望的。"

他的呼吸变得和缓、平稳起来，他睡着了。她的手仍然抚摸着他的头。

然而，她呆呆地凝视着前方的黑暗，什么也看不见。

"理查德，你不觉得，"西奥多拉说，"你最好告诉我一切吗？"

已经是三天以后了。晚饭前他们坐在客厅里。

理查德心头一惊，脸红起来。

"我不明白你的意思。"他回避道。

"不明白？"

他飞快地瞥了她一眼。

"当然还有——呃———些细节。"

"如果要我帮你，我应当了解全部情况，你不这么认为吗？"

他奇怪地看着她。

"你怎么会认为我想要你帮我？"

她有些惊讶。

"我亲爱的理查德，我是你的妻子。"

他突然笑了，依旧那么迷人那么无忧无虑。

"是的，西奥，而且还是个非常美丽的妻子。我这人从来不能忍受丑八怪。"

他开始在房间里来回踱步。每当他遇事心烦时，就有这样的习惯。

"我不否认，从某种意义上说，你是对的，"他说道，"的确有些事情。"

他欲言又止。

"什么事情？"

"这些事很难向女人解释。她们总会只看见错误的一面——一件事情并非——呃，它实质上所指的内容。"

西奥什么也没说。

"你知道，"理查德接着说，"法律是一方面，而正确与错误完全是另外一方面。我做了一件可能诚实和正当的事情，但在法律上也许不会这么认为。十次中有九次，一切都顺顺利利，可第十次——呃，碰到了问题。"

西奥开始明白了。她心想："我为什么不感到惊讶呢？我内心深处是不是一直清楚他总是有所保留？"

理查德继续说下去。他长篇累牍地试图解释自己的意思。西奥满足地听他在其冗长的描述下掩饰这件事的实际细节。事情涉及一大宗南非的地产。理查德究竟在里面做了些什么，她并不关心。从道义上讲，他向她保证，一切都是公平、公正的；法律上——呃，有点问题；由于无法逃避事实，他可能使自己受到刑事起诉。

他讲述的时候，不停地瞧他的妻子，既神经紧张又焦虑难安。但他仍旧不停地辩解并试图解释，而即便一个孩子也能从中看出他蓄意掩盖的赤裸裸的真相。最后，一通辩驳之后，他崩溃了。或许，正是西奥不时的轻蔑眼神让他崩溃。他瘫坐在火炉旁边的一把椅子上，双手抱头。

"就是这样，西奥，"他悲伤地说，"你说要怎么办？"

她立即向他走去,跪到椅子边,把脸贴在他的脸上。

"能做什么呢,理查德?我们能做什么呢?"

他抱住她。

"你是说真的吗?你还会支持我?"

"当然会。亲爱的,当然会。"

他不由自主地说出了真相:"我是个小偷,西奥。除去花言巧语,最真实的现实就是——我是个小偷。"

"那我就是小偷夫人了,理查德。我们会患难与共的。"

他们沉默了一会儿。理查德活泼的性格稍有恢复。

"你知道,西奥,我有一个计划,但我们稍后再谈。现在是晚餐时间,我们得去换衣服了。穿上你那件柔滑的叫什么来着,你知道——卡约牌的礼服。"

西奥有些疑惑地抬了抬眼。

"为了在家里吃晚餐?"

"是的,是的,我知道。不过我喜欢它。穿上它,好姑娘。我很高兴看见你最漂亮的样子。"

西奥穿着卡约礼服下楼用餐。那是一件用柔和织锦面料制作的礼服,浅浅的金色图案贯穿其上,浅桃色的色调给光滑的织锦添加了些许暖意。背部开得很低,没有什么设计款式能更好地显露西奥脖颈和肩膀处耀眼的白皙肌肤了。此时她真的成了一朵木兰花。

理查德的眼睛注视着她,温柔地赞许道:"好姑娘,你知道,你穿上这件衣服真的太美了。"

他们开始用餐。整个晚餐时间,理查德焦虑不安,他有些不知所以,说着笑话、大笑不止,仿佛在徒劳地努力消除他的焦虑。有几次,西奥试图说起他们之前在讨论的话题,可他总是避而不谈。

当她起身准备去休息时,他才突然切入了正题。

"不,先不要走,我有话要对你说。你知道,关于这桩不幸的生意。"

她又坐下来。

他开始飞快地讲起来。如果运气好一点,整个事情就会被掩藏起来。他已经把自己的所作所为掩盖得天衣无缝。目前只要某些文件不落入他人之手——

他意味深长地停顿了一下。

"文件?"西奥困惑地问道,"你的意思是说你要销毁它们?"

理查德做了个鬼脸。

"如果我能得到文件,马上就会毁掉它们。这才是最糟糕的事情。"

"那么,谁拿着这些文件呢?"

"一个我们都认识的人——文森特·伊斯顿。"

西奥发出一声轻微的惊叫。她努力控制自己,可理查德已经有所觉察。

"我疑心他一直知道这件生意的某些情况。这就是我好几次请他到家里来的原因。你也许记得我让你对他好一些?"

"我记得。"西奥说。

"不知何故,我似乎从来没有与他真正地友好相处。不知道为什么。可他喜欢你。我敢说他非常喜欢你。"

西奥用非常清楚的声音回答:"他喜欢我。"

"啊!"理查德感激地说,"那很好。现在你知道我的想法了吧。我确信,如果你去拜访文森特·伊斯顿,请求他把那些文件交给你,他不会拒绝。漂亮的女人,你知道——就那些事。"

"我不能这样做。"西奥急切的回答。

"胡说。"

"绝对不可能。"

逐渐地,理查德脸上红一块紫一块。她看得出他生气了。

"我亲爱的,我认为你还是不了解现在的处境。如果事情败露,我有可能会坐牢。那就全完蛋了——耻辱呀。"

"文森特·伊斯顿不会用那些文件来对付你,我敢确定。"

"其实那不是问题的重点。他可能没有意识到它们和我有关联。那只与——与我的事情——与他们要查出的数据有关系。噢!我不能深入说细节。除非有人把我的处境告诉他,否则他有可能在不了解自己所做所为的情况下毁了我。"

"你当然可以自己这么做。给他写信。"

"那不会有什么用的!不,西奥,我们只有一线希望了。你是这张王牌。你是我的妻子,你必须帮我。今晚去拜访伊斯顿——"

西奥突然哭叫了起来:

"今晚不行。明天怎样?"

"我的上帝,西奥,难道你还不明白我们现在的处境吗?明天可能为时已晚。现在就去——马上去——去伊斯顿的寓所。"他见她有些退缩,试图安抚她,"我知道,亲爱的,我知道。这件事有点残忍,可是生死攸关。西奥,你不会让我失望吧?你说过你会尽力帮我的——"

西奥听见自己用干涩、冷淡的声音说:"不是这种事情。是有其他原因的。"

"生死攸关呀,西奥。我是认真的。你看这里!"

他猛地拉开桌子抽屉,掏出一把左轮手枪。这个行为有些作戏的成分,她没有在意。

"要么你去,要么我自杀。我不能面对所谓的指控。如果你不按我的要求去做的话,天亮前我将不在人世。我向你发誓这是真的。"

西奥低声喊道:"不要,理查德,不要那样!"

"那就帮帮我。"

他把手枪扔在桌子上,跪在她的身边。"西奥,我亲爱的。如果你爱我,如果你曾经爱过我,为我做这件事吧。你是我的妻子,西奥,没有其他人可以帮我了。"

他不停地说呀说,嘟囔,恳求。最后,西奥听到自己在说:"很好——好吧。"

理查德送她到门口,为她叫了一辆出租车。

4

"西奥!"

文森特·伊斯顿喜出望外,猛地站起身来。她站在门口,白色的貂皮围巾垂在肩上。伊斯顿心想,她从来没有这么漂亮过。

"你终于来了。"

他走过来时,她伸手制止了他。

"不,文森特,不是你想的那样。"

她的声音低沉又急促。

"我从我丈夫那儿来。他认为你这里有一些文件,可能会对他——有伤害。我是来请求你把它们给我。"

文森特定在那里,直视着她,随后扑哧一笑。

"这么说的确如此了?那天我就觉得霍布森、哲基尔和卢卡斯听起来很耳熟，可我当时想不起在哪儿听过这个名字。真不知道你丈夫和这家公司有所联系。出问题已经有一段时间了。我受托调查此事。我原来疑心是某个下面的人所为，绝对没有想到会是公司的上层人物。"

西奥没有作声。文森特好奇地看着她。

"这件事对你没有什么影响吧？"他问，"就是——呃，坦率地讲，你丈夫是一个诈骗犯？"

她摇摇头。

"这使我很伤心，"文森特说，然后又平心静气地补充道，"请你稍等一会儿，我去拿文件。"

西奥坐在椅子上。他走到另外一个房间，不一会儿，就回来把一件小包裹交到她手里。

"谢谢你，"西奥说，"你有火柴吗？"

她接过他递过来的火柴盒，在壁炉边跪下来。当那些文件燃成灰烬时，她站起身来。

"谢谢你。"她又说道。

"不用客气，"他正经地回答道，"我帮你叫辆出租车。"

他送她上了出租车，目送她离去。真是一次奇怪又正式的小型见面。从第一次见面后，他们甚至都不敢正眼看对方。嗯，就这样了，结束了。他也要离开了，离开这个国家，努力忘掉一切。

西奥靠着车窗，探头向外。她对司机说，她不能马上回到切尔西的家里，她需要一个地方去喘口气。再次见到文森特后，她害怕自己动摇。要是——要是……然而她控制住自己不再去想。尽管她不再爱她的丈夫，但她仍对他忠诚。他崩溃的时候需要她陪伴左右。不管他可能做过什么，他无疑是爱她的；他的罪过只针对社会，不针对她。

出租车蜿蜒穿行在汉普斯特德宽阔的街道上，驶入城外的荒野中，一股凉爽、怡人的风吹拂着西奥的脸颊。她又一次控制住了自己。出租车调转车头，向切尔西飞驰而去。

理查德到门厅里迎接她。

"嗯，"他询问道，"你去了很长时间。"

"是吗？"

"是的——很长时间。一切——都顺利吗？"

他跟在她身后，眼睛里透出狡黠的目光。他双手颤抖着。

"一切——都顺利吗，呃？"他又问。

"我亲自烧了它们。"

"噢！"

她走进书房，瘫软在大扶手椅上。她面色苍白，身心疲惫。她心想："但愿我现在就可以睡着，永远，永远不要醒来！"

理查德正看着她。他含羞带愧、目光在她身上游移。她对此毫无察觉。她已经不可能察觉到什么了。

"事情进行得很顺利，是吗？"

"我已经告诉你了。"

"你确认你烧的是那些文件吗？你查看了没有？"

"没有。"

"那么——"

"我确认，我告诉你。别烦我了，理查德，今晚我已经受够了。"

理查德紧张地挪了挪身子。

"不说了，不说了。我懂。"

他在房间里坐立不安。不大一会儿，他走到她身边，把手放在她的肩上,她甩开它。

"别碰我,"她勉强地笑了笑,"对不起,理查德,我的神经很紧张。你现在碰我,我会受不了。"

"我知道。我明白。"

他又来回踱起步来。

"西奥,"他突然说道,"我非常抱歉。"

"什么?"她抬起头来,神情惊讶,一脸茫然。

"我不应当让你在晚上这个时候去那儿。我没有想到你会这么——不愉快。"

"不愉快?"她笑了,这个词似乎让她觉得很好笑,"你不知道!噢,理查德,你不知道!"

"我不知道什么?"

她目视前方,一本正经地说:"今天夜里我的付出。"

"我的上帝!西奥!我从来没有想过让你——你,你为我,做那种事?我是猪啊!西奥——西奥——我不知道会那样。我想都不敢想。我的上帝!"

他跪在她身边,胳膊搂着她,结结巴巴地说个不停。她转身用稍显惊异的眼神看着他,好像他的话最后才真正引起她的注意。

"我——我没有想过——"

"你没有想过什么,理查德?"

她的声音吓了他一跳。

"告诉我,你没有想过什么?"

"西奥,我们不要再说了。我不想知道。我永远不要再想起它。"

她瞪着他,头脑完全清醒过来,全身不由自主地紧绷着。她

的话语响亮又清楚:

"你没有想过——你以为发生了什么事?"

"什么也没有发生,西奥。我们就认为什么也没有发生。"

她仍然瞪着他,最后真话脱口而出。

"你以为——"

"我并不想——"

她打断他:"你以为文森特·伊斯顿会为那些文件要求我跟他做个交易?你以为我——跟他交易了?"

理查德半信半疑,他有气无力地说:"我——我没有想到他是那种人。"

5

"你没有想到?"她用锐利的目光瞪着他,他低头躲开了。"你为什么让我今晚穿上这件衣服?你为什么让我晚上这个时候单独去那儿?你揣度着他——喜欢我。你想保全自己的颜面,不惜任何代价,甚至不惜毁掉我的名声。"她站起身来。

"我现在明白了。你一开始就打算这么做——或者至少你认为这样做是可能的,于是你就放纵了这个念头。"

"西奥——"

"你否认不了。理查德,我以为我好些年前就了解你。从你一开始待人接物不坦诚的时候,我就应当知道。但我以为你对我是以诚相待的。"

"西奥——"

"你能否认我刚才说的话吗?"

他不由自主地沉默下来。

"听着,理查德。有件事,我必须告诉你。三天前当你大祸临头的时候,用人们告诉你我离开了——去了乡下。那并不完全正确。我是和文森特·伊斯顿一起出走的——"

理查德口齿不清地说了些什么。她伸手制止了他。

"等等。我们已经到了多佛。我看到了报纸——我意识到发生了什么事情。于是,就像你知道的,我回来了。"

她停了停。

理查德抓住她的手腕,目光如火地瞧着她。

"你回来了——及时地回来了?"

西奥短促又苦涩地笑了笑。

"是的,我回来了,正如你所说,'及时地',理查德。"

她的丈夫放开了抓住她的手。他站在壁炉架边,头向后仰起。他看起来英俊又高贵。

"那样的话,"他说,"我会原谅你的。"

"我不会。"

这三个字说得干脆利落,在安静的房间里好像一颗炸弹爆开了。理查德跨步向前,注视着西奥,下巴垂着,看上去很是滑稽。

"你……呃……你说什么,西奥?"

"我说我不会原谅你!离开你去投奔另一个男人,我有罪——也许,不是严格意义上,而是故意为之,其实都是一回事。可如果说我有罪,我也是为了爱而犯错。我们结婚以来,你对我也并非忠贞不渝。噢,是的,我知道,我以前原谅你,是因为真的相信你是爱我的。然而你今天晚上的所做所为就不同了。这是卑劣的行为,理查德——任何女人都不会原谅的行为。为了自己的安全,你出卖了我,你的妻子!"

她拿起自己的围巾，径直向门口走去。

"西奥，"他结结巴巴地说，"你要去哪里？"

她回头乜斜了他一眼。

"我们双方都必须为这段生活付出代价，理查德。我犯了罪，我去承担自己的孤独，你犯了罪——哦，你拿你所爱之人去赌博，你就失去了她！"

"你要离开吗？"

她深深地吸了一口气。

"为了自由。这里已经没有什么令我留恋的了。"

他听见门关上了。几年过去了，或者只是几分钟？窗外，有东西飘落下来——是最后的几片木兰花瓣，柔软、芳香。

（张叶青 译）

三只瞎老鼠

三只瞎老鼠，

三只瞎老鼠，

看它们如何跑，

看它们如何跑。

它们都追着农妇跑，

她用刀切掉鼠尾巴。

这情景你是否曾见到？

三只这样的瞎老鼠，

你是否曾见到？

寒气袭人。天阴沉沉的，快下雪了。

一名身穿深色大衣的男子用围巾把脸裹得严严实实，还拉低帽檐挡住眼睛。他沿着卡尔弗大街走来，踏上七十四号门前的台阶。他按响门铃，刺耳的铃声随即从下面的地下室里传来。

凯西太太双手正在水槽里忙个不停，她愤愤地说："该死的门铃！一刻都不让人安生。"

她微微喘着粗气，步履蹒跚地爬上地下室楼梯，把门打开。

阴沉沉的天空下，依稀可见男子站立的身影，他低声问道："里昂夫人在吗？"

"在三楼，"凯西太太说，"你可以上去。她知道你来吗？"男子缓缓地摇了摇头。"哦，这样，那你上去吧，要敲门。"

凯西太太眼看着这名男子从铺着破旧地毯的楼梯上了楼。事后她说"这个人让她觉得有趣"。事实上她只不过以为,这个人说话声那么小,肯定是因为得了重感冒——天气这么差,感冒也就不足为奇了。

当这名男子走到楼梯拐角处时,他开始轻声吹起口哨,吹的曲调是《三只瞎老鼠》。

莫莉·戴维斯后退几步站到马路上,抬头端详着大门旁边新近漆过的招牌。

蒙克斯维尔庄园
家庭旅馆

她赞许地点点头。招牌看起来的确很专业,或许可以说几乎达到了专业水准。"家庭旅馆"(GUEST HOUSE)的T字上面出了一点儿头,"庄园"写得稍微紧凑了些,不过总的来说贾尔斯干得不错。她丈夫贾尔斯真的是非常聪明,几乎无所不能,而且总是能让她眼前一亮。他很少说自己的事,所以她慢慢才发现丈夫的多才多艺。正如人们所说,在海军服过役的人都是"能工巧匠"。

贾尔斯要把才能充分发挥到他们的新事业当中。对于家庭旅馆的经营工作,夫妻俩比任何人都缺乏经验。但这工作非常有趣,还能解决住房问题。

这原本是莫莉的主意。凯瑟琳姨妈去世后,律师写信告诉她,姨妈将蒙克斯维尔庄园作为遗产留给了她。小两口很自然的想法是将它卖掉。贾尔斯问:"那是什么样的房子?"莫莉回答说:"哦,是幢又大又乱的老房子,全是古板过时的维多利亚式家具。花园倒是不错,不过战争爆发之后就变得杂草丛生,因为那里只剩下一个老园丁了。"

于是他们决定将房子卖掉,只留能布置一间小房子或公寓的家具就够了。

但有两个困难随之而来。第一,他们找不到一间小点的房子或公寓;第二,所有的家具都太笨重了。

"好吧,"莫莉说,"我们得把它们全卖了。我想应该好卖吧?"

律师向他们保证,现如今什么都能卖得掉。

"很有可能,"他说,"有人会把房子买下来作为宾馆或者家庭旅馆,这样的话他们就会连同家具一起买了。幸好这房子维护得相当不错。就在战争爆发之前,已故的埃默里女士刚对这里进行了大范围整修和翻新,所以很少有损坏的地方。哦,是的,这房子很不错。"

就在那一刻,莫莉有了个想法。

"贾尔斯,"她说,"为什么我们不自己把这里打造成家庭旅馆呢?"

起初她丈夫对这个主意嗤之以鼻,可莫莉坚持这么做。

"我们不用招揽太多客人——刚开始不用。把这栋房子当成旅馆来经营很容易——卧室有冷热水,房子里集中供暖,还有煤气灶。可以养些鸡鸭,这样我们就有蛋类了,再种些蔬菜。"

"谁干这些活儿呢——想雇到用人会不会太难了?"

"哦,我们得自己干这些活儿。但是我们不管住在哪都要干活儿呀。只是多几个人不会增加太多负担的。等我们步入正轨后不妨再雇个女佣。假如我们有五位客人,每人每周付七个畿尼——"莫莉心里打起如意算盘来。

"而且你想，贾尔斯，"她决定了，"这将是我们自己的房子。里面的东西也是我们自己的。照现在情况看，我觉得不花个几年时间我们根本就找不到住的地方。"

贾尔斯承认确实如此。他们仓促结婚，一直聚少离多，都渴望有个家能安顿下来。

因此伟大的尝试就这么开始了。他们在《泰晤士报》和当地的报纸上刊登广告，也收到了各种各样的回复。

今天，第一批房客即将上门。广告上说，郡的另一头有卖军用铁丝网的，贾尔斯一大早就开车出去买。莫莉说她得步行去村子里最后再买点东西。

唯一不如意的就是天气。最近两天一直有些冷，而且这会儿还开始下雪了。莫莉急匆匆地赶路，鹅毛大雪落在她披着雨衣的肩头和亮丽的鬈发上面。天气预报极为悲观，预计有暴雪来袭。

她焦心地祈祷管道不要都被冻住。如果开头就诸事不顺，那就太糟糕了。她看了眼手表，已经过了下午茶时间。贾尔斯回来了吗？他是不是正在琢磨她去哪儿了呢？

"我忘了个东西，不得不再去村子里一趟，"她会这么说。而他会笑着说："是买了更多的罐头吧？"

罐头是他俩之间的一个笑话。他们总是弄些罐头来当食物。食品柜里塞得满满当当，以备不时之需。

莫莉苦笑着抬头仰望天空，看样子这就到他们的不时之需了。

家里空无一人。贾尔斯还没回来。莫莉先去厨房看了看，接着上了楼，去刚装修好的卧室转了转。波伊尔太太住南边的房间，里面有红木家具和四柱大床。梅特卡夫少校住蓝色的房间，里面是橡木家具。雷恩先生则被安排在东边有凸窗的房间。所有房间看起来都棒极了——多亏凯瑟琳姨妈留下这么好的亚麻床品。莫莉把床单铺平整，随后又下楼去了。天色渐暗。这所房子突然变得异常寂静和空旷。这里孤零零的，距离哪个村庄都得有两英里远，就像莫莉说的，到哪都得两英里。

她以前经常一个人在家里待着——但从未感到如此孤单。

雪花轻轻敲击窗玻璃发出的沙沙声让人听起来不舒服。万一贾尔斯回不来了——假设雪厚得车都开不过来呢？万一她不得不一个人在这儿住——也许要一个人住上好几天呢。

她仔细观察着厨房。这是一间宽敞舒适的厨房，似乎得有一位重量级名厨来掌勺才合适。那厨师一边吃着岩皮饼一边喝着红茶，嘴里有节奏地咀嚼着——她的两旁还应该分别站个上了年纪的高个子客厅女仆和一个脸蛋圆润绯红的女佣，桌子另一侧有个烧饭女仆，目光惶恐地等候着上级的吩咐。而事实上这里只有她自己，莫莉·戴维斯。她目前正扮演的角色看上去还是不太自然。此时此刻，她的整个生活貌似都不真实——贾尔斯仿佛也不太真实。她在扮演一个角色——只是扮演一个角色而已。

窗口闪过一个身影，吓了她一跳——一个陌生人正冒雪前来。她听到侧门打开的吱呀声。陌生人站在敞开的门口，抖落着身上的雪，那个陌生人正走进这所空房子。

然后，幻觉突然消失了。

"哦，贾尔斯，"她大叫，"你回来真是太好了！"

"嘿，亲爱的！天气糟透了！天哪，我都冻僵了。"

他一边跺脚一边往手上哈气。

贾尔斯像往常一样把大衣扔到橡木柜子上，莫莉习惯性地捡起大衣挂在衣钩上。她从鼓鼓囊囊的衣兜里掏出一条围巾、一张报纸、一个线团，还有早上胡乱塞进去的信件。她走进厨房，把这些东西放在碗橱上，然后把水壶坐在煤气炉上。

"你买来铁丝网了吧？"她问，"去了这么长时间。"

"没有我们要的这种。买来也没什么用。我还去了其他地方，但同样也没有。你都在做什么？我猜还没人来吧？"

"波伊尔太太本来就是要明天来的。"

"梅特卡夫少校和雷恩先生应该今天就会来。"

"梅特卡夫少校送了张卡片过来，说他得明天才来。"

"这么说只有雷恩先生和我们一起吃晚饭了。你觉得他是个什么样的人？我猜是个体面的退休公务员。"

"不，我觉得是个艺术家。"

"那样的话，"贾尔斯说，"我们最好预收他一周的房租。"

"哦，不用，贾尔斯，他们都带着行李。如果不付钱，我们就扣押他们的行李。"

"那假如他们的行李里装的是报纸包着的石头呢？莫莉，事实上我们对这一行一无所知。我希望他们看不出来我们是新手。"

"波伊尔太太肯定能看出来，"莫莉说，"她是那种女人。"

"你怎么知道的？你没见过她吧？"

莫莉转过身。她在桌上铺了张报纸，取来一些奶酪，开始擦奶酪丝。

"这是什么？"她丈夫问道。

"威尔士干酪就要做成了，"莫莉告诉她，"再加些面包屑、土豆泥和一点点干酪好让它名副其实。"

"你可真是个厉害的大厨啊！"丈夫对她赞赏有加。

"我倒是想。我一次可以做一道菜。但配餐还是很需要经验的，所以早餐最难做。"

"为什么?"

"因为所有东西都得同时做——鸡蛋、咸肉、热牛奶、咖啡和烤面包。牛奶不能溢出来,面包不能烤煳,咸肉不能煎得太干,或者鸡蛋不能煮太老。你必须像只烫伤的猫一样上蹿下跳,兼顾好每件事。"

"我明天早上要偷偷下楼,看看这只烫伤的猫是怎么跳的。"

"水开了,"莫莉说,"要不我们端着托盘去藏书室听广播吧?新闻差不多要开始了。"

"我们好像大多数时间都得待在厨房,既然这样,我们应当在这儿也放一台收音机。"

"没错。多好的厨房啊。我喜欢这儿。我觉得它是这所房子里最好的房间。我喜欢那个碗橱和那些盘子,我喜欢厨房大炉灶的奢华感——当然,尽管我不用在那上面做饭。"

"依我看,它一天就能用完一年的燃料存量。"

"我猜也差不多吧。可是想想看,可以在上面烤大块的肉——牛里脊肉和羊脊肉。再放上一大口铜锅,锅里面满是自制的草莓酱,一磅一磅地放糖进去。维多利亚时代是多么美好舒适啊!看看楼上的家具吧,又大又结实,而且相当奢华——不,哦!——更令人满意的是,有太多的地方可以放衣服,每个抽屉推拉都十分顺滑。你记得我们以前租的那个新式小公寓吗?各种嵌入式家具,你得拉出来才能放东西——可用的时候又拉不出来,总是卡住。还有门是靠推才能关上的——只是从来都不关,要是关上就再也打不开了。"

"是啊,这就是机械装置最大的问题。一旦不好使就完蛋了。"

"嗯,快点,听新闻吧。"

新闻的主要内容包括糟糕的天气预警、外交事务上一如既往的僵局、议会的激烈争论和帕丁顿卡尔弗大街的谋杀案。

"呸!"莫莉关掉广播,"全是些不幸的事。我不想再听到节约燃料的呼吁了。他们还想让我们怎么办,干坐着受冻?我认为我们不应该在冬天开始经营家庭旅馆,等到来年春天比较好。"她话风一转,说:"不知道被谋杀的那个女人是个什么样的人。"

"里昂夫人?"

"她叫这个名字吗?我想知道是谁想杀她,又是为什么。"

"也许她在地板下面藏了一大笔钱。"

"里面说警方正急于调查一个'被人目击在附近出现过'的人,意思是不是他就是凶手?"

"我看差不多就是吧。只不过出于礼貌才那么说吧。"

刺耳的门铃突然响起,把两个人吓得跳了起来。

"是在前门,"贾尔斯说,"来了——一个杀人犯,"他胡乱开玩笑。

"戏剧里肯定这么演。快点。一定是雷恩先生。我们马上就会知道谁是对的,你还是我。"

雷恩先生冒着雪匆匆进门。站在藏书室门口的莫莉看到了屋外白色世界里来访者的身影。

莫莉心想,文明社会里所有男人着装如出一辙,都是深色大衣、灰色帽子和包住脖子的围巾。

转眼间贾尔斯顶着风雪关上了前门,雷恩先生也解下围巾、扔下手提箱、甩掉帽子——所有动作似乎是同时完成的,嘴里还说着话。他说话声音很尖,几乎是抱怨的语气。在门厅灯光的映照下看得出来他是个年轻人,留着一头淡褐色头发,浅色的眼珠不停转动着。

"太、太可怕了,"他说,"英国最糟糕的冬天——像是回到了狄更斯的时代——斯克鲁奇和小蒂姆[1]那些情节。要受得住这天气你得极为强壮才行。你觉得呢?我从威尔士来,经历了一段横跨全国的糟糕旅行。你是戴维斯夫人吧?见到你可真高兴!"莫莉的手被另一只瘦骨嶙峋的手紧紧攥住。"你和我想象中的样子截然不同。跟你说,我本以为你是个印度军官的寡妇,非常严肃的欧洲女人的样子——去过贝拿勒斯[2]之类的地方——像维多利亚那些时代的人。太好了,真是太好了——你们这儿有蜡花吗?极乐鸟呢?哦,不过我肯定会爱上这个地方的。你知道,我本来担心这里是个非常古老的地方——典型的庄园宅子——我是说还不及贝拿勒斯铜器。没想到这里真是太棒了,有维多利亚风格,很是气派。告诉我,你们有那种漂亮的餐边柜吗?桃花心木、紫李子色的桃花心木,上面刻的全是水果图案?"

"其实,"莫莉听他连珠炮似的讲话都要喘不过气来了,"我们有。"

"还真有!我能看一看吗?我想现在就看。在这里吗?"

他的急性子很是烦人。他已经拧开了餐厅的门把手,还打开了灯。莫莉跟着他走了进去,看到贾尔斯正板着脸站在自己左边。

雷恩先生用他细长的手指边抚摸大餐边柜上丰富多样的雕刻图案边轻声赞叹着。然后他转过头来,用责备的眼神看向女主人。

"没有桃花心木的大号餐桌吗?就用这几张小桌子代替吗?"

"我们觉得大家会更喜欢这样的摆设。"莫莉说。

---

[1] 出自英国作家查尔斯·狄更斯一八四三年创作的小说《圣诞颂歌》。
[2] 印度教圣地、著名历史古城,一九五七年改名为瓦拉纳西。

"亲爱的，你说得真是太对了。我迷恋着那个时代。当然了，如果有那样的桌子，就得有么一家人围坐在一起。严厉而帅气的父亲，留着胡子；能干却憔悴的母亲、十一个孩子、严肃的女家庭教师，还有个叫'可怜的哈里特'——是个干杂活的穷亲戚，有这么好的住处他就谢天谢地了。看看那个壁炉——想想火苗从烟囱里蹿出来，可怜的哈里特后背被烫出了泡。"

"我把您的手提箱拿到楼上吧，"贾尔斯说，"东边那间房吧？"

"没错。"莫莉说。

贾尔斯朝楼上走去，雷恩先生又蹦蹦跳跳地回到门厅。

"那间房里是不是有张四柱床，上面雕刻着小玫瑰花？"他问道。

"不，并没有。"贾尔斯回答完从楼梯口拐了进去。

"我想你丈夫他不太喜欢我，"雷恩先生说，"他以前是做什么的？海军吗？"

"是的。"

"我猜就是。他们远不如陆军和空军宽容。你们结婚多久了？你很爱他吗？"

"或许您愿意上楼去看看房间吧。"

"是，这么说无疑不太礼貌。但我真的想知道。我的意思是，你不觉得彻底了解别人非常有意思吗？他们的感受和想法，我是说，不只是他们的姓名和职业。"

"我想，"莫莉矜持地问道，"您是雷恩先生吧？"

这个年轻人突然闭口，双手抓住头发揪了起来。

"真是太差劲了——我总是忘记最重要的事。没错，我就是克里斯多夫·雷恩——喂，请不要笑。我的父母是一对浪漫的夫妻。他们希望我成为一名建筑师。因此他们以为给我起克里斯多夫这个名字是个绝好的主意呢——似乎这样就成功一半了。"

"那您是建筑师吗?"莫莉忍俊不禁。

"是的,我是,"雷恩先生得意扬扬地说,"至少几乎是。我还没真正具备资格。期望有朝一日实现,那这绝对是个很棒的例子。跟你说吧,实际上这个名字会是一个阻碍。我永远也成不了克里斯多夫·雷恩。然而,我克里斯[①]·雷恩的预制小屋说不定会出名呢。"

看到贾尔斯又下楼来,莫莉说:"我现在带您看看房间吧,雷恩先生。"

过了几分钟她下来了,贾尔斯说:"嗯,他喜欢那些漂亮的橡木家具吗?"

"他很想要一张四柱大床,所以我把他换到了那个玫瑰红的房间。"

贾尔斯低声咕哝着什么,只听到末尾是"小兔崽子"。

"好了,听我说,贾尔斯,"莫莉表情严肃地说,"这所房子不是我们款待客人来参加聚会的。这是在做生意。不管你喜不喜欢克里斯多夫·雷恩——"

"我不喜欢。"贾尔斯打断了她。

"——和我们做生意毫无关系。他一周付七个畿尼,这就够了。"

"如果他付钱,那没问题。"

"他同意付钱。我们收到了他的信。"

"你把他的手提箱也搬到玫瑰红的房间了吗?"

---

①克里斯多夫的昵称。

"当然是他自己搬的。"

"他可真殷勤。不过你搬应该也不费劲。里面绝对不是报纸包裹的石头,在我看来轻得可能什么都没有。"

"嘘,他下来了。"莫莉提醒道。

莫莉觉得藏书室看上去比较气派,就带克里斯多夫·雷恩去了那里。确实,里面有几把大椅子和燃烧的炉火。她告诉雷恩半个小时以后就可以吃晚饭了。听她解释暂时还没有其他的客人到,克里斯多夫就问是否可以进厨房帮帮忙。

"如果你爱吃的话,我可以给你煎个鸡蛋。"他愉快地说。

随后莫莉就在厨房里开始干活,克里斯多夫帮忙洗洗涮涮。

不知怎么,莫莉觉得一家传统家庭旅馆的开业不该是这样的——贾尔斯也完全不满意。哦,好吧,莫莉一边睡下一边想,明天其他房客来了就会不一样吧。

第二天一大早天色阴沉,雪花飞舞。贾尔斯表情严肃,莫莉也心情沉重。这天气让什么事情都很难办。

波伊尔太太是乘当地出租车来的,车轮上还缠着防滑链。司机跟他们提起了糟糕的路况。

"傍晚前就会形成积雪。"他预测道。

波伊尔太太本人没能减轻这弥漫开来的阴霾。她是个丰满的女人,长相令人生畏,声如洪钟,盛气凌人。她天生强势的性格由于长期激进的战争经历而愈加明显。

"我是相信这家店经营得好才来的,"她说,"我自然而然地以为这是一家设施完善的家庭旅馆,是用科学手段妥善经营的。"

"您如果不满意,没有义务留下来,波伊尔太太。"贾尔斯说。

"确实没有，我也没想留下来。"

"或许，波伊尔太太，"贾尔斯说，"您愿意叫辆出租车吧，趁交通还没有堵塞。如果您有什么误解，那可能还是去别的地方比较好。"他补充道，"很多人对房间有需求，我们很容易找到人住进您的房间——实际上，过段时间我们的房费会再提高些。"

波伊尔太太狠狠白了他一眼。"在弄清楚这个地方怎么样之前我自然是不会离开的。你可能得给我准备一条大浴巾，戴维斯夫人。我可不习惯用小手帕擦干身子。"

波伊尔太太离开房间之后，贾尔斯冲莫莉咧嘴一笑。

"亲爱的，你真棒，"莫莉说，"给她顶了回去。"

"给她点颜色看看就不敢欺负人了。"贾尔斯说。

"哦，亲爱的，"莫莉说，"我好奇她与克里斯多夫·雷恩会相处得怎样。"

"她不会看得惯的。"贾尔斯说。

不出所料，当天下午，波伊尔太太就对莫莉说，"那个年轻人太古怪了"，语气中透着明显的厌恶。

面包店的人来时穿得像个北极探险家，他送来了面包并告知他们原本说好两天后再来送，但现在看可能没法兑现了。

"到处都堵住了，"他说，"我希望你们还有不少储备吧？"

"哦，是的，"莫莉说，"我们有很多罐头。不过我最好再买点面粉。"

她隐约记得爱尔兰人有种叫苏打面包的东西。一旦到了最坏的时候她或许可以做这个。

面包店的人还带了报纸来。她把报纸摊开放在大厅的桌子上。外交事务没那么重要了，占据头版的是天气和里昂夫人遇害案。

她正盯着模糊不清的印刷版照片辨认死者的相貌，突然听到克里斯多夫·雷恩在她背后说话："真是起卑鄙的谋杀案，你觉得呢？在这么不起眼的街道上杀了这么个不起眼的女人。谁也想象不到，有谁能想象得到其背后有什么故事吗？"

"毫无疑问，"波伊尔太太嗤之以鼻，"这个人是罪有应得。"

"哦。"雷恩先生转过头，饶有兴致地看着她，"这么说您觉得这无疑是起性犯罪了，是吗？"

"我可完全没有暗示这层意思，雷恩先生。"

"但她是被勒死的，不是吗？我想知道——"他伸出细长白皙的双手，"勒死一个人是什么感觉。"

"别说了，雷恩先生！"

克里斯多夫走得离她更近了，压低了声音。"您有没有想过，波伊尔太太，被勒死是什么感觉？"

波伊尔太太更加气愤地又说了一遍："别说了，雷恩先生！"

莫莉急忙抓起报纸读道："'警方迫切寻找的男子中等身材，身穿深色大衣，头戴浅色礼帽，系一条羊毛围巾。'"

"实际上，"克里斯多夫·雷恩说，"他看起来和所有人都一样啊。"他笑了起来。

"没错，"莫莉说，"和所有人都一样。"

帕明特督察在苏格兰场的办公室里对凯恩警长说："现在我要见一见那两个工人。"

"好的，长官。"

"他们是什么样的人？"

"比较体面的那种工人。反应相当慢,不过可靠。"

"好。"帕明特督察点头。

很快两个面露窘相的人穿着各自最得体的衣服被人领进了办公室。帕明特飞快扫了他们一眼。他善于让别人放松下来。

"这么说你们可以提供一些关于里昂案的有用信息给我们喽,"他说,"你们能来太好了。请坐。抽烟吗?"

等他们接过烟点着后,他说:

"外面天气太糟糕了。"

"是的,长官。"

"嗯,好了,那么——你们说说吧。"

这两个人对视了一下,要描述起来比较困难,这让他们显得很尴尬。

"你说吧,乔。"两个人里块头比较大的那个说话了。

乔开始说:"情况是这样的。我们没有火柴了。"

"在哪儿?"

"贾曼大街——我们在那边的路上干活儿——煤气主管道那里。"

帕明特督察点了点头。后续他会再问确切的时间和地点。他知道贾曼大街紧挨着发生惨剧的卡尔弗大街。

"你们没有火柴了。"他重复道,鼓励他们继续说。

"是的。我那盒用完了,比尔的打火机又不好使,因此我就问一个路人。'先生,您能给我们一根火柴吗?'我说。我没什么特别的想法,当时一点想法也没有。他只是路过,和其他许多人一样,我刚好问到他。"

帕明特又点了点头。

"他给了我们一根火柴,确实给了。一句话也没说。'冷死了,'比尔对他说,他只是很小声地回答,'是,冷。'我以为他是因为感冒胸部不适。这个人全身包裹得严严实实。'谢谢先生,'我说着把火柴还给他。他赶忙走了,非常快。等我看见他掉了东西,已经来不及叫他回来。是个小笔记本,想必是他拿火柴的时候从兜里掉出来的。'喂,先生,'我朝他喊,'您有东西掉了。'但是他好像没听见——一个劲地加快脚步向前走,猛地转弯离开,对不对,比尔?"

"对,"比尔认可,"就像一只飞奔的兔子。"

"他跑进了哈罗路,看起来我们是追不上了,速度没他快,而且当时天色有些晚了——那只是个小本子,不是钱包之类的东西——可能不重要吧。'奇怪的家伙,'我说,'他把帽檐都拉到眼睛下面了,纽扣扣到最上面——像个电影里的坏蛋,'我对比尔说,是吧,比尔?"

"你就是这么说的。"比尔表示同意。

"我是说了奇怪,不过当时我什么都没有去联想。我猜他就是着急回家吧。也不怪他,天真是太冷了啊!"

"太冷了。"比尔附和着说。

"于是我对比尔说,'我们看看这个小本子有没有什么要紧的吧。'先生,所以我们就看了。'只写了两个地址,'我对比尔说。卡尔弗大街七十四号和该死的什么庄园。"

"豪华庄园。"比尔不满地哼了一声。

乔继续热情洋溢地讲述着他的经历,越讲越起劲。

"'卡尔弗大街七十四号,'我跟比尔说,'就是从这儿拐个弯嘛。等我们下了班过去看看'——然后我看见那页最上面写着什么字。'这是什么?'我问比尔。他拿起本子念了出来。'"三只瞎老鼠"——肯定是门环上的标记,'他说——就在那一刻——

对，就那时，长官，我们听见有女人在呼喊，'杀人啦！'就在两条街以外！"

乔在这高潮处艺术性地停顿一下。

"她是拼尽全力去喊的，对吧？"他接着说，"'嘿，'我跟比尔说，'你赶快跑过去看看。'没过多久他回来说有一大群人在围观，还有警察。有个女人是喉咙被割断了还是被人勒死了。发现尸体的是女房东，她正冲着警察大喊大叫。'是在哪儿？'我问他。'在卡尔弗大街，'他说。'几号？'我问，他说没太注意。"

比尔咳嗽几声，来回蹭着双脚，他为自己没发挥好而感到难为情。

"于是我说，'我们过去探个究竟吧，'我们一看见是七十四号就在商量，'可能，'比尔说，'笔记本上的地址与这件事无关，'而我说也许有关系。总之，我们商量完，听说警察在找一个大约那时离开房子的男人，就过来了，看能否见一见负责这个案子的先生。我希望没有浪费您的时间。"

"你做得非常好，"帕明特夸奖他说，"那个笔记本你带来了吧？谢谢，好——"

他的问题简短且专业。他问清了地点、时间、日期——只是他们描述不清那个丢笔记本的男人。这与他从歇斯底里的女房东嘴里问到的描述如出一辙：帽子拉下来遮住了眼睛，大衣扣子全都扣上，围巾把下半张脸捂得严严实实，说话声音非常轻，戴着手套。

那两个人走后，他仍低头注视着摊在桌上的小本子。一会儿它就要送到相关部门去查验，看看能不能查出指纹或其他什么线索。不过此时他的注意力集中在那两个地址和那页最上面手写的一行小字。

凯恩警长一进办公室，他就转身过来。"来啊，凯恩。看看这个吧。"

凯恩站在他后面，轻轻吹了声口哨，念出声来："'三只瞎老鼠！'哦，该死的！"

"是的。"帕明特打开抽屉，拿出半张信纸，放在桌上的笔记本旁边。这是在死者身上找到的，有人小心翼翼用别针别在上面。

纸上写着：这是第一只。字下面幼稚地画了三只老鼠和一小段乐谱。

凯恩轻轻吹起这段旋律。三只瞎老鼠，看它们如何跑——
"就是这个，没错。这是首信号曲①。"

"这人疯了吧，是不是，长官？"

"是啊。"帕明特皱了皱眉，"死者身份确认无疑吧？"

"是的，长官。这是指纹部门给出的报告。死者自称里昂夫人，其真名叫莫林·格雷格。两个月前她刚从霍洛韦刑满释放。"

帕明特若有所思地说："她住进卡尔弗大街七十四号并自称莫林·里昂。偶尔喝点酒，据说带一个男人回过家一两次，从没表现出对什么人或事感到恐惧。也没有迹象表明她曾意识到自己处于危险之中。凶手按响门铃，说要找她，女房东让他上了二楼。女房东描述不清他的长相，只说中等身材，似乎得了重感冒，说不出话来。随后她又回到地下室，没听到任何异常的声响。她没听见这个人出去。过了十分钟左右，她送茶过去却发现她的房客已经被人勒死了。"

"这不是临时起意的凶杀案，凯恩，是经过精心策划的。"他

---

①广播、电视等的开始或结束曲。

停顿一下，突然转移了话题，"你知道在英国有多少幢房子叫蒙克斯维尔庄园吗？"

"或许只有一处，长官。"

"那可就太幸运了。不过得去查查，时间不多了。"

警长欣慰地看着笔记本上的两行字——卡尔弗大街七十四号、蒙克斯维尔庄园。

他说："这么说您是觉得——"

帕明特立即说："是的。你不这么认为吗？"

"有可能。蒙克斯维尔庄园——在哪儿来着——您知道吗，长官，我敢说最近刚刚看到过这个名字。"

"在哪儿？"

"我正在努力回想呢。等一下——在报纸上——《泰晤士报》。背面。等等——旅馆和公寓——就要想出来了，长官——是幢老房子。我当时在做填字游戏。"

他冲出办公室，又得意地回来了。"给您，长官，看。"督察顺着手指看去。

"蒙克斯维尔庄园，哈普雷登，伯克郡。"他一把抓过电话，"给我接伯克郡地方警察局。"

随着梅特卡夫少校的到来，蒙克斯维尔庄园开始作为一家旅馆正式营业。梅特卡夫少校既不像波伊尔太太那样难侍候，也不像克里斯多夫·雷恩那样古怪。他是个古板的中年男人，一副整洁的军人形象，大部分时间在印度服役。看起来他对房间和家具都很满意。他和波伊尔太太之前虽没有直接相识的朋友，不过他认识她的堂兄弟——住在普纳"约克郡的那支"。而他的行李是两个沉甸甸的猪皮箱子,这让生性多疑的贾尔斯也放下心来。

说实话,莫莉和贾尔斯没时间揣测他们的房客。把做饭、上菜、吃饭、洗碗这些事情做好就够他俩忙的了。梅特卡夫少校对咖啡颇为赞赏,于是贾尔斯和莫莉上床睡觉时虽然疲惫却心满意足——哪知第二天一大早,两人就被一阵门铃声吵醒了。

"该死,"贾尔斯说,"是前门。到底是谁——"

"快点,"莫莉说,"去看看吧。"

贾尔斯用责备的眼神瞥了下她,披上睡衣下楼去了。莫莉听见门闩拉下的声音,有人在门厅说话。过了一会儿,她禁不住好奇,爬下床溜到楼梯口朝下望去。楼下门厅里,贾尔斯正在帮一个留着胡子的陌生人脱下满是雪的大衣。她断断续续地听到两个人的说话声。

"喔。"一声有力的外国口音,"我的手指头都冻得没有知觉了。还有我的脚——"传来一阵跺脚声。

"进来吧。"贾尔斯打开藏书室的门,"这里暖和。您在这儿等着比较好,我去准备一个房间。"

"我运气真是太好了。"陌生人礼貌地说。

莫莉透过栏杆好奇地看着。她看到一个上了年纪的男人,留着一撮小黑胡,眉毛显得狡诈。这个人尽管两鬓灰白,步伐却像年轻人一样矫健。

贾尔斯关上藏书室的门,飞快跑到楼上。原本蹲着的莫莉站了起来。

"他是谁?"莫莉问。

贾尔斯一笑。"到家庭旅馆来的又一位房客。汽车被雪堆掀翻了。他自己爬出来,尽全力往前走了一段路——听,暴风雪还在呼啸呢——沿着马路边走时看见了我们的招牌。他说祈祷好像得到了应验。"

"你觉得他没问题吗?"

"亲爱的,不会有人在这种天气的晚上进来偷东西的。"

"他是个外国人,不是吗?"

"是的。他叫帕拉维奇尼。我看到了他的钱包——我真觉得他是故意给我看的——里面都是钱。我们给他哪个房间?"

"绿色房间吧。都收拾干净了。我们只要去铺铺床就好了。"

"估计我得借他一件睡衣。他的东西都在车里。他说自己是从车窗里爬出来的。"

莫莉取来床单、枕套和毛巾。

夫妻俩匆匆忙忙铺床时,贾尔斯说:"雪越积越厚,我们要被雪困住了,莫莉,要和外界完全失去联系了。这样相当刺激,不是吗?"

"我不知道,"莫莉含糊地说,"你觉得我能做出苏打面包来吗,贾尔斯?"

"当然能了。你什么都能做出来。"忠实的丈夫说道。

"我从来都没试过做面包。不做面包也无可厚非吧。面包店的人总会送过来,管它新鲜不新鲜。但是如果被大雪困住,面包店就不会派人来了。"

"肉贩、邮递员也不会来了。报纸送不过来。很可能电话也不能用了。"

"那就只有广播来告诉我们该做什么吗?"

"至少我们能自己供电。"

"你明天一定要把发动机再启动一次,而且我们得给暖气添足燃料。"

"我猜下一批炭近期不会送来了。我们所剩无几。"

"哦，真烦。贾尔斯，我感觉我们真是遇到难熬的日子了。快去把帕拉——管他叫什么名字，把他叫来。我要回去睡觉了。"

第二天一早，贾尔斯的预言得到了证实。积雪有五英尺厚，已经堆到了门窗上。外面还在下雪。整个世界银装素裹，万籁俱寂，而且——隐隐约约地——透着一丝凶险。

波伊尔太太坐着吃早餐。餐厅里没有其他人了。旁边那桌梅特卡夫少校的餐具都收拾走了。雷恩先生还没下来吃。大概是前者习惯早起，而后者爱睡懒觉。波伊尔太太自己很明确，合适的早餐时间只有一个，就是九点钟。

波伊尔太太吃完了美味的煎蛋，又用洁白有力的牙齿大口咬起烤面包来。她既不情愿留在这儿，也下不了决心离开。蒙克斯维尔庄园与她的预期大相径庭。她本来期望有桥牌可以打，有几个过了气的老女人，好让她炫耀自己的社会地位和人脉，并且向她们暗示自己战时工作的重要性和机密性。

战争一结束，波伊尔太太仿佛被遗弃在荒岛上一样。她向来是个忙碌的女人，把效率和组织挂在嘴边。确实，她的活力和干劲让人们对她优秀而有效的组织能力无可挑剔。战时的工作再合适不过她了。她总是颐指气使、盛气凌人，给多个部门的领导找麻烦。但平心而论，她自己从来不偷懒。她手下的女人们四处忙碌，一看到她皱眉就害怕。而现在所有这些令人激动和忙碌的生活都结束了。她回到一个人的生活，但早先独居的印记却不复存在。她的房子被军队征用过，需要彻底整修和翻新才能重新住进去。因为很难找到帮忙的用人，所以无论怎样都不太可能搬回去了。她的朋友也都分散到各地。毫无疑问她很快就能找到合适的住所，但此时还是得找一个落脚处。旅馆或短租房似乎是不错的选择。于是她来到了蒙克斯维尔庄园。

她轻蔑地四下环顾着。

她心想，他们欺骗了我，没跟我说是家新开的店。

她把盘子推得远远的。早餐相当可口，服务也十分周到，还有上等咖啡和自制橘子酱供应。奇怪的是这让她更加恼火。因为这使她失去了抱怨的正当理由。她的床也很舒服，铺着绣花床单，摆放着柔软的枕头。波伊尔太太乐于享受，但也喜欢吹毛求疵。也许两相比较后者更为强烈。

波伊尔太太站起来，气宇轩昂地走出了餐厅，在门口遇见那个非常古怪的红头发年轻人。今天早上，他戴了一条扎眼的绿色格子领带———一条羊毛领带。

可笑，波伊尔太太心里说。可笑至极。

他看人的方式也让她不喜欢，从苍白的眼睛斜着看人。这样略微嘲讽的眼神不正常，让人很不舒服。

我猜这人肯定是精神不正常，波伊尔太太想。

她微微点了下头，算是回应他夸张的鞠躬，然后快步走进宽敞的客厅。这里有舒服的椅子，尤其是那把玫瑰色的大椅子。波伊尔太太觉得还是声明这把椅子属于她比较好。她把织了一半的毛衣放在椅子上，以防被别人抢占。接着走到暖气旁，伸出一只手放在上面。不出她所料，暖气只是温和而已，并不算热。波伊尔太太眼里闪出一丝斗志。她对此可有话要说。

她朝窗外望了望。糟糕的天气——真是糟透了。不过她不会在这儿待太久的——除非这地方住进更多人，变得有趣起来。

积雪从屋顶滑落，发出轻微的嘶嘶声。波伊尔太太跳了起来。"不，"她大声说，"我不会在这儿住太久的。"

有人轻声笑了起来，笑声很尖。她迅速转过身去。年轻的雷恩正站在门口望着她，表情怪异。

"是的，"他说，"我就猜您不会住太久的。"

梅特卡夫少校正在帮贾尔斯铲除后门外的雪。他是把干活的好手，贾尔斯对此不胜感激。

"很好的锻炼方式，"梅特卡夫少校说，"每天都要运动。保持健康嘛，你明白的。"

看来少校是个运动狂。贾尔斯也想到了这一点，因为他七点半就要求吃早餐。

少校像是猜到了贾尔斯的心思，他说："非常感谢你妻子这么早为我准备早餐。还煮了个新鲜的鸡蛋，真是细心。"

由于旅馆工作的特殊性，贾尔斯不到七点就起床了。他和莫莉煮了鸡蛋吃，喝过茶，开始收拾起居室。所有地方都打扫得一尘不染。贾尔斯不禁想，假如他自己是这里的一个房客，他就要睡到最后一刻，在那之前谁也别想把他从床上拉起来。

然而，少校不仅起床还吃了早餐，在房子里到处溜达，似乎精力旺盛得无处释放。

好吧，贾尔斯想，有不少雪等着铲呢。

他用余光扫视这位老兄。这可真不是个容易看透的人：身经百战，人过中年，目光中带有异样的警惕，是个喜怒不形于色的人。贾尔斯好奇他为什么来到蒙克斯维尔庄园。很可能是复员后没找到工作吧。

帕拉维奇尼先生下来晚了。他喝了杯咖啡，吃了片烤面包——简单的欧陆式早餐。

当莫莉把早餐端给他时，他有些不知所措，站起身来，夸张地鞠躬，大声说道："你就是迷人的女主人吧？我说对了，不是吗？"

莫莉含糊地回应他判断得对。这种时候她可没心思接受赞美。

"为什么呢，"她一边草草将碗碟扔进水槽一边说，"每个人吃早餐的时间都不一样——有点麻烦啊。"

她把盘子放进架子里就急忙上楼整理床铺去了。今天早上指望不上贾尔斯能帮到她。他得清扫出一条通往锅炉房和鸡舍的路来。

莫莉以最快的速度和最草率的方式收拾着床铺，尽可能快地把床单拉开、铺平。

她在打扫浴室时电话铃响了。

莫莉先是因为被打断工作而咒骂了一句，而后略感安心的是至少电话还能用，于是跑过去接听。

她气喘吁吁地跑到藏书室，拿起听筒。

"喂？"

电话那边的声音响亮有力，带着微微悦耳的乡村口音问道："是蒙克斯维尔庄园吗？"

"这里是蒙克斯维尔庄园家庭旅馆。"

"请让戴维[①]中校接电话好吗？"

"恐怕他这会儿没法来接电话，"莫莉说，"我是戴维斯夫人。

---

①戴维斯的昵称。

请问您是谁?"

"伯克郡警察局的霍格本警司。"

莫莉轻轻吸了一口气。她说:"哦,好……呃……什么事?"

"戴维斯夫人,出了点急事。电话里我不想说太多,不过我派了特洛特警长去你们那边,他应该马上就到了。"

"可他没法过来啊。我们被雪困住了——完全是大雪封门。路都不通了。"

电话另一端的声音传来十足的自信。

"特洛特会顺利过去的,"他说,"请转告你的丈夫,戴维斯夫人,要非常仔细地听特洛特跟你们说的话,并且绝对服从他的指示。就这样。"

"可是霍格本警司,是什么事——"

那边直接挂断了电话。霍格本显然是把要说的话说完就挂断了。莫莉摇晃了几下电话架子,继而放弃。她刚一转身,门开了。

"哦,亲爱的贾尔斯,你回来了。"

贾尔斯头发沾着雪,脸上蹭了不少煤灰。看起来有些热。

"怎么了,亲爱的?我已经把煤斗装满了,柴火也搬进屋里了。后面我要去喂喂那些老母鸡,再去看看锅炉房。这样可以吧?怎么了,莫莉?你好像被吓着了。"

"贾尔斯,警察来电话了。"

"警察?"贾尔斯将信将疑。

"是的,他们派了个督察还是警长什么的正赶过来。"

"可是为什么呢?我们干什么了?"

"我不知道。你觉得会不会是因为我们从爱尔兰带回来两磅黄油啊?"

贾尔斯皱眉。"我肯定没忘记办收音机许可证,对吧?"

"对,许可证就在书桌里。贾尔斯,老彼得罗克夫人给了我五张配给券①,我用来买那件旧花呢大衣。这样错了吗——可我觉得完全没问题呀。我缺一件大衣,为什么不能用配给券呢?哦,亲爱的,我们还做过什么事呢?"

"那天我差点和另一辆车撞上,但完全是那个家伙的错,绝对是。"

"我们肯定是做错了什么事。"莫莉哭着说。

"问题是现如今不管做什么事几乎都是违法的,"贾尔斯沮丧地说,"所以大家总是有负罪感。其实我估计是跟开这家店有什么关系。开个家庭旅馆可能有各种我们闻所未闻的麻烦事。"

"我原以为只要不提供酒就没事了呢。我们没给任何人喝过一点酒。另外,我们在自己家里开旅馆,不是我们想怎么搞就怎么搞吗?"

"我知道。听起来是没错。但就像我说的,现如今什么事都或多或少地被禁止了。"

"哦,亲爱的,"莫莉叹了口气,"我们要是没开这家店该多好啊。现在好了,要被雪困住好几天,大家都会冲我们发火,他们会吃光我们贮存的罐头——"

"振作点,亲爱的,"贾尔斯说,"我们只是暂时遇到了大麻烦,不过总会过去的。"

他漫不经心地亲吻了一下她的额头,然后拿开手,换了种语气说:"你知道的,莫莉,仔细想想,肯定是有什么要紧的事,他们才会在这种天气下派一名警官长途跋涉过来。"他朝外面的

---

① 一九四〇年一月八日起,英国实行配给制度,公民凭票换取特定额度的实物,以保证战时所需。

雪摆了摆手。他说,"肯定是什么相当紧急的事——"

就在他们四目相对的时候,门开了,波伊尔太太走了进来。

"啊,原来你在这儿呢,戴维斯先生,"波伊尔太太说,"你知道客厅的暖气冷得像石头一样吗?"

"对不起,波伊尔太太。我们的煤不多了,而且——"

波伊尔太太无情地打断了他。"我在这里一周要付七个畿尼——七个畿尼啊。我可不希望被冻僵。"

贾尔斯脸一红,立刻答道:"我这就去添煤。"

他走出房间,波伊尔太太转身又朝莫莉说:

"你要是不介意的话,我得说,戴维斯夫人,你们安排住这儿的那个年轻人古怪得很。他的举止——还有他的领带——而且他是从来都不梳头吗?"

"他是一位才华横溢的青年建筑师。"莫莉说。

"你说什么?"

"克里斯多夫·雷恩是一名建筑师,而且——"

"亲爱的年轻夫人,"波伊尔太太厉声说,"我自然是听说过克里斯多夫·雷恩爵士。他当然是一位建筑师。圣保罗大教堂就是他建造的。你们这些年轻人好像总以为教育是在《教育法》制定后才开始的。"

"我说的是这个雷恩。他的名字是克里斯多夫。父母给他起这个名字是希望他成为建筑师。他是——或者说差不多是——一名建筑师了,所以叫这个名字也无可厚非。"

"哼,"波伊尔太太嗤之以鼻,"这故事听起来很可疑。如果我是你,就会再多问他一些问题。你对他了解吗?"

"和我对您的了解一样多,波伊尔太太——你们俩都是每周付我们七个畿尼。我只需要知道这一点就够了,不是吗?跟我有关系的只有这一点。我都没怎么在意是喜欢——"莫莉紧紧盯住波伊尔太太,"还是讨厌房客。"

波伊尔太太气得面红耳赤。"你太年轻了,没有经验,应该虚心接受懂得比你多的人给予的建议。还有那个古怪的外国人是怎么回事?他是什么时候来的?"

"半夜来的。"

"果然。古怪至极。那时候住进来太少见了。"

"把善良的旅行者拒之门外是违法的,波伊尔太太。"莫莉温和地补了一句,"您可能对这方面不清楚。"

"我要说的是那个帕拉维奇尼,不管他叫什么吧,在我看来——"

"当心,当心,亲爱的女士。您说风风就——"

波伊尔太太跳了起来,好像"风"真的刮来了一样。帕拉维奇尼先生蹑手蹑脚溜了进来,两位女士都没注意到他。他哈哈大笑,像个老魔鬼似的搓着双手,满心欢喜。

"你吓着我了,"波伊尔太太说,"我没听见你进来。"

"我是踮起脚走的,因此,"帕拉维奇尼先生说,"谁也听不到我进进出出。我觉得这样太有趣了。有时还能无意中听到些事情。这也是我觉得有趣的原因。"他又轻声说,"我听到的是不会忘掉的。"

波伊尔太太随意应付着说:"是吗?我得去织毛衣了——我把它落在了客厅里。"

她急匆匆地走了出去。莫莉站着,一脸疑惑地看着帕拉维奇尼先生。他连蹦带跳地来到她面前。

"我们迷人的女主人看起来心烦意乱啊。"还没来得及制止,他已经拾起她的手,亲了亲。"怎么了,亲爱的夫人?"

莫莉往后退了一步。她对帕拉维奇尼先生没什么兴趣。他色眯眯地看着她，像个老色鬼一样。

"今天上午全是麻烦事，"她轻描淡写地说，"都是因为这场雪。"

"是啊。"帕拉维奇尼先生转过头去，看向窗外，"下雪让什么事都变得非常困难，不是吗？不过也让很多事变得异常容易。"

"我不明白您的意思。"

"是的，"他若有所思地说，"你不明白的事多着呢。首先，我认为你对于经营一家旅馆了解的就不多。"

莫莉不服气地抬起下巴。"我想我们是不太懂。但是我们打算试试看。"

"好极了，好极了。"

"毕竟，"莫莉的声音中透出一丝焦虑，"我做饭并不是太差劲——"

"毫无疑问你是个很棒的厨师。"帕拉维奇尼先生说。

真是个讨厌的外国人，莫莉心想。

帕拉维奇尼先生可能看出了她的心思。不管怎样他还是转变了态度，严肃地悄悄对她说：

"我能给你一点忠告吗，戴维斯夫人？你和你丈夫不能太轻信他人，你知道的。这些房客给你推荐信了吗？"

"通常会有这东西吗？"莫莉显得很困惑，"我以为只要——只要人过来就好了。"

"既然住在同一屋檐下，还是对这些人有所了解才算明智吧。"他向前探了探身，拍了拍她的肩膀，像是在恐吓。"拿我自己来举例吧。我是半夜来的。说是在雪堆里翻车了，可你们对我了解多少呢？完全不了解。或许你们对其他房客也是一无所知吧。"

"波伊尔太太——"莫莉刚要开口就收住了,她看见那位女士又回来了,手里织着毛衣。

"客厅太冷了。我还是坐在这里吧。"她快步朝壁炉走去。帕拉维奇尼先生脚尖一转,迅速赶到她的前面。"请允许我为您拨拨火吧。"

莫莉像昨晚一样被他轻快的步伐吓了一跳。她注意到他总是小心地背对着灯光。而此刻就在他跪着拨弄炉火时,她突然想明白原因了。帕拉维奇尼先生的脸显然是经过精心"化妆"的。

这么说这个老傻瓜是想让自己看上去更年轻,是吧?呵,他不会得逞。他看上去没什么区别,甚至更老。唯一与年纪不相符的是他矫健的步伐。也许走路的样子也是刻意装出来的呢。

这时梅特卡夫少校快步走了进来,使她从臆想回到令人不悦的现实中来。

"戴维斯夫人。楼下衣帽间的水管,呃——"他谦恭地放低声音说,"恐怕是冻住了。"

"哦,我的天,"莫莉叫苦不迭,"多么糟糕的一天啊!先是警察,然后是水管。"

帕拉维奇尼先生当的一声把拨火棍掉到了炉膛里。波伊尔太太织毛衣的手也停住了。梅特卡夫少校突然僵住,脸上的表情难以形容,莫莉困惑地看着他,那是一种难以名状的表情。仿佛所有的情绪都被抽空,只剩下一副木雕泥塑。

他结结巴巴地问:"警察?你是说?"

她感觉得到,他木然的外表下某种猛烈的情绪暗流涌动。也许是恐惧、警惕或兴奋——总之是有什么不对劲。她告诫自己,这个人有可能很危险。

他又问了一遍,这次的语气才不算太奇怪,"警察是怎么回事?"

"他们打电话过来,"莫莉说,"就刚才。说是他们派了一位警长正赶过来。"她朝窗户看去。"不过我觉得他是来不了了。"话语中还是抱有希望。

"他们为什么派警察过来?"他朝她走近一步,可还没来得及回答,门就开了,贾尔斯走了进来。

"这该死的煤一半以上都是石头,"他愤愤地说,随即又敏锐地多问一句,"出什么事了吗?"

梅特卡夫少校朝他转过身去。"我听说有警察要到这里来,"他说,"怎么回事?"

"哦,没事的,"贾尔斯说,"谁也到不了这儿。怎么啦?积雪都有五英尺厚了,在路上堆得老高。今天不会有人来了。"

话音未落,从窗户清晰地传来三下重重的拍打声。

众人都吓了一跳。一时之间大家都没反应过来是哪里发出的声响。拍打声像幽灵的警告一样强烈而有威慑力。紧接着,莫莉大叫一声,指向落地窗。有个人站在窗外敲着窗玻璃。看到他踩着滑雪板,大家就明白他是怎么来到这儿的了。

贾尔斯喊了一声,走到房间另一头,笨拙地解开窗钩,打开了落地窗。

"谢谢你,先生。"这位新来的人说。他长着一张古铜色的脸,声音有点大众化,还算好听。

"特洛特警长。"他自我介绍道。

波伊尔太太一边织毛衣一边冷眼看着他。

"不可能是警长,"她不以为然地说,"你太年轻了。"

这个年轻人确实年龄不大,听到这句论断像是受到了侮辱,有些生气地说道:"我没有看上去那么年轻,太太。"

他的目光扫视众人,最后落在贾尔斯身上。

"你是戴维斯先生吧?我可以把滑雪板放在什么地方吗?"

"当然,请跟我来。"

他们一关上通往大厅的门,波伊尔太太就讥讽道:"要我看,现如今我们花钱养这些警察就是为了让他们好好享受冬季运动的吧。"

帕拉维奇尼走到莫莉身旁。他急促而低沉的声音中透着强烈的埋怨:"你为什么要叫警察来呢,戴维斯夫人?"

他直勾勾、恶狠狠地盯着她,使她有点畏惧。这时的帕拉维奇尼先生不太一样。她顿时感到害怕。她无奈地说:"我没有。我没叫警察。"

克里斯多夫·雷恩兴高采烈地走进来,低声但富有穿透力地问道:"大厅里那个人是谁啊?他从哪里来的?他精力可太旺盛了,浑身上下全是雪。"

波伊尔太太一边把毛衣针摆弄得噼啪作响一边回应他。"不管你信不信,那个人是警察。是个警察——滑着雪来的!"

她的神情像是在宣布,底层阶级的人终于要爆发了。

梅特卡夫少校轻声对莫莉说:"不好意思,戴维斯夫人,我可以用一下你们的电话吗?"

"当然可以,梅特卡夫少校。"

他朝电话机走去,克里斯多夫·雷恩又尖声说:"他长得太帅了,你们不这么认为吗?我一向认为警察都太有魅力了。"

"喂,喂——"梅特卡夫少校气急败坏地摇晃着电话。他转头对莫莉说:"戴维斯夫人,这部电话坏了,完全不能用啊。"

"刚才还好好的。我——"

她的话被打断了。克里斯多夫·雷恩高声、刺耳近乎歇斯底里地大笑起来。"这么说我们与外界失去了联系,完全隔绝了。真有意思,不是吗?"

"我可没看出来这有什么好笑的。"梅特卡夫少校冷冷地说。

"确实不好笑。"波伊尔太太说。

克里斯多夫仍大笑不止。"那这只对我自己来说是笑话了,"他说,"嘘,"他把手指放在嘴唇上,"那个侦探来了。"

贾尔斯陪着特洛特警长走了进来。后者已经安置好滑雪板,也抖落掉了身上的雪,手里正拿着一个大号笔记本和一支铅笔。他把大家带进那种要执行司法程序时不紧不慢的气氛中。

"莫莉,"贾尔斯说,"特洛特警长想要对咱俩单独问话。"

莫莉跟着他俩走出房间。"我们去书房吧。"贾尔斯说。

他们走进了大厅后面的小房间,这里其实并不像个书房。特洛特警长小心翼翼地关上了身后的门。

"我们做错什么事了,警官?"莫莉伤心地问。

"做错了什么?"特洛特警长盯着她看。接着他一咧嘴笑了出来。"哦,"他说,"不是那回事,夫人。不好意思,让你们误会了。不是的,戴维斯夫人,完全不是这么回事。其实是警方保护的措施,不知你们明不明白。"

两个人完全没明白他的意思,好奇地看着他。

特洛特警长继续流利地说道:"是与里昂夫人——莫林·里昂夫人的死有关,两天前她在伦敦被人谋杀了。你们应该在报纸上看过这个案子吧。"

"看过。"莫莉说。

"首先我想了解的是,你们认识里昂夫人吗?"

"从来没听说过这个人。"贾尔斯说,莫莉也小声地表示同意。

"嗯，我一猜就是这样。但事实上，被谋杀的女人真名并不是里昂。警方有她的记录和指纹备案，毫不费力就确认了她的身份。她的真名叫格雷格——莫林·格雷格。她过世的丈夫叫约翰·格雷格，是个农场主，住在离这不远的隆里奇农场。想必你们听说过隆里奇农场案吧。"

房间里非常安静。正巧有雪块毫无征兆地从屋顶上啪嗒一声轻轻掉落在外面的地上，打破了寂静。这声音神秘莫测、近乎险恶。

特洛特继续说："一九四〇年，三个逃难的孩子住进了隆里奇农场的格雷格家里。其中一个孩子遭到违法的疏忽和虐待而死。这个案子轰动一时，格雷格夫妇二人被判入狱。格雷格在被押解的路上逃跑，偷了一辆车想躲避警方的追捕。但是出了车祸，当场死亡。格雷格夫人则在两个月前刑满释放。"

"现在她却被人杀了，"贾尔斯说，"你们觉得是谁干的呢？"

不过特洛特警长没有急着回答。"你记得这个案子吗，先生？"他问。

贾尔斯摇摇头。"一九四〇年我还在地中海服役，作为海军候补少尉。"

"我——我是听说过这个案子，我记得，"莫莉呼吸急促起来，"但是您为什么要来找我们呢？我们跟这案子有什么关系？"

"问题就在于你们正处于危险之中啊，戴维斯夫人！"

"危险？"贾尔斯表示不相信。

"是这样的，先生。有人在案发现场附近捡到一个笔记本。本子上写了两个地址。第一个是卡尔弗大街七十四号。"

"就是那个女人被杀的地方？"莫莉插话进来。

"是的,戴维斯夫人。另一个地址就是蒙克斯维尔庄园。"

"什么?"莫莉表示难以置信,"太不可思议了。"

"没错。正因为如此,霍格本警司才认为当务之急是找出你们和隆里奇农场之间,或是这所房子与隆里奇农场案之间的关联。"

"没什么关联——完全没有,"贾尔斯说,"肯定是种巧合。"

特洛特警长缓缓地说:"霍格本警司觉得不是巧合。假如有可能,他恨不得亲自过来。在这种天气状况下,因为我是个专业的滑雪者,所以他就派我来了,嘱咐我查清楚这房子里的每一个人,打电话向他报告。他还说为保证大家的安全,允许我采取任何合情合理的措施。"

贾尔斯急切地说:"安全?天啊,老兄,你该不会认为有人要在这里行凶吧?"

特洛特表示歉意,他说:"我没想吓唬你妻子,但没错,霍格本警司就是那么认为的。"

"可究竟为什么会——"

贾尔斯欲言又止,于是特洛特说:"这正是我此行所要查清楚的。"

"整件事太不可思议了。"

"是的,先生,这件事正因为不可思议,所以才危险。"

莫莉说:"还有更多的事您没告诉我们呢,不是吗,警官?"

"是的,夫人。在笔记本那一页的最上面写着:'三只瞎老鼠'。在女死者的尸体上别着一张写有'这是第一只'的纸条。字的下面还画了三只老鼠和一节乐谱。谱子就是儿歌'三只瞎老鼠'的曲调。"

莫莉轻声唱了起来:

"三只瞎老鼠,
看它们如何跑。
它们都追着农妇跑!
她——"

她唱到一半停住了。"啊,太可怕了,太可怕了。有三个孩子,对不对?"

"对,戴维斯夫人。一个十五岁的男孩,一个十四岁的女孩,还有个死掉的十二岁男孩。"

"那两个小孩后来怎样了?"

"那个女孩我猜是被什么人收养了。我们还没能找到她。那个男孩现在应该刚好二十三岁。我们和他失去了联系。据说他一直都有点——古怪。他十八岁入伍,后来当了逃兵,从那以后就消失了。军队里的精神科医生说他肯定不正常。"

"你们认为是他杀害了里昂夫人?"贾尔斯问,"而且他是个杀人狂,会突然莫名其妙在这儿出现?"

"我们推测这里的某一个人肯定与隆里奇农场案有关。只要证实了其中的联系,我们就好做防范了。先生,你说了和那个案子毫无瓜葛。你也是一样吗,戴维斯夫人?"

"我——哦,是的——是的。"

"或许你们愿不愿意具体跟我说说住在这所房子里的其他人?"

夫妇俩告诉了他那些人的名字。波伊尔太太、梅特卡夫少校、克里斯多夫·雷恩先生和帕拉维奇尼先生。他把这些名字写在笔记本上。

"仆人呢？"

"我们没雇仆人，"莫莉说，"这倒提醒了我，我得去把土豆炖上。"

她匆忙离开了书房。

特洛特转头问贾尔斯："你对这些人了解多少，先生？"

"我——我们——"贾尔斯停顿了一下，随即小声说，"说真的，我们对他们一无所知，特洛特警长。波伊尔太太是从伯恩茅斯一家旅馆写信说要过来的。梅特卡夫少校来自利明顿。雷恩先生是从南肯辛顿一家私人旅馆来的。帕拉维奇尼先生突然意外出现——说是从雪地里爬出来的更恰当——他在离这儿不远的一个雪堆处翻了车。还有，我猜他们都有身份证、配给册之类的东西吧？"

"当然，我会去检查这些的。"

"某种程度上来说遇上这么糟糕的天气真是运气好，"贾尔斯说，"杀人犯不大可能会在这种天气出现，是吧？"

"也许他不需要出现呢，戴维斯先生。"

"什么意思？"

特洛特警长犹豫片刻，然后说："先生，你要考虑到他有可能已经在这儿了。"

贾尔斯盯着他。

"你在说什么？"

"格雷格夫人是两天前遇害的。你们这里所有的房客都是在那之后到的，戴维斯先生。"

"是的，但他们都事先预订了——提前一段时间——除了帕拉维奇尼。"

特洛特警长叹了口气。他的声音中透出疲惫。"这些犯罪都是有预谋的。"

"这些犯罪？可只发生了一起命案啊。为什么您确定还会再有一起呢？"

"会发生的——不。我希望能阻止它。凶手会有这个企图，没错。"

"可这样的话——假如您说得对，"贾尔斯兴奋地说，"只有一个人有嫌疑。这个人年龄也正好符合。就是克里斯多夫·雷恩！"

特洛特警长到厨房来找莫莉。

"戴维斯夫人，我想请你和我一起去书房。我要和每个人都大概谈一谈。好心的戴维斯先生已经去准备了——"

"好吧，让我把这些土豆做完就好。有时我真希望沃尔特·雷利爵士①当年没有发现这些讨厌的食物。"

特洛特警长没说话，表示不同意。莫莉道歉说："我实在是无法相信这种事，您知道……太不可思议了……"

"不足为奇，戴维斯夫人——只是显而易见的事实罢了。"

"有关于这个人的描述吗？"莫莉好奇地问道。

"中等身材，偏瘦，穿一件黑色大衣，头戴浅色帽子，说话声很轻，用围巾遮住了脸。你瞧，谁都有可能是这样。"他顿了顿又说，"大厅这儿挂着三件黑色大衣和三顶浅色帽子，戴维斯夫人。"

"我想这些人都不是从伦敦来的。"

"不是吗，戴维斯夫人？"特洛特警长快步走到碗柜前面，拿起一份报纸。

---

①英国文艺复兴时期的学者、军人、诗人、探险家。一五八六年，沃尔特·雷利爵士将土豆引入英国。

"这是二月十九日的《旗帜晚报》①。两天前的。有人把报纸都带了过来，戴维斯夫人。"

"可是太奇怪了啊。"莫莉看着报纸，似乎隐约记起了什么，"这报纸是哪儿来的？"

"你不能总是以貌取人，戴维斯夫人。对于到你们家来的这些人，你们并不了解他们的底细。"他接着说，"我猜你和戴维斯先生是刚刚开始经营家庭旅馆吧？"

"是的，我们是新手，"莫莉承认。她突然觉得自己不成熟、愚蠢、幼稚。

"或许你们结婚也没多久吧？"

"刚一年。"她脸微微泛红，"一切都太突然了。"

"一见钟情。"特洛特警长表示同情。

莫莉发觉没办法不搭理他。"是的，"她突然信心十足地接着说，"我们只认识两个星期就结婚了。"

她的思绪回到了那十四天的闪电式恋爱。他们之间丝毫没有猜忌——都懂得对方的心。在这个充满焦虑和不安的世界里，他们奇迹般地找到了彼此。想到这里，她的嘴角泛起一丝笑容。

她回到现实中来，发现特洛特警长正宽容地看着她。

"你丈夫不是这附近的人，对吧？"

"是的，"莫莉心不在焉地回答，"他是林肯郡的人。"

她对贾尔斯的童年和成长期知之甚少。他父母双亡，所以总是对小时候的事避而不谈。她猜测贾尔斯的童年很不幸。

"要说经营这么个地方，恕我直言，你们俩都太年轻了。"特洛特警长说。

---

①伦敦当地的报纸，创办于一八二七年。

"哦,我不知道。我二十二岁,而——"

贾尔斯打开门走了进来,打断了她说话。

"都准备好了。我把大致的情况告诉了他们,"他说,"我想这样可以吧,警官?"

"事不宜迟,"特洛特说,"可以走了吗,戴维斯夫人?"

特洛特警长走进书房的一瞬间,听见有四个声音在说话。

最高声刺耳的是克里斯多夫·雷恩,他在大肆宣扬这事太令人兴奋了,他今晚是不会合眼睡觉了,还说:"拜托能不能把血淋淋的全部细节都告诉我们?"

波伊尔太太说话如同低音提琴的伴奏。"太气人了——纯粹是无能——凶手在村子里闲逛,警察却无能为力。"

帕拉维奇尼先生主要用手比画着来表达。他的手势远比说话更能传达出含义,因为声音都被波伊尔太太的低音提琴声掩盖住了。梅特卡夫少校时而断断续续地咆哮几句。他想知道事实。

特洛特等了一会儿,然后举起一只象征着权威的手,相当出乎意料的是屋里居然安静了下来。

"谢谢,"他说,"嗯,戴维斯先生把我的来意跟各位大致说过了。我想知道一件事,只有一件事,而且想马上知道。你们谁跟隆里奇农场案有关联?"

依旧没有打破沉默。四个人面无表情地看着特洛特警长。几分钟前的那些神情——兴奋、愤慨、歇斯底里、探询,如同石板上粉笔画的记号被海绵擦去般荡然无存。

特洛特警长更加急切地说:"请理解我。我们有理由相信,你们当中有一位正处于危险之中——生命危险。我必须得知道是你们中的哪一位!"

还是没有人出声或是走动。

特洛特的话语中似乎透出一些怒气。"非常好——那我一个一个问吧。帕拉维奇尼先生?"

帕拉维奇尼先生的脸上闪现出一丝淡淡的笑容。他抬起手,以一种外国人的方式表示抗议。

"我是头一次来这里,督察。我什么都不知道,对本地的陈年旧事完全不知情。"

特洛特不浪费时间。他大声问:"波伊尔太太?"

"我真不明白为什么——我是说——我怎么会和命案扯上关系呢?"

"雷恩先生?"

克里斯多夫尖声说:"我那时只是个孩子。我都不记得听说过这个案子了。"

"梅特卡夫少校?"

少校粗声粗气地说:"我在报纸上看到过这件事。事发时我被派驻到爱丁堡。"

"你们所有人都在内,要说的就这些吗?"

又是一阵沉默。

特洛特恼怒地叹了口气。"你们当中要是哪一个被谋杀了,"他说,"那只能怪自己。"说完,他突然转身离开了房间。

"亲爱的朋友们,"克里斯多夫说,"多么夸张啊!"他又说:"他长得很英俊,不是吗?我仰慕这个警察,如此铁面无私。整件事太刺激了。'三只瞎老鼠',怎么唱的来着?"

他轻轻吹起口哨来,莫莉不由自主地大喊:"别吹了!"

他转过身朝她笑了起来。"可是,亲爱的,"他说,"这是我的信号曲呀。我以前还从来没有被当成过杀人犯呢,这真是太有意思了!"

"一派胡言,"波伊尔太太说,"我一个字都不相信。"

克里斯多夫浅色的眼珠像个顽童似的在转动。"那您瞧着吧,波伊尔太太,"他压低声音说,"我会悄悄爬到您背后,让您感觉到我的双手掐住了您的脖子。"

莫莉吓得直往后退。

贾尔斯愤怒地说:"你吓着我妻子了,雷恩。这玩笑糟糕透了。"

"这可不是闹着玩的。"梅特卡夫说。

"哦,当然是了,"克里斯多夫说,"这只是个疯子的玩笑。所以才这么让人毛骨悚然嘛。"

他扫视了一圈,又大笑起来。"你们真应该看看自己的表情。"他说。

而后他快步走出了房间。

波伊尔太太头一个回过神来。"这真是个非常没礼貌、精神不正常的年轻人,"她说,"很可能是个故意逃兵役的家伙。"

"他跟我说,他在一次突袭中被埋了四十八个小时才获救,"梅特卡夫少校说,"我猜八成是这个原因造成的。"

"人们发神经总有各种借口,"波伊尔太太刻薄地说,"我敢说我在战争中所经历过的事不比任何人少,而我精神完全正常。"

"或许您也是一样的吧,波伊尔太太。"梅特卡夫说。

"你这话什么意思?"

梅特卡夫少校平静地说:"一九四〇年这个地区负责安排住处的官员我想实际上就是您吧,波伊尔太太。"他朝莫莉看了一眼,莫莉郑重地点了点头。"是这样,不是吗?"

波伊尔太太气得涨红了脸。"那又怎么样?"她问。

梅特卡夫严肃地说,"是您负责把三个孩子送到隆里奇农场的。"

"真是的,梅特卡夫少校,我不觉得我要对后来发生的事负什么责任。农场的人看起来都很友好,十分渴望孩子们住进去。依我看怎么说都不该怪我——我没什么要负责的——"她的声音弱了下来。

贾尔斯追问:"你为什么不告诉特洛特警长这件事呢?"

"这和警察毫无关系,"波伊尔太太大声说,"我能照看好自己。"

梅特卡夫少校镇定地说:"您最好小心为妙。"

然后他也离开了房间。

莫莉嘟囔着:"您肯定是负责安排住处的官员,我记得。"

"莫莉,你以前就知道啊?"贾尔斯凝视着她。

"您在公共用地上有幢大房子,对不对?"

"被征用了,"波伊尔太太说,"并且被彻底毁掉了,"她愤愤地又说道:"片瓦不存。惨无人道啊。"

帕拉维奇尼先生随之轻轻笑出声来。他仰起头,毫不掩饰自己的笑声。

"请原谅我,"他喘着气说,"不过确实好笑。我发现所有这些都太有意思了。我很开心——是的,我非常开心。"

这时特洛特警长又回到了房间里。他不以为然地瞥了眼帕拉维奇尼先生。"真高兴,"他嘲讽地说,"大家都觉得很好玩啊。"

"很抱歉,亲爱的督察。真的很抱歉。我把您制造的严肃警告气氛给破坏了。"

特洛特警长耸了耸肩。"我已经尽量把情况解释清楚了,"他说,"还有,我不是督察。我只是个警长。对不起,我想用一下电话,戴维斯夫人。"

"是我不对,"帕拉维奇尼先生说,"我还是默默离开吧。"

他可不是默默地,而是像莫莉之前注意到的一样,迈着洋洋洒洒、青春矫健的步伐离开了房间。

"他是个怪人。"贾尔斯说。

"像个罪犯,"特洛特说,"他的话一句也不能信。"

"哦,"莫莉说,"您觉得他——不过他年纪太大了——或者根本没那么老?他化了装——很浓的装。看他走路的样子很年轻。也许是化了装,看起来年纪大。特洛特警长,您觉得——"

特洛特警长对此不以为然。"这种毫无意义的猜测对我们没什么用,戴维斯夫人,"他说,"我得向霍格本警司报告了。"

他向电话机走去。

"您没法报告了,"莫莉说,"电话坏了。"

"什么?"特洛特猛地一转身。

他震惊的语气吓了大家一跳。"坏了?什么时候坏的?"

"梅特卡夫少校在您来之前就试过了。"

"可之前还是好好的啊。你不是接到霍格本警司的电话了吗?"

"是的。我想在那之后,电话线断了吧,被雪压断的。"

特洛特脸色却依旧凝重。"我猜,"他说,"有可能是被人切断的。"

莫莉大惊。"不会吧?"

"我去确认一下。"

他急忙跑出了房间。贾尔斯犹豫一下,也跟在他身后出去了。

莫莉叫道:"天哪!快到午餐时间了,我必须去做饭了——不然我们都得饿肚子。"

她一冲出房间，波伊尔太太就嘟囔起来，"什么都不会的黄毛丫头！这么个鬼地方。这么干活儿的话我是不会付那七个畿尼的。"

特洛特警长弯下腰，沿着电话线查看。他问贾尔斯："有分机吗？"

"有，在楼上我们的卧室里。要不我上去瞧瞧？"

"那麻烦你了。"

特洛特打开窗户，向外探身，拨开窗台上的雪。贾尔斯则赶忙上楼。

帕拉维奇尼先生在宽敞的客厅里。他走到一架大钢琴前面，打开琴盖，坐在琴凳上，用一根手指轻轻弹起曲子来。

　　三只瞎老鼠，
　　看它们如何跑……

克里斯多夫·雷恩待在卧室里，走来走去，惬意地吹着口哨。口哨声突然变小直到消失。他坐在床边，双手捂着脸开始啜泣。他孩子般地低声说着："我吹不下去了。"

接着他将心情稍作调整，站起来，挺直身板。"我必须吹下去，"他说，"我必须要把它吹完。"

贾尔斯站在他和莫莉房间里的电话机旁边。他靠近墙边低下身去，发现莫莉的一只手套掉在那里。他把手套捡起来，一张粉色的公共汽车票从里面掉了出来。贾尔斯站在那里，看着它飘落在地上，大惊失色。他简直像是变了个人，仿佛梦游一样拖着缓慢的脚步走到门口,打开门,站了好一会儿,注视着走廊另一头的楼梯口。

莫莉削完土豆放进锅里,又把锅放在炉子上。她看了眼烤箱,一切都在按部就班地进行着。

厨房桌案上放着那份两天前的《旗帜晚报》。她看着报纸直皱眉。要是能记起来就好了——

她突然用手蒙住双眼。"哦,不,"莫莉说,"哦,不!"

她慢慢拿开双手,像是观察陌生的地方那样朝厨房四周看了看。在这么温暖舒适又宽敞的地方,淡淡的饭香扑面而来。

"哦,不。"她又低声说道。

她像梦游似的,缓缓朝通往大厅的门口走去。她打开门,房子里除了有人吹口哨之外就听不到其他声音了。

这曲调——

莫莉哆哆嗦嗦直往后退。她等了一两分钟,又朝熟悉的厨房里望了望。是的,一切都井然有序地进行着。她又一次朝厨房的门走了过去。

梅特卡夫少校悄悄从后面的楼梯走下来,在大厅里待了一会儿。接着他打开了楼梯下面的大橱柜,朝里面望去。一点声响也没有。周围也没人,正是他采取行动的绝佳时机……

书房里,波伊尔太太有些气愤地拧着广播的旋钮。

她一开始调到的频道正讨论着儿歌的起源和重要意义。她最不想听的就是这个。她耐着性子又调,这次听到一个优雅的声音:"对于恐惧的心理一定要有彻底的了解。假如说你正孤身一人待在一个房间里。身后的门突然开了——"

门真的开了。

波伊尔太太大吃一惊,飞快转过身来。"哦,是你啊,"她松了一口气,"这玩意儿里面的节目都太愚蠢了。要我说完全没有什么值得听的!"

"我是不会花心思去听的,波伊尔太太。"

波伊尔太太哼了一声。"我还能干什么?"她问,"跟一个疑似杀人犯关在一所房子里,不过一时半会儿我是不会相信那个夸张的故事——"

"您不相信吗,波伊尔太太?"

"怎么……你是什么意思——"

一条雨衣上的腰带缠住她的脖子,快得以至于她还没反应过来是怎么回事。广播的旋钮被调向音量放大的一边。恐惧心理学讲师的博学理论响彻整个房间,盖过了波伊尔太太垂死挣扎所发出的声音。

她并没有发出太多声响。

凶手干这种事太专业了。

众人都在厨房里挤作一团。煤气灶上煮着土豆的锅里正欢快地冒着气泡。烤箱里牛排腰子饼的香味异常浓郁。

四个受了惊吓的人面面相觑。第五个人,莫莉脸色惨白,浑身发抖,小口喝着第六个人——特洛特警长——硬塞给她的威士忌。

特洛特警长板着脸,怒气冲冲地扫视着众人。就在五分钟前,他和其他人听见莫莉的惊声尖叫后赶忙跑到藏书室里来。

"你发现她的时候,她才刚刚断气,戴维斯夫人,"他说,"你确定经过大厅时没有看到什么人或听到什么响动吗?"

"有口哨声,"莫莉有气无力地说,"不过那是在这之前了。我记得……我不确定——我记得听见了关门的声音——很轻,从哪里传来……就在我……在我……走进藏书室的时候。"

"哪扇门？"

"我不知道。"

"再想想，戴维斯夫人——尽力回想一下——楼上还是楼下，是右还是左？"

"我不知道，我跟你说了，"莫莉大叫，"究竟有没有听到声音我都不确定。"

"你能不能不要再逼她了？"贾尔斯气愤地说，"没看到她已经精疲力尽了吗？"

"我在调查一起谋杀案，戴维斯先生，不好意思，戴维斯中校。"

"我已经不用战时的头衔了，警官。"

"确实，先生。"特洛特停顿一下，好像发现些许细微之处。"就像我所说的，我在调查一起谋杀案。直到现在谁都没把这件事情当回事。波伊尔太太没当回事。有些信息她拒绝向我透露。你们都对我有所隐瞒。这下好了，波伊尔太太死了。除非我们能查个水落石出，否则小心，有可能很快还会再发生一起谋杀。"

"再发生一起？无稽之谈。为什么？"

"因为，"特洛特警长严肃地说，"有三只瞎老鼠。"

贾尔斯将信将疑地说："它们会一只一只死去？但总得有什么联系吧——我的意思是和那个案子有联系。"

"没错，肯定是有联系。"

"可为什么是在这儿再发生一起命案？"

"因为笔记本上只有两个地址。在卡尔弗大街七十四号只有一个人可能被杀。她已经死了。但是在蒙克斯维尔庄园，人就多了。"

"不可能,特洛特。不太可能这么巧吧,涉及隆里奇农场案的两个人都恰好来到这里。"

"在某种情况下不算是巧合。想想吧,戴维斯先生。"他转身面向其他人,"波伊尔太太遇害时你们的位置都跟我说过了。我要调查一下。雷恩先生,你是在房间里听到戴维斯夫人尖叫的?"

"是的,警官。"

"戴维斯先生,你是在楼上的卧室里检查电话分机来着?"

"是的。"贾尔斯说。

"帕拉维奇尼先生在客厅里弹钢琴。对了,没人听见你弹琴啊,帕拉维奇尼先生?"

"我弹得非常非常轻,警官,只用一根手指头。"

"弹的什么曲子?"

"'三只瞎老鼠',警官。"他一笑,"和雷恩先生在楼上吹的口哨是同一首。每个人的脑袋里都萦绕着这首曲子吧。"

"这首曲子真可怕。"莫莉说。

"电话线怎么样了?"梅特卡夫问,"是有人故意切断的吗?"

"是的,梅特卡夫少校。餐厅窗户外面的一段被人切断了——就在戴维斯夫人尖叫时我刚好发现。"

"真疯狂。凶手还指望着能侥幸逃走吗?"克里斯多夫尖声叫道。

警长仔细地打量着他。

"或许他根本不在乎这一点,"他说,"或者他可能很确信比我们要聪明。杀人犯都这样。"他又补充道:"我们在训练时上过心理学课程。一个精神分裂症患者的心理会非常有趣。"

"别讲这些术语好吗?"贾尔斯说。

"当然可以，戴维斯先生。现在和我们有关系的就是两个双字词。一个是'谋杀'，另一个是'危险'。我们要关心的就是这两个词。好了，梅特卡夫少校，我得搞清楚您当时在做什么。您说是在地下室——为什么在那里？"

"四处转转，"少校说，"我往楼梯下面的橱柜里看，然后注意到里面有一扇门。打开门看到一段楼梯，我就下去了。你们这地下室不错，"他对贾尔斯说。"要我说，它像个老式修道院的地下室。"

"我们可不是做考古研究工作的，梅特卡夫少校。我们在调查一起谋杀案。你来辨别一下好吗，戴维斯夫人？我去开一下厨房门。"他走了出去，嘎吱一声，把一扇门轻轻地关上了。"你当时听到的是这个声音吗，戴维斯夫人？"他又回到厨房门口问道。

"我——确实听上去差不多。"

"我关的是楼梯下面橱柜的门。你们看，有可能凶手杀死波伊尔太太之后，穿过大厅往回走，听见你从厨房出来的声音，就溜进橱柜里，回手把门一关。"

"这样橱柜里就会留下他的指纹了。"克里斯多夫大叫。

"那儿已经有我的指纹了。"梅特卡夫少校说。

"的确，"特洛特警长说，"不过我们对此已经有了合理的解释，不是吗？"他顺势加了一句。

"我说警官，"贾尔斯说，"诚然，现在是由您来负责这个案子。但这是我的房子，某种程度上来说，我也要对这里的房客负责。我们不应该采取些防范措施吗？"

"比如说呢，戴维斯先生？"

"好，坦率讲，把再明显不过的首要嫌疑人看管起来。"

他直接朝克里斯多夫·雷恩看去。

克里斯多夫·雷恩向前一跃而起，他高声尖叫，歇斯底里。"不是这样！不是这样！你们都针对我。所有人都一直针对我。这件事你们是想陷害我啊。这是迫害——迫害——"

"冷静，小伙子。"梅特卡夫少校说。

"没事的，克里斯。"莫莉走上前去。她伸出手拉住他的胳膊。"没人针对你。快告诉他没事的。"她对特洛特警长说。

"我们不陷害好人。"特洛特警长说。

"告诉他，您没想要逮捕他。"

"我们不会随便抓人。要抓人得需要真凭实据。没有证据——就目前而言。"

贾尔斯大声喊道："我想你是疯了，莫莉。还有你也是，警官。符合要求的人只有一个，而且——"

"等等，贾尔斯，等等——"莫莉打断了他，"哦，安静点。特洛特警长，我能……我能和您谈一谈吗？"

"我就待在这儿。"贾尔斯说。

"别，贾尔斯，麻烦你也回避一下。"

贾尔斯的脸色变得阴沉。他说："我不知道你遇到了什么事，莫莉。"

他跟着其他人一起走出房间，猛地关上门。

"好了，戴维斯夫人，怎么了？"

"特洛特警长，当您跟我们提起隆里奇农场案时，似乎认为一定是最年长的男孩干的这些事。但是您并不确定，对吗？"

"确实是这样，戴维斯夫人。但可能性明摆着呢——精神状态不稳定，从军队逃出来，精神科医生的诊断。"

"哦，我知道，就因为这样疑点都指向了克里斯多夫。可我不相信是克里斯多夫干的。肯定有其他可能性。那三个孩子难道没有其他什么亲属吗——比如父母？"

"有。母亲去世了。父亲当时在海外服役。"

"那么他有嫌疑吗？他现在在哪里？"

"我们不得而知。他去年拿到了退伍证明。"

"既然儿子精神不正常，父亲说不定也有问题呢。"

"有可能。"

"所以凶手也许是个中年人或者再老一点呢。回想起来，当我告诉梅特卡夫少校警察打过电话来时，他吓得六神无主。真的吓坏了。"

特洛特警长平静地说："请相信我，戴维斯夫人，我从一开始就考虑到了全部的可能性。那个男孩吉姆、他父亲，甚至是他妹妹。凶手有可能是个女人，你要知道。我的考虑丝毫没有遗漏。我心里相当确定——不过我还不完全确定——目前还不能。确认什么事或什么人真是太难了——尤其是现如今。在警察局做事，很多事让你出乎意料。特别是婚姻中的事，闪婚——战时婚姻。你知道，他们不了解彼此背景，没见过家人或亲属。相互之间轻言轻信。这家伙说他是个飞行员或者陆军少校——姑娘就深信不疑。有时她过了一两年才发现，他是个外逃的银行职员或者士兵，并且有妻子和家人。"

他停顿了一下，又继续说：

"你的想法我十分清楚，戴维斯夫人。我只想跟你说一件事。凶手乐在其中。我最确定的就是这一点。"

说完，他朝门口走过去。

莫莉笔直地站着，一动不动，脸颊通红。呆呆地站了一会儿之后，她慢慢走到火炉边，跪下来打开炉门。一种诱人而熟悉的香味飘到面前。她的心情变得轻松起来。她仿佛穿梭回美好而熟悉的日常生活中,做饭、干活、管理家事,过着普普通通、平平淡淡的生活。

这么说,自古以来女人就在为她们的男人做饭,疯狂而危险的世界与她们无关。厨房里的女人很安全,永远都是安全的。

厨房门开了。她转过头去看,是克里斯多夫·雷恩走了进来。他有些气喘吁吁。

"亲爱的,"他说,"吵得不可开交啊!有人偷了警官的滑雪板!"

"警官的滑雪板?可为什么有人要偷这个啊?"

"我真是想不明白。我的想法是,如果警官决定离开这儿,我猜凶手不是应该求之不得吗?我觉得真是太没道理了,是吧?"

"贾尔斯把滑雪板放在楼梯下面的橱柜里了。"

"呵,现在不见了。有趣吧?"他开怀大笑,"警官气得暴跳如雷。像只乌龟一样乱咬人。他在骂可怜的梅特卡夫少校。这位老兄坚持说,波伊尔太太遇害之前他去橱柜里看过,但没注意到滑雪板在不在里面。特洛特说他肯定注意到了。要我说啊,"克里斯多夫压低声音,并向前探身说,"这件事让特洛特开始不安了。"

"这让所有人都紧张不安。"莫莉说。

"我没有。我觉得太刺激了。完全像在做梦似的。"

莫莉厉声说:"假如发现她的人是你,你就不会这么说了。我指的是波伊尔太太。我一直在想这件事——我没办法忘掉。她整张脸都涨得发紫——"

她浑身颤抖着。克里斯多夫走到她的身边,一只手搭在肩膀上。

"我知道,我真傻。对不起,没为你着想。"

莫莉的喉咙哽咽住了。"刚刚好像还什么事都没有呢……煮饭……厨房,"她浑浑噩噩、语无伦次地说,"突然就……又都回来了——像个噩梦似的。"

克里斯多夫·雷恩站在那儿看着她低垂着的头,脸上的表情很是古怪。

"我知道,"他说,"我知道。"他转身离开。"嗯,我最好还是离开——免得打扰你。"

他的手刚碰到门把手莫莉就大喊:"不要走!"

他转过身,疑惑地看着她,接着慢慢走了回来。

"你真的这么想吗?"

"怎么想?"

"你真不想让我——走吗?"

"是的,不想。我不想一个人。我害怕一个人待着。"

克里斯多夫在桌子旁坐了下来。莫莉弯腰去烤箱里取出馅饼,放到更高的架子上。然后关上烤箱门,又来到他旁边。

"太有意思了。"克里斯多夫平静地说。

"什么有意思?"

"你不害怕和我单独在一起。你不怕,对吗?"

她摇了摇头。"是的,我不怕。"

"你怎么不怕呢,莫莉?"

"我也不知道——我不怕。"

"但我是唯一有嫌疑的人啊。一个符合凶手特点的人。"

"不是,"莫莉说,"还有其他可能性,我刚刚和特洛特警长说过了。"

"他同意你的看法吗?"

"他没反对。"莫莉缓缓地说。

有些话反复在她脑子里回荡着,尤其是最后那句:"你的想法我十分清楚,戴维斯夫人。"可他真的知道吗?他怎么可能知道?他还说过,"凶手乐在其中。"这是真的吗?

她对克里斯多夫说:"你没有乐在其中,对吗?尽管你刚才那么说了。"

"天哪,没有,"克里斯多夫吃惊地看着她说,"你说这话可太奇怪了。"

"哦,不是我说的,是特洛特警长。我讨厌那个人!他把想法强加于人——那些不正确的想法——根本不可能正确的想法。"

她双手撑着脑袋,捂住双眼。克里斯多夫很绅士地把她的手拿开。

"喂,莫莉,"他说,"到底怎么了?"

她任由对方轻轻扶着自己坐在厨桌旁边的椅子上。他原本歇斯底里或者孩子气的举止不复存在。

"出什么事了,莫莉?"他问。

莫莉看着他——端详了好一会儿。她问了个不相干的问题,"我们认识多久了,克里斯多夫?两天吧?"

"差不多吧。你的意思是不是虽然我们认识时间这么短,但好像彼此很熟悉一样。"

"是的,真奇怪,不是吗?"

"哦,我不知道。可能因为我们都吃过苦,所以同病相怜吧。"

这不是在提问,而是陈述观点。莫莉没有回应。她也以陈述句而非疑问句轻声地说:"你的真名不叫克里斯多夫·雷恩,对吧。"

"对。"

"你为什么——"

"挑了这个名字?哦,只是突发奇想而已。在学校时他们嘲笑我,叫我克里斯多夫·罗宾[①]。我从罗宾又联想到了雷恩。"

"你的真名叫什么?"

克里斯多夫平静地说:"我想还是不要说了吧。对你来说也没什么意义。我不是建筑师。其实我是部队里的逃兵。"

莫莉的眼中闪过一丝警惕。

克里斯多夫注意到了她的变化。"是的,"他说,"和我们未知的凶手很像。我跟你说过,我是唯一有嫌疑的人。"

"别傻了,"莫莉说,"我也跟你说了,我不相信你是凶手。继续跟我说说你的事吧。你为什么当逃兵,因为精神紧张吗?"

"你是说害怕吗?没有,我没害怕,够奇怪的——至少没比其他人更害怕。事实上我还因在战斗中保持冷静而出名呢。不,是由一件完全不同的事引起的——我的母亲。"

"你的母亲?"

"是的。嗯,她在一次空袭中遇难了,被埋在土里。他们——他们得把她挖出来。听到这个消息我也不知道是怎么想的——大概是有些发疯了吧。我想,嗯,这件事摊到我头上。我觉得我必须立刻回家,把自己挖出来……我解释不清楚……全都糊里糊涂的。"他低下头,手捂着脸,说话声听不清楚。"我出去找了好久,找她,或是找我自己,我也不知道是在找哪一个。后来,我清醒之后就不敢回去报告——我知道我怎么也没办法解释。在那之后,我就……什么都没干了。"

[①]美国动画《小熊维尼》中维尼的好朋友。

他凝视着对方，稚嫩的脸上布满了绝望。

"你千万不能这么想，"莫莉温柔地说，"你可以重新开始。"

"人可以重新开始吗？"

"当然——你还非常年轻嘛。"

"是，可是你知道——我已经走投无路了。"

"不，"莫莉说，"你没有走投无路，你只是这么以为。我相信每个人在他们的生命里，至少都会经历一次这种感受——就是濒临绝境，没有办法走出去。"

"你有过吗，莫莉？你肯定有过——才会说出这样的话来。"

"有过。"

"你是遇到了什么事？"

"我遇到的事和许多人是一样的。我和一个年轻的战斗机飞行员订了婚——而他阵亡了。"

"不止是这个原因吧？"

"我想是吧。我小时候遭受过一次严重的打击。我经历了一件相当残酷野蛮的事。那件事使我以为人生总是被恐惧所笼罩。杰克的死正好印证了我的想法，人的整个一生命途多舛、变幻莫测。"

"我明白。然后我猜，"克里斯多夫看着她说，"贾尔斯出现了。"

"是的。"他从她嘴角的颤动看到了温柔而近乎害羞的微笑。"贾尔斯出现了——一切步入正轨、平平安安、开开心心——贾尔斯！"

笑容从她的嘴角消失了。脸上的表情忽然很痛苦。整个人像是被冻得打哆嗦。

"怎么了，莫莉？是什么吓到你了？你很害怕，是不是？"

她点了点头。

"是和贾尔斯有关吗?他说了或者做了什么吗?"

"不是贾尔斯,真的。是那个可怕的男人!"

"哪个可怕的男人?"克里斯多夫惊讶地问道,"帕拉维奇尼?"

"不,不是。是特洛特警长。"

"特洛特警长?"

"他暗示我一些事……提示我一些事——把和贾尔斯有关的可怕想法硬塞进我的脑子里——那些我原本没想过的事。哦,我讨厌他,我讨厌他!"

克里斯多夫略微有些吃惊,扬起眉毛。"贾尔斯?贾尔斯!对,当然,他和我年龄差不多大。他看上去比我大不少——不过实际应该不是这样,真的。是的,贾尔斯同样也有嫌疑。但是莫莉,这都是无稽之谈。那个女人在伦敦被杀那天,贾尔斯正和你在这里。"

莫莉没有回答。

克里斯多夫急切地看着她。"他不在这里吗?"

莫莉喘不上气来,结结巴巴地说了起来:"他一整天都在外面……开着车——他去郡的另一边买铁丝网——至少他是这么说的……我也是这么以为的……直到、直到——"

"直到什么?"

莫莉缓缓伸出手,指着摊在厨桌上那份《旗帜晚报》的日期。

克里斯多夫看了看,说:"伦敦出版的,是两天前的。"

"贾尔斯回来后,这是我在他口袋里发现的。他——他肯定去了伦敦。"

克里斯多夫大吃一惊。他盯着报纸看了看,又睁大眼睛看着莫莉。他噘起嘴开始吹口哨,接着突然停了下来。现在吹这个曲子可不太合适。

他避开她的目光,用词非常小心地说:"实际上你对贾尔斯了解多少?"

"别这么说,"莫莉喊道,"别这么说!可恶的特洛特刚才就是这么说的,或者这么暗示的。他说女人常常对她要嫁的男人一无所知,特别是在战时。丈夫说什么,她们……她们就信什么。"

"这种说法没错,我觉得。"

"你不要也说这种话!我受不了。我们都深陷泥潭之中,多么疯狂的想法都会相信——但那不是真的!我——"

她停住了。厨房的门开了。

贾尔斯走了进来。他的脸色相当难看。"我打搅到你们了吗?"他问。

克里斯多夫从桌子旁边走开。"我正在学习烹饪课程。"他说。

"真的吗?好,我说雷恩,此时此刻私下谈心可不是什么好事。你离厨房远一点,听见了吗?"

"哦,可是确实——"

"你离我妻子远一点,雷恩。她不想成为下一个被杀的人。"

"这个,"克里斯多夫说,"正是我所担心的。"

显然贾尔斯没有注意到对方的言外之意。他只是脸色更加阴沉,成了砖红色。"担心是我的事,"他说,"我会照顾好我妻子的。你滚出去吧。"

莫莉果断地说:"请离开吧,克里斯多夫。是的,走吧。"

克里斯多夫慢慢朝门口走去。"我不会走太远的。"他说。这话在莫莉听起来用意再明显不过了。

"你到底出不出去?"

克里斯多夫发出孩子般咯咯的大笑声。"好,好,中校。"他说。

他关上门后,贾尔斯对莫莉说:

"天哪,莫莉,你疯了吗?怎么把自己和一个危险的杀人狂单独关在这里啊!"

"他不是——"她马上改了口,"他不是危险人物。总之我会保持警惕的。我能……照顾好我自己。"

贾尔斯冷笑。"波伊尔太太也是这么想的。"

"哦,贾尔斯,别这么说。"

"对不起,亲爱的。是我太着急了。那个讨厌的家伙。我想不明白你是怎么看待他的。"

莫莉缓缓地说:"我替他感到难过。"

"为一个杀人狂感到难过?"

莫莉白了他一眼。"我确实可能会为一个杀人狂感到难过。"她说。

"你还叫他克里斯多夫。什么时候熟悉到叫名字了?"

"哦,贾尔斯,别胡说了。现如今所有人都称呼名字,你是知道的。"

"认识两天就这么叫?不过或许不止两天了,说不定这位假冒的建筑师克里斯多夫·雷恩先生在来这儿之前,你们就已经认识了呢?说不定是你让他来这儿的呢?说不定你们早就串通好了呢?"

莫莉瞪着眼看他。"贾尔斯,你是疯了吗?你到底什么意思啊?"

"我是说克里斯多夫·雷恩和你是老朋友了,而你不想让我知道你们俩的熟悉程度。"

"贾尔斯,你一定是疯了!"

"我猜你会一口咬定他来之前你们从没见过面。他会来这么偏僻的地方住,不是太奇怪了吗?"

"梅特卡夫少校和……和波伊尔太太不也很奇怪吗?"

"是,是奇怪。我常常看书上说那些杀人狂对女人都很有一套。看来是真的。你是怎么认识他的?认识有多久了?"

"你真是荒谬至极,贾尔斯。克里斯多夫·雷恩来这儿之前我根本没见过他。"

"你不是两天前去伦敦和他见面,并且以陌生人的身份安排他到这儿吗?"

"你清楚得很,贾尔斯,我有好几个星期没去过伦敦了。"

"你没去吗?那可有意思了。"他从兜里掏出一只毛边手套,举在眼前。

"前天你戴的是这副手套,对不对?我去塞勒姆买铁丝网那天。"

"你去塞勒姆买铁丝网那天,"莫莉认真地看着他说,"是的,我出门时戴的是这副手套。"

"你说你去村子里了。假如你只是去村子里,那为什么手套里会有这个?"

他拿出一张粉红色公共汽车票质问道。

两个人沉默片刻。

"你去伦敦了。"贾尔斯说。

"好吧,"莫莉说,她昂起头,"我是去伦敦了。"

"去见克里斯多夫·雷恩那家伙了吧。"

"不，不是见克里斯多夫。"

"那你去干什么了？"

"等一等，贾尔斯，"莫莉说，"我暂时还不能告诉你。"

"你是想花点时间编个动听的故事吧！"

"我想说，"莫莉说，"我恨你！"

"我不恨你，"贾尔斯慢悠悠地说，"但我真希望自己恨你。我只是觉得……已经认不出你了——我对你一无所知。"

"我也有同感，"莫莉说，"你……你就是个陌生人。一个对我撒谎的人——"

"我什么时候对你撒谎了？"

莫莉一笑。"你以为我会相信你编的那个买铁丝网的故事吗？那天你也去伦敦了。"

"我猜你在那边看到我了吧，"贾尔斯说，"你对我不够信任——"

"信任你？我永远不会相信任何人了，永远——"

他俩谁都没注意到厨房门被缓缓打开。帕拉维奇尼先生轻轻咳了一声。

"真是尴尬，"他嘟囔着，"我真希望你们两个年轻人说的都不是真心话。恋人吵架总是这样。"

"恋人吵架，"贾尔斯嘲讽道，"可不是嘛。"

"好了，好了，"帕拉维奇尼先生说，"我理解你们的感受。我年轻的时候也经历过这些事情。我来是告诉你们，那个督察非要让我们都到客厅去。他好像有了什么主意。"帕拉维奇尼先生微微一笑。"警方有了线索——没错，这倒是经常听说，但什么叫有了主意？我非常不理解。我们的特洛特警长，无疑是位积极勤奋的警察，但我觉得他脑子不太灵光。"

"你过去吧,贾尔斯,"莫莉说,"我还得做饭。特洛特警长不需要我也可以吧。"

"说到做饭,"帕拉维奇尼先生轻巧地穿过厨房,跳到莫莉身边说,"你试没试过在烤面包上抹一层厚厚的鹅肝酱,放上一片薄薄的蘸了法式芥末的熏肉,然后再放些鸡肝?"

"现如今鹅肝酱可不多见了啊,"贾尔斯说,"走吧,帕拉维奇尼。"

"要我留下来帮你吗,亲爱的女士?"

"你跟我一起去客厅吧,帕拉维奇尼。"贾尔斯说。

帕拉维奇尼先生轻轻地笑了起来。

"你丈夫担心你。太正常了。他不想把我们俩单独留下来。他倒不怕我是个无耻之徒,只是担心我会杀害你。我听他的就是了。"他优雅地鞠了个躬,亲了下自己的指尖。

莫莉尴尬地说:"哦,帕拉维奇尼先生,我确定——"

帕拉维奇尼先生摇了摇头。他对贾尔斯说:"你很聪明,年轻人。不喜欢冒险。我能否向你证明……或是向督察证明——我不是个杀人狂?不,我证明不了。要自证清白简直是太难了。"

他欢快地哼着歌。

莫莉吓得直躲。"帕拉维奇尼先生,拜托不要哼那首可怕的曲子了。"

"'三只瞎老鼠'——就是这个!这首曲子已经印在我脑海里了。现在想起来,真是首恐怖的儿歌。这首儿歌一点也不好听。不过孩子们喜欢恐怖的东西,你注意到没有?歌词相当富有特色——残忍的英国乡村风。'她用刀切掉鼠尾巴。'小孩肯定喜欢这种——我来给你讲讲小孩是怎么想的——"

"拜托别讲,"莫莉小声说,"我觉得你也很残忍。"她的声音骤然升高,歇斯底里地大叫。"你笑呀笑呀……像一只戏耍老鼠的猫……在玩——"

她开始大笑起来。

"冷静点,莫莉,"贾尔斯说,"走吧,我们一起去客厅。特洛特要等得不耐烦了。别管做不做饭了。谋杀案比吃东西要紧得多。"

"我倒不同意你的观点,"帕拉维奇尼先生一边蹦蹦跳跳地走在他们后面一边说,"死刑犯也要吃顿丰盛的早餐呢——人们常常这么说。"

他们在大厅里碰到克里斯多夫·雷恩,贾尔斯对他怒目而视。雷恩焦虑地瞥了莫莉一眼,不过莫莉正高昂着头,目视前方往前走。他们简直像支前行的军队一样走到客厅门口。帕拉维奇尼先生蹦蹦跳跳地走在最后。

特洛特警长和梅特卡夫少校站在客厅里等着。少校看起来闷闷不乐。特洛特警长脸色红润,显得精力充沛。

"很好,"大家进来之后,他说,"我把大家聚在一起是想做一项实验——鉴于此,我请求大家配合。"

"会花太长时间吗?"莫莉问,"我忙着做饭呢。毕竟大家要吃饭吧。"

"好,"特洛特说,"你说得对,戴维斯夫人。可是不好意思,有比吃饭更要紧的事情!比如说波伊尔太太就再也不需要吃饭了。"

"真是的,警官,"梅特卡夫少校说,"这么说话太不得体了。"

"对不起,梅特卡夫少校,我只不过想要每个人都配合做这件事。"

"你找到滑雪板了吗,特洛特警长?"莫莉问道。

这位年轻人脸一红。"没，我没找到，戴维斯夫人。不过我基本可以锁定偷东西的嫌疑人了，而且也知道偷窃的目的。我暂时不发表任何言论。"

"请别讲出来，"帕拉维奇尼恳求道，"我向来认为要在令人激动的最后关头再揭晓答案才好，对吧。"

"这不是一场游戏，先生。"

"不是吗？我觉得你错了。在我看来这就是场游戏——对某人来说。"

"凶手正乐在其中。"莫莉小声嘀咕着。

其他人惊讶地看过来，她脸一红。

"我只是在转述特洛特警长对我说过的话。"

特洛特警长看上去不太高兴。"帕拉维奇尼先生，最后关头解谜说的好像是悬疑惊悚小说，在小说里倒没有什么问题，"他说，"但这是现实中正在发生的事。"

"只要，"克里斯多夫·雷恩一边小心翼翼地摸着脖子一侧说，"别发生在我身上就好。"

"好了，"梅特卡夫少校说，"别说这种话了，年轻人。警官要跟我们说后面要怎么做了。"

特洛特警长清了清嗓子，开始打起了官腔。

"不久前，我对所有人做了询问，"他说，"你们对于波伊尔太太遇害时所处的地点作了陈述。雷恩先生和戴维斯先生在各自的卧室里。戴维斯夫人在厨房里。梅特卡夫少校在地下室。帕拉维奇尼先生就在这个房间里——"

他停顿一下，又继续说：

"这都是你们的说法，其真实性我无法验证。可能是真的，也可能是假的。说得再清楚一点——这里面有四句是真的，有一句是假的。是哪一句呢?"

他扫视着每一个人。没人回应。

"你们当中的四个人说了真话,一个人撒了谎。我有个办法可以找出撒谎的人。一旦找出对我撒谎的那个人,那么我就知道凶手是谁了。"

贾尔斯刻薄地说:"不一定吧。有的人可能因为其他原因而说谎。"

"我不这么认为,戴维斯先生。"

"您的方法是什么呢,先生?刚才不是说没办法验证那些说法吗?"

"是的,但是假如让所有人再重复一次当时的行为呢。"

"呵,"梅特卡夫少校轻蔑地说,"犯罪重现。馊主意。"

"不是犯罪重现,梅特卡夫少校。是让无辜的人行为重现。"

"你期望从中得到什么结论?"

"请原谅我暂时不能回答这个问题。"

"您是想,"莫莉问道,"让我们再做一遍?"

"差不多吧,戴维斯夫人。"

一阵沉默。沉默中透着些许不安。

这是个圈套,莫莉想。这是圈套——可我看不出来他要怎么——

房间里看起来好像有五名罪犯,而不是一名罪犯加四名无辜者。他们都用质疑的眼神偷偷打量着这个神情笃定、微笑着的年轻人,他提出的办法听起来不像是要耍什么花招。

克里斯多夫尖叫起来:"可我不明白——我实在是不明白——你就让我们重复之前的行为,能看出什么来呢?在我看来毫无意义!"

"是吗，雷恩先生？"

"当然了，"贾尔斯慢悠悠地说，"您说什么就是什么吧，警官。我们会配合的。我们都按之前那样完全重现一次吗？"

"重复当时的行为，没错。"

他的话有些模棱两可，这让梅特卡夫少校猛地抬起头来。特洛特警长继续说：

"帕拉维奇尼先生跟我们说，他坐在钢琴前面弹一首曲子。帕拉维奇尼先生，你可以给我们演示一下当时是怎么做的吧？"

"当然可以，亲爱的警官。"

帕拉维奇尼先生灵巧地跑到房间另一边的大钢琴前面，坐在琴凳上。

"钢琴大师要弹奏谋杀信号曲了。"他炫耀着说。

他咧嘴一笑，故意姿势夸张地用一根手指弹起了"三只瞎老鼠"的曲调。

他正得意得很呢，莫莉想。他乐在其中。

在宽敞的房间里，这首轻柔舒缓的曲子营造出怪异恐怖的气氛。

"谢谢你，帕拉维奇尼先生，"特洛特警长说，"我想问，你弹的曲调和先前完全相同吗？"

"是的，警官，相同。我反复弹了三次。"

特洛特警长转头对莫莉说："你会弹钢琴吗，戴维斯夫人？"

"会的，特洛特警长。"

"你能像帕拉维奇尼先生那样弹这首曲子吗？弹奏的方式要一模一样。"

"当然可以。"

"那你就去坐在钢琴前面吧，等我给你发出信号之后开始弹琴好吗?"

莫莉略显疑惑,然后慢慢走到钢琴那边。

帕拉维奇尼先生从琴凳上站起来,大声抗议:"警官,可我记得你是让每个人重复自己做的事。在这儿弹琴的人是我啊。"

"是要重复与先前相同的行为——但没说必须让同一个人去做。"

"我……不明白这么做的目的。"贾尔斯说。

"这么做是有用意的,戴维斯先生。这种方法能验证你们各自原本的说法——可以说是针对特定某个人的说法。好了,拜托各位。我会给你们分配不同的地方。戴维斯夫人留在这里,钢琴前面。雷恩先生,能麻烦你去厨房吗?正好帮戴维斯夫人照看下晚餐。帕拉维奇尼先生,你去雷恩先生的卧室好吗?你可以像他当时那样发挥自己的音乐才华,吹一段'三只瞎老鼠'。梅特卡夫少校,请您去戴维斯先生的卧室检查电话好吗?然后是你,戴维斯先生,去看看大厅里的橱柜,再去趟地下室好吗?"

屋里顿时鸦雀无声。然后四个人慢慢朝门口走去。特洛特跟在他们后面,回过头看一眼。

"数到五十就开始弹吧,戴维斯夫人。"他说。

他跟在其他人后面走了出去。在门关上之前,莫莉听见帕拉维奇尼先生刺耳的说话声,"我才知道警察也这么喜欢玩室内游戏啊。"

"四十八、四十九、五十。"

莫莉听从指示数完了数,开始弹琴。于是,这轻柔而残酷的曲子再次回荡在宽敞的房间里。

三只瞎老鼠,

看它们如何跑……

莫莉感觉心跳越来越快。正如帕拉维奇尼所说,这是首不可思议、怪异恐怖的儿歌。儿歌中透出孩子对怜悯的不解,而如果大人也是这样就太可怕了。

她隐隐约约听到从楼上卧室里传来了口哨声,吹的是同一首曲子——是帕拉维奇尼正在扮演克里斯多夫·雷恩的角色。

突然隔壁藏书室的广播响了起来。一定是特洛特警长打开的。这么说,他自己是在扮演波伊尔太太了。

可是为什么?做这一切的目的是什么?圈套设在了哪里?她相信这里面一定有圈套。

她感觉脖子后面吹来一阵冷风。她猛地扭过头。显然门被打开了。有人走进房间——不,屋里没别人。但是她突然感到紧张和恐惧。要是有人进来了呢?假如帕拉维奇尼先生从门口溜进来,偷偷走到钢琴边,用他细长的手指掐住……

"你是在为自己的葬礼演奏吗,亲爱的夫人?有个令人愉悦的想法——"瞎说……别傻了……别胡思乱想。而且,你听得见他正在楼上吹口哨,就像他也能听见你在弹琴一样。

她一想到这儿,手指差点从琴键上滑落!当时谁都没听到帕拉维奇尼在弹琴。这就是圈套吗?有没有可能帕拉维奇尼先生根本就没弹钢琴?他没在客厅,而是在藏书室。是在藏书室里掐死了波伊尔太太?

特洛特安排她弹琴时,他很生气,甚至气急败坏。他强调弹奏那首曲子时很轻,以至于在屋外听不见。因为如果这次有人听见,而之前那次没人听见——那么特洛特就达到目的了——找到了那个说谎的人。

客厅的门开了。莫莉本以为是帕拉维奇尼,几乎都要叫了出来。可进来的却是特洛特警长,这时这首曲子她恰好弹完第三遍。

"谢谢,戴维斯夫人。"他说。

他看起来扬扬得意,动作轻快,信心十足。

莫莉从琴键上收回双手。"你的目的达到了吗?"她问。

"是的,确实,"他语带兴奋,"我真的达到了。"

"哪个人?是谁?"

"你还不明白吗,戴维斯夫人?好了,没什么难猜的。顺便我得说一句,你真是太愚蠢了。你让我找出第三个受害人,结果你自己现在相当危险。"

"我?我不明白你的意思。"

"我是说你对我不够坦诚,戴维斯夫人。你对我有所隐瞒——就像波伊尔太太也对我有所隐瞒一样。"

"我不懂。"

"哦,不,你懂。我第一次提起隆里奇农场案时,你就一清二楚。没错,心知肚明。你很不安。确认波伊尔太太曾经在这个地方做住所安置员的人就是你。你们俩都是本地人。因此,当我猜测第三个受害者会是谁的时候,一下子就确定是你。看得出来,你掌握了隆里奇农场案的第一手资料。要知道,我们警察才不像看起来那么愚蠢。"

莫莉低声说:"你不懂。我不想回忆那件事。"

"我懂。"他话锋一转,"你结婚之前姓温赖特,对不对?"

"对。"

"你的实际年龄比自己报的稍大一点。一九四〇年发生那件事时,你是艾比威尔学校的老师。"

"不是!"

"哦,是的,你是,戴维斯夫人。"

"我不是,我告诉你了。"

"死掉的那个孩子曾经偷了张邮票,写过一封信设法寄给你。他在信里寻求帮助——向他和善的老师。查明孩子没去上学是做教师的职责,而你没有去查。你对那个可怜的小鬼写的信视而不见。"

"别说了。"莫莉脸颊发烫,"你说的是我姐姐。她是学校的老师。而且她也没有对那封信视而不见。她生病了——得了肺炎,直到孩子死后才看见来信。这让她极为痛苦……极为痛苦……她是个异常敏感的人。可那不是她的错。因为这件事让她刻骨铭心,所以我也从来不敢提起。对我来说也一直是个噩梦。"

莫莉用手捂住了眼睛。当她把手拿开时,特洛特正盯着她看。

他轻声说:"原来是你姐姐。好吧,反正——"他突然诡异地笑起来。"没有关系,对吧?你姐姐——我弟弟——"他从兜里掏出一样东西。此时,他正得意地笑着。

莫莉仔细看他手里拿的东西。"我一直以为警察是不会随身携带左轮手枪的。"她说。

"警察是不带,"这个年轻人说,"但你要知道,戴维斯夫人,我不是警察。我是吉姆,是乔治的哥哥。我从村子里的电话亭打了个电话,说特洛特警长在来的路上,你们就以为我是警察了。等我到这以后又把屋外的电话线切断,这样你们就没法往警察局打回去。"

莫莉瞪着眼看他。此时她正被手枪指着。

"别动，戴维斯夫人——也别叫——否则我立刻扣动扳机。"

他还在笑。莫莉恐惧地意识到，这是一种孩子般的笑容。他连话音也成了孩子般的声音。

"是啊，"他说，"我就是乔治的哥哥。乔治死于隆里奇农场。那个可恶的女人把我们送到那里，农场主的妻子虐待我们，而你们又不肯施以援手——三只小小的瞎老鼠。我那时说过，等我长大要把你们都杀掉。我是认真的。从那以后我就在策划了。"他突然皱起眉头。"部队里的人总是让我厌烦——那个医生不停地问我问题——我不得不逃跑。我怕他们阻止我做想要做的事情。但是我现在长大了。是大人就可以随心所欲做事了。"

莫莉定了定神。她告诉自己，要跟他讲话，分散他的注意力。

"但是吉姆，听着，"她说，"你不可能顺利逃走的。"

他脸色一沉。"有人把我的滑雪板藏了起来，我找不到。"他大笑着，"但是我觉得这没有关系。这是你丈夫的手枪，是我从他的抽屉里拿的。我相信他们会以为是他朝你开的枪。反正我是不太在意。整件事太好玩了。一直在演戏！伦敦的那个女人，瞧瞧她认出我时的脸色吧。还有今天上午那个愚蠢的女人！"

他点了点头。

这时一阵清晰的口哨声传了过来，令人毛骨悚然。有人在吹"三只瞎老鼠"的曲调。

特洛特吓了一跳，手枪也随之一晃。有个声音喊道："趴下，戴维斯夫人。"

莫莉趴在地上，藏在门边沙发后面的梅特卡夫少校一跃而起，猛地扑向了特洛特。枪响了，子弹射进一幅普通的油画里，是已故的埃默里小姐珍爱的油画。

顷刻之间乱成一团——贾尔斯冲了进来,克里斯多夫和帕拉维奇尼先生紧随其后。

梅特卡夫少校牢牢抓住特洛特,短促有力地说:

"你弹琴时我就溜了进来,藏在沙发后面。从一开始我就留意他了——就是说,我知道他不是警察。我才是警察——坦纳督察。我们和梅特卡夫商量好,由我来代替他。苏格兰场认为有个人来比较好。好了,老弟——"他很温和地对已经屈服的特洛特说,"你跟我走吧。没人会伤害你。有我们照顾,你不会有事的。"

这位古铜肤色的年轻人用一种可怜巴巴的童音问:"乔治不会生我的气吧?"

梅特卡夫说:"不会。乔治不会生气的。"

他从贾尔斯旁边经过时小声说:"他已经疯了,可怜的家伙。"

他们一起走了出去。帕拉维奇尼先生碰了碰克里斯多夫·雷恩的胳膊。

"你,我的朋友,"他说,"也跟我过来吧。"

只剩下贾尔斯和莫莉,两人四目相对。一时间,夫妻俩相拥在一起。

"亲爱的,"贾尔斯说,"你确定他没伤到你吗?"

"没有,没有,我一点事都没有。贾尔斯,我真是太糊涂了。我差点以为你——你那天为什么去伦敦呀?"

"亲爱的,明天就是我们的结婚纪念日了,我想去给你买个礼物,又不想让你提前知道。"

"太巧了!我去伦敦也是给你买礼物,而且也不想让你知道。"

"我对那个神经病忌妒得要死。我当时气疯了。原谅我吧,亲爱的。"

门开了,帕拉维奇尼先生像只山羊一样蹦蹦跳跳地进来了。他满面笑容。

"打断你们和好了……多么美好的场面。可是,哎呀,我得跟你们告辞了。有辆警用吉普车设法开了过来。我要说服他们带我一起离开。"他弯下腰,神秘兮兮地对着莫莉低声耳语,"过几天我可能会有点尴尬——不过我相信能处理好。假如到时候你收到一个箱子——里面装着一只鹅、一只火鸡、几罐鹅肝、一只火腿,还有几双尼龙袜,是吧?你要知道,这是我对这么迷人的女士的一点敬意。戴维斯先生,我的房费放在大厅的桌子上了。"

他吻了吻莫莉的手,然后又蹦跳着出了门。

"尼龙?"莫莉嘟囔着,"鹅肝?帕拉维奇尼先生是谁呀?圣诞老人吗?"

"黑市交易那种人吧,我猜。"贾尔斯说。

克里斯多夫·雷恩羞怯地探头进来。"亲爱的两位,"他说,"希望我没打扰你们,不过从厨房里传来一阵相当难闻的煳味。我是不是应该做点什么呢?"

莫莉叫苦不迭。"我的馅饼!"她赶紧跑出了房间。

(王占一 译)

Problem at Pollensa Bay
Copyright © 1991 Agatha Christie Limited. All rights reserved.
Three Blind Mice
Copyright © 1948 Agatha Christie Limited. All rights reserved.
Introduction
Copyright © 2018 HarperCollins Publishers Limited. All rights reserved.
Letter for Chinese Reader, New Star Edition by Mathew Prichard © 2013 Mathew Prichard.
Translation © 2023 arranged by New Star Press, Agatha Christie Limited. All rights reserved.
www.agathachristie.com
The Poirot icon is a trademark, and AGATHA CHRISTIE, POIROT, *Agatha Christie*® and the AC Monogram Logo are registered trade marks of Agatha Christie Limited in the UK and elsewhere. All rights reserved.
Published by agreement with ACL.
Simplified Chinese edition copyright: 2023 New Star Press Co., Ltd.

图书在版编目（CIP）数据

三只瞎老鼠 /（英）阿加莎·克里斯蒂著；王占一，张叶青译. —— 北京：新星出版社，2023.6
（阿加莎·克里斯蒂侦探小说全集：精装典藏版）
ISBN 978-7-5133-4914-7

Ⅰ . ①三… Ⅱ . ①阿… ②王… ③张… Ⅲ . ①侦探小说 – 英国 – 现代 Ⅳ . ① I561.85

中国国家版本馆 CIP 数据核字（2023）第 054505 号